El camino de regreso siempre es más corto

# VALENTINA FARINACCIO

# El camino de regreso siempre es más corto

Traducción de
Juan Casa Grande

Grijalbo narrativa

Papel certificado por el Forest Stewardship Council®

Título original: *La strada del ritorno è sempre più corta*
Primera edición: mayo de 2019

© 2016, Mondadori Libri S. p. A., Milano
© 2019, Penguin Random House Grupo Editorial, S. A. U.
Travessera de Gràcia, 47-49. 08021 Barcelona
© 2019, Juan Casa Grande, por la traducción

Printed in Spain — Impreso en España

ISBN: 978-84-253-5735-0
Depósito legal: B-7.623-2019

Compuesto en Fotoletra

Impreso en Block Print CPI Ibérica
Sant Andreu de la Barca
(Barcelona)

GR 5 7 3 5 0

Penguin
Random House
Grupo Editorial

*Para el abuelo Antonio,*
*que concedía deseos*

# PRIMERA PARTE

Agarrémonos bien, que sopla viento fuerte.

GUIDO CATALANO

# Vera

## 1

El verano en que murió mi padre fue el mejor de mi vida.

Tenía cinco años, y lo pasé conduciendo un camión.

El abuelo me colocaba en sus rodillas y yo conducía con él.

Cubría mis manos con las suyas, grandes como abanicos. Veinte dedos que se convertían en diez, en una extraña suma que disminuía el número, agarrados al delgado y enorme volante de un camión que transportaba embalajes. Hasta ese verano yo no sabía qué era un embalaje, entonces lo comprendí y me pasé el resto del viaje haciendo estallar burbujas de aire.

El abuelo dormía echado de lado, con los pies encima del volante y la cabeza contra la ventanilla del pasajero. Yo a su espalda, dormida boca abajo, con las manos debajo de la almohada, detrás de una cortinita de terciopelo verde donde se escondía ese universo misterioso que solo conoce quien ha conducido un camión.

Calendarios con mujeres desnudas y un olor raro que no es ni bueno ni malo; cacharros que brillan, cubiertos, mantas y periódicos deportivos con el papel de color rosa. Cajas de herramientas, medicamentos, latas de atún y judías. Espejos redondos de camping, espuma de afeitar, brocha y Brut 33. Calzoncillos de repuesto, bolsas de calcetines sucios, gruesos, para llevarlos debajo de ropa cómoda. Ropa doblada en una bolsa o colgada en los extremos de la litera, dispuesta para dos días, que olía a jabón en el viaje de ida, a ácidos de cansancio a la vuelta.

Dormíamos cinco horas por la noche y luego retomábamos el camino, listos y espabilados. El abuelo martilleaba el volante con los dedos para acompañar las canciones de Benito Faraone, como si sus dedos tuvieran vida propia. «Ti si' fatta tonna tonna co' chist' uocchj d' velluto», rezaba la canción, y cuando llegaba al estribillo, me hacía una señal como si fuera un director de orquesta para que cantara con él: «Peppenella, ohi Peppenella! Si' fatta tonna si' fatta bella pure nu lupo t' s' ada magnà». Yo cantaba, cantaba como nunca lo he vuelto a hacer, y aunque no entendía una sola palabra de aquel dialecto, reía. Como solo aquel verano pude reír.

En lo que tardamos en recorrer setecientos kilómetros, aprendí un par de cosas fundamentales: a hacer el signo de los cuernos cuando alguien nos adelantaba por la derecha (mi abuelo me hizo jurar y perjurar, obligándome a darle un beso a la foto de la Virgen de Loreto, y yo le prometí que nunca, nunca haría aquel gesto fuera del habitáculo del camión) y a saludar a los demás camioneros con un parpadeo de las luces. Cuando llegaba un camión en dirección contraria, yo me estiraba encima del abuelo y movía dos veces, adelante y atrás, el mando de las luces, a la izquierda del volante. Si el camión que venía de frente contestaba a nuestro saludo, el abuelo soltaba un momento el volante y me regalaba un aplauso. Entonces sus manos metían el ruido de media platea, yo aventuraba una reverencia (me la había aprendido para la función de Navidad y me parecía la manera más educada y vistosa de dar las gracias), inclinando hacia delante cabeza y flequillo, un brazo medio doblado detrás de la espalda y el otro a la altura del corazón.

Inspirada por los discursos del Papa, que oía por la radio los domingos por la mañana mientras mamá quitaba el polvo, agradecía a una multitud imaginaria la confianza que había depositado en mí. Aquel verano tan lejano, usaba mucho la palabra «confianza», la última que me había enseñado mi padre. Cuando volvía del parvulario, él me preguntaba qué había aprendido, y yo le contestaba «Nada», porque las monjas, un día tras otro, nos hacían rezar un avemaría, un Yo pecador, y luego nos ponían sentadas en fila, alineadas como baldosas, a ver las telenovelas de Verónica Castro o aquella en la cual Grecia Colmenares era ciega pero luego se curaba. Eso era lo que hacíamos por sesenta mil liras al mes, gastos de comedor incluidos. Y aunque por televisión la gente se besaba mucho, tanto que yo hubiera podido dar una conferencia sobre el tema, a la pregunta de mi padre seguía contestando que nada, que no había aprendido nada. Entonces él cogía uno de sus libros, soplaba encima de él como si fuera un mago y en lugar de palomas blancas hiciera desaparecer el polvo, lo abría al azar y me leía una palabra. La primera que encontraba. Me explicaba su significado y yo la memorizaba.

Tenía confianza en mi abuelo. Me llevaba con él por un buen motivo, aunque yo no supiera cuál, y aquella primera vez, de viaje sin mamá y sin papá, me sentía orgullosa, curiosa, impaciente por descubrir qué había detrás de cada rincón del mundo. Pero también estaba ensimismada, una niña melancólica, preocupada por los asuntos de los mayores. Sentada en las rodillas del abuelo, transportando burbujas de aire de las que petan, me preguntaba si papá y mamá me echarían mucho de menos. Porque, entre las mil cosas que rondaban mi cabeza, pensar en mis padres sin mí me abrumaba.

El abuelo siempre me miraba como si fuera un cuadro iluminado por un foco en un museo. Si le preguntaba el porqué de ciertas cosas, casi siempre callaba. No pretendía educarme, sino entretenerme con cariño, y se le daba muy bien evitar, mediante el silencio, palabras y conceptos complicados. Sabía distinguir lo correcto de lo incorrecto, destilar lo que contaba para ir a lo esencial, pero en caso de emergencia confiaba a los demás la jugada decisiva. Solo decía: «De eso mejor hablamos con mamá y papá, que es un asunto peliagudo». Y si yo le preguntaba por qué, como mucho me contestaba: «Ya entenderás el porqué. De momento, basta con que sepas que es peliagudo». Me contestó lo mismo cuando le dije que quería besar a alguien como lo hacía Grecia Colmenares. Se enfadó mucho aquella mañana, pero yo le juré que no era culpa mía si siempre estaba pensando en las telenovelas; incluso le expliqué que si hubiera dicho que no me importaba nada lo que pasara en *Tú o nadie*, *Topacio* o *Los ricos también lloran*, las monjas me habrían castigado toda la tarde: a oscuras, con la cabeza recostada en la mesa. Él, encogido por mi confesión, a duras penas soltó entre dientes: «Vera, cariño, mañana llamamos a mamá y se lo cuentas. Así, asunto arreglado», pero me di cuenta de que se había puesto nervioso porque dejó la radio apagada y empezó a tararear una melodía. El abuelo tarareaba cuando, por respeto, no quería soltar tacos delante de alguien, en ese caso delante de mí. Y cada silbido que salía de aquellos labios finos y pegados era una imprecación fuerte, vulgar, como para enviarte al infierno sin billete de vuelta. El abuelo utilizaba la palabra «arreglar», cada vez que surgía un problema. Cuando el fregadero de la terraza perdía agua, él le decía a la abuela que esperara, que lo arreglaría enseguida a la vuelta. Pero era sobre todo en las situaciones menos concretas donde el verbo «arreglar» nos socorría y daba un tinte poético a nuestras vidas: aquella síntesis entre lo manual y lo inasible me tranquilizaba como la nana que me cantaba yo solita, por la noche, cuando no había manera de dormirme.

El abuelo había arreglado las cosas hacía ya años, cuando mamá se peleó con su profesor de física: dos semanas sin salir de casa para ella y un buen queso con rosquillas saladas para el profesor; lo había arreglado todo de la mejor manera cuando, al ver saltar por los aires los tres dedos de la mano izquierda que el tío Pasqualino había perdido al pillársela en la puerta del camión, tuvo reflejos suficientes para recuperarlos y llevarlos, junto con el tío Pasqualino, al hospital más cercano, lo que le salvó la vida pero sobre todo el matrimonio (a cada rato nos repetía luego que perder la alianza es algo grave, pero aún peor es perder la alianza y el dedo entero); había arreglado sus cuentas con Dios cuando fue a hablar con un cura para preguntarle si era pecado llevar en el camión a mujeres desnudas, una por cada mes del año. Cuando nos lo contó, dijo que el cura lo había despachado serenamente con una docena de padrenuestros y tres Yo pecador antes y después de cada viaje.

Y también entonces, mientras yo miraba por la ventanilla con los dedos embadurnados de aceite de las patatas chips (una bolsa podía durar horas) y una coleta que me agarraba la mitad del pelo y dejaba la otra mitad libre cubriéndome el cuello, yo tendría que haber imaginado que con aquel viaje el abuelo estaba arreglando algo.

Partimos una tarde insólita con un bochorno mareante. El verano, en Molise (tierra de mozzarella y ovejas, de cerdos y pasta chica, de setas y trufas, de campanas, iglesias y mujeres chatas), empieza tarde y acaba hacia mediados de agosto, cuando la llegada de la noche te obliga a taparte los hombros con la primera chaqueta de lana.

El abuelo llevaba una camiseta de tirantes en la que ponía «U'boss» y yo una camisola rosa y unas bermudas que dejaban al descubierto mis rodillas rasguñadas y pintadas de mercromina. Estaba gorda. Cuando le preguntaba: «Abuelo, ¿me ves gordita?», él me contestaba que no, que estaba estupenda, y que, de todas formas, al hacerme mujer, me volvería alta y flaca, y que además con esa cara podría rodar un anuncio de dentífricos, el de la sonrisa Colgate. A mí eso me bastaba, al menos en aquel momento, en aquel verano, y me daba esperanzas de cara al futuro. Mamá nos había llevado en coche al consorcio agrícola, donde descansan los camiones (el abuelo siempre decía: «En cuanto me jubile, me como una sandía entera y luego me voy a mear delante del consorcio agrícola). Vino también Ringo, el batería de los Beatles. Era el período de mi vida en que no hacía nada sin él. Había decidido que era el mejor amigo imaginario que podía tener, y lo llevé conmigo mucho tiempo, mientras jugaba, mientras soltaba discursos delante del espejo, en las fantásticas excursiones que organizaba para ir de la sala de estar a la habitación de invitados. Y también en aquel viaje en camión. La abuela, la mamá de mi mamá y la mujer del abuelo, nos había preparado seis bocadillos de tortilla de calabacín y cuatro de brócoli; papá, que en los últimos tiempos dormía siempre, se había quedado en casa. Al despedirse me abrazó, me besó la frente y la nariz y me metió en el hueco de la mano un pedazo de papel arrugado mientras decía: «Léelo cada vez que nos eches de menos».

Mi padre se llamaba Giordano Lorenzini. Tenía una voz baja y cálida, y los ojos idénticos a los míos: grises, con la comisura mirando hacia abajo. Podían ser muy tristes o muy felices. Nunca un término medio.

Nunca volví a verle. Tampoco entendí bien cómo habían sucedido las cosas.

Murió aquel verano, con treinta y un años, debido a un tumor cerebral que apenas le concedió la gracia de algunos meses para despedirse de todo el mundo.


Cada vez que el abuelo y yo llamábamos desde las cabinas grises de las áreas de servicio, mamá me daba muchos recuerdos de papá, pero nunca me lo pasaba. Yo lo reclamaba, a veces llorando, y ella decía que había ido un momento al baño y no podía ponerse, pero que me quería un montón. Y ni siquiera se tomaba la molestia de buscar una excusa nueva, mamá: papá siempre estaba en el baño, y entonces empecé a enfadarme con él porque para ir del baño al teléfono, en nuestro piso, solo hay cinco pasos por el pasillo, y aunque tengas que ir dando saltitos con los pantalones bajados, son diez segundos como máximo; que aun teniendo que poner otra ficha en el teléfono, esos diez segundos de más me habrían bastado para no enfadarme con él. Habría tenido suficiente con oír su voz. Luego mamá me contó un buen día que papá se desmayaba a menudo, que ya no hablaba, que ya no veía. Pero entonces yo no lo sabía. Y había algo que no se me iba de la cabeza: si alguien te dice que no ha tenido ni un segundo para llamarte, para decirte hola, pero que no hace más que pensar en ti, quiere decir que no se acuerda de ti.

Tenía cinco años cuando murió mi padre.

De él guardo el recuerdo de su pelo, de un rojo brillante como el mío. Encendido, como una mancha de salsa en el mantel blanco de los domingos.

## 2

Era escritor. Antes de enfermar, publicó dos libros en una editorial muy pequeña, de esas que nadie conoce, cuyos libros solo se encuentran en ciertas librerías que ocupan un solo cuarto, en callejuelas estrechas, que huelen a papel y polvo, y donde te acogen con una sonrisa, aunque sea la primera vez que entras.

Él, que para dormirme cuando yo aún no levantaba un palmo del suelo me leía *La isla de Arturo*, se ganaba la vida vendiendo los libros de los demás en una librería que cabía en un solo cuarto, en una callejuela estrecha. En nuestro angosto pueblo sin vida disfrazado de ciudad, aquel lugar, con su entrada mitad puerta y mitad escaparate, parecía el agujero por el que se precipita Alicia al inicio de sus maravillas, con mi padre en el papel del conejo o de una especie de loco mercader de aire.

Mi madre y él se conocieron en Roma.

Ella vestía a los actores, escogía el color de tela más adecuado para cada uno de ellos.

Mi madre siempre dice que su trabajo se parece al de los floristas: se trata de elegir formas y colores y luego de componer un ramo perfectamente homogéneo, que a primera vista parezca salido tal cual de la tierra, listo para colocarlo en un jarrón o llevarlo en la mano hasta el altar.

Nacidos y criados en Campobasso, Lia y Giordano se conocieron allí, en un famoso teatro de la capital. Ella, la hermosa y demasiado joven compañera del director, era la responsable del vestuario del espectáculo en cartel; él iba con un montón de folios bajo el brazo, una americana de hilo marrón con el puño ajustado, y mirando hacia otro lado. Había conseguido una cita para proponer un guion y ella lo observaba con un ojo, mientras que con el otro aparentaba trabajar; lo reconoció de inmediato, como suelen reconocerse, en la gran ciudad, los rostros de un mismo pueblo.

No era solo un padre lo que me faltó, sino una mitad entera.

Me asignaron un solo brazo y una sola mano. Una fosa nasal, el labio inferior y la oreja izquierda. El pecho derecho, que es más pequeño, una nalga a elegir y el pie con el callo. La rodilla más hinchada y el hombro con lunares.

Eso es más o menos lo que se siente cuando creces sin uno de tus padres.

Y al final, inevitablemente, la ausencia se convierte en odio.

Todos odiamos al progenitor que nos falta. Y eso pasa porque la gente que nos rodea, y que lo ha conocido, nos habla continuamente de él, transformándolo en un santo de pacotilla, en la imagen plana y desproporcionada de un cuadro barato. También pasa que odiamos a ese padre que no tenemos porque nunca lo conoceremos lo suficiente. Porque nadie nos hablará de él. Porque hablar, hablar de verdad de quien se ha ido, a veces hace daño. Y de entre todos los daños posibles, la gente siempre elige, quién sabe por qué, el más silencioso.

Mi madre se lo guardó todo bien adentro, como si a ella, para recordar a mi padre, le bastaran mi pelo y mis manías curiosas. Mi abuela, aunque siguió viviendo, se murió con él; y mi tío Camillo, su hermano, se dejó caer en mi vida solo el tiempo necesario para intentar distraerme torpemente de la muerte.

Lo que sé, lo he ido descubriendo despacio, yo sola, cuando ya estaba acostumbrada a prepararme el café con una mano, a caminar deprisa con un pie, a llorar con el ojo menos diestro y a respirar por una sola fosa nasal. Durante un tiempo disfruté idealizando la otra mitad, la que me faltaba. Tanto que en clase la imaginaba en voz alta. La maestra, que nos enseñaba a escribir en redondilla y en cursiva después de preguntarnos a todos (a los veinticinco que estábamos en 1.º B) qué trabajo hacía nuestro padre, de mí sabía que era la hija de una encargada de vestuario y un escritor. Sabía que a menudo me quedaba con mis abuelos maternos porque mis padres trabajaban casi siempre lejos de casa (primera mentira, mi padre ya no trabajaba). Sabía que éramos una familia de artistas medio locos (cierto), que a los cuatro años había decidido que tocaría el trombón, que mi padre había prometido comprármelo en cuanto llegara a medir al menos como un trombón de varas (entonces llegaba como mucho a la altura de un saxofón tenor medio, y además todo era pura invención), pero del hecho de no tener padre no le dije ni pío. Y no sé bien si era yo quien le contaba todas aquellas mentiras o era ella quien me lo permitía, para concederme el regalo inocente de una ilusión.

Podía inventarme cualquier historia a propósito de mi padre, se me daba muy bien, por no tener que reconocer en voz alta que había muerto; que me faltaba algo que todos los niños que conocía tenían. Y, sin embargo, no podía dibujarlo. Había llenado folios enteros hablando de él, pero no podía dibujarlo. No había encontrado los colores adecuados, y es que el color, cuando eres niño, prescinde de la realidad: fotografía el alma con una precisión abrumadora. A mi madre, por ejemplo, le pintaba la piel de color fucsia porque era demasiado excéntrica y exuberante para el habitual rosa bombón. A los abuelos los vestía de verde porque era mi color preferido y ellos, pintados así, no me desilusionarían ni me abandonarían. El hermano de mi madre, el tío Carlo, era azul, puro azul, porque ese color, que es propio de príncipes y de cielos despejados, lo volvía tan hermoso y reconfortante como el final de *Blancanieves* y *La Cenicienta* juntos. A Ringo Starr, en cambio, lo pintaba de amarillo desde que me dijeron que era él quien cantaba la canción del submarino. Justamente mi padre, a quien decidí no dibujar nunca, lo había pintado el azar, solo a él entre toda la familia.

Había salido rojo, de ese rojo encendido que en Roma se pronuncia *roscio* porque si dejas las consonantes y las vocales donde corresponde, te estás refiriendo a un comunista, a alguien tan rojo como una bandera del PCI. *Roscio*, en Roma, es una palabra con un sentido muy suyo, referido a asuntos de pelo, barba, cejas, pecas, y a ese talante extravagante, arisco y generoso de quien nace ya pintado.

Está claro que soy hija suya porque soy pelirroja, alta y huraña como él. Ese metro y setenta y cinco lo he ido alcanzando a pesar de una familia paterna corpulenta y rolliza, que dio a luz como por accidente, solo en el caso de mi padre, un cuerpo delgado y alto.

Todo el mundo dice que mi padre era raro. Pensaba demasiado y hablaba poco; le gustaba mucho lo dulce y, después de vaciar las cajas de galletas y bombones, las devolvía desnudas y ordenadas a su lugar. Incluso en eso nos parecemos: odio tirar las cosas, asumir la responsabilidad del final. En cambio, adoro los inicios. En clase, celebraba el momento de la libreta nueva como una misa. Rogaba a Dios para que no cometiera errores en aquella primera página blanca, apetitosa, y si me equivocaba en una consonante doble o una mayúscula, arrancaba la hoja, quitaba también la página huérfana al otro lado de la libreta y volvía a empezar como si nada hubiera ocurrido. Arrancaba y volvía a arrancar hasta que, en un determinado momento, aceptaba el borrón, lo admitía como un hecho terrible pero necesario para no adelgazar demasiado la libreta, que en aquel mismo instante se despedía de mí, de repente privada de su sacralidad inicial, confinada entre el montón de libretas que había que llenar a toda prisa para poder empezar cuanto antes una nueva.

Papá tenía manos de pianista, huesudas y vivaces, no tan ágiles como para hacer de él un concertista, pero tan agudas como para convertirlo en un buen escritor que nunca se hizo rico con su obra. Había empezado a querer a mi madre al preguntarle si podía acompañarla a pie, al apoyar un brazo en sus hombros y remover con dos dedos el mechón que siempre le tapaba los ojos.

Lia, mi madre, nunca me ha contado mucho del amor que me engendró. A veces me comentaba cuánto los vigilaban: no es que tuvieran a la consabida prima haciendo de carabina, sino a un pariente contratado por mi abuelo y armado con prismáticos, que los controlaba desde el punto más alto de Campobasso, la Subida de los Montes, para cerciorarse de la castidad de aquellos encuentros; y la madre de él, mi abuela Santa, que no se dedicaba a perseguirlos, pero exigía, con una severidad muda que le fruncía la frente, la presencia de su hijo. Constante. Bulímica. A la una y a las ocho, para comer y cenar juntos, y por la noche, ver una interminable batería de anuncios en televisión. Por aquel entonces, para mi abuela era como si Giordano fuera hijo único; mi tío Camillo ya se había ido de casa, tras casarse deprisa y corriendo con una muchacha esmirriada.

Durante años escuché a mi madre contar algún retazo de la historia de todos ellos. De Rosalba, que así se llama mi tía, decía que la vida con mi tío la había vaciado; que a ella, siempre viva y brillante, el matrimonio le había inyectado la nada en los ojos. La cuestión es que mi tío Camillo era presuntuoso y listo, egocéntrico y perfeccionista. Siempre había trabajado como encargado de un bar, el más céntrico y el de peor reputación de todos, y vivía justo encima, treinta y cinco peldaños más arriba, como gran profesional de la vida fácil e hipercalórica. Después de la muerte de mi padre, pensó que era su deber monitorizar el dolor de mi abuela y de paso buscarle compañía a su mujer, pues a él no se le veía el pelo: así, como una Sagrada Familia pintada de cualquier manera en las paredes de una iglesia abandonada, se fueron a vivir juntos, los tres, la madre, el hijo y tía Rosalba, a un piso de unos sesenta y cinco metros cuadrados, alquilado por dos duros. Todos sabían que Santa había aceptado aquel traslado para alejarse un poco más del barrio de siempre, de la gente, de las preguntas. Se mudó a otra casa como había hecho muchos años antes, cuando mi abuelo Gesualdo la dejó, fingiendo morir.

Mi familia hizo de la puesta en escena su ley. Y yo les seguí el juego mientras pude. Interpretando también yo mi papel.

Un día le pedí a mi abuela Santa que me hablara de papá.

Quien contestó fue mi tío. Cuando existía una remota posibilidad de que otro ser humano hablara en su lugar, él reaccionaba al instante y tomaba la palabra como si pidiera tanda en Correos: lo antes posible. Aparte de la corpulencia, monumental, siempre engorrosa, y los ojos perennemente húmedos, como si hubiera llorado o acabara de despertarse, de él tengo un recuerdo borroso, inútil. Siempre me decía que el mundo está dividido en dos equipos: el equipo de los malos y el de los buenos, pero cuando le preguntaba en qué equipo jugábamos nosotros, él me contestaba tajante: «En el de los idiotas». Me dijo que también mi padre era un idiota, un esnob que se daba aires, pero se dejaba engañar a la primera de cambio.

Yo no leía entre líneas, quizá por culpa de esta cabellera mía tan roja y tan poco intuitiva.

Pero algo sabía: hice preguntas a la abuela sobre mi padre porque soñaba con que me contara solamente las cosas hermosas que las abuelas suelen contar a sus nietos. Ella en cambio permanecía allí, un arriate marchito, un noble venido a menos. Mantenía el mentón alto, como si estuviera a punto de decir algo que nunca dijo. Mi abuela nunca volvió a abrir capítulos cerrados, nunca dio segundas oportunidades. Mi abuela nunca quiso comprender que mi padre había muerto pero yo estaba viva. Que, si ella hubiese querido, yo habría podido soplar un poco de aire fresco sobre su herida. Me hubiera bastado un pequeño gesto, una palabra dulce. Pero Santa Pallàdi, madre de Camillo y de mi padre Giordano Lorenzini, me concedió siempre y únicamente aquel poco que hacía falta para cumplir con Dios. Un billete de diez mil liras enrollado en una mano para el helado y un pedazo de pizza, la felicitación de cumpleaños y alguna comida abundante y bien cocinada, como ella sabía hacerlas. Todo lo que de verdad hubiera querido, que me contara algo de mi padre, que me regalara una foto o una camiseta vieja donde rastrear, más allá del tiempo y el polvo, su perfume, eso no me lo dio nunca.

Me fui de Campobasso y de todas aquellas desgracias a los diecinueve años.

Un lugar tan hermoso y agotador como ese se deja atrás aunque solo sea para descubrir que se puede comer con la tele apagada; que se puede encontrar un empleo cualquiera incluso sin la ayuda de los amigos de la familia, sin amañar oposiciones, sin prometer votos a cambio; que en el metro no hay solo drogados y atracadores; que puedes caminar durante horas, y porque te da la gana, sin que alguien insista en llevarte en su coche. Que puedes bajar a hacer la compra en pijama, sin preocuparte del qué dirán.

Cuando decidí que había llegado el momento, mi madre me acompañó. El coche rebosaba seguridad: alijos de papel higiénico, Kleenex (aunque ni mi madre ni yo éramos el tipo de mujeres que llevan pañuelos en el bolso), bombillas de recambio, medias nuevas, bragas nuevas, pijamas nuevos y sábanas perfumadas. Vasos y platos de papel (¿por qué decimos papel si en realidad son de plástico?), resmas de papel rayado (un paquete de los grandes), y bolígrafos y lápices suficientes para volver a redactar a mano el código civil, primero en borrador y luego pasarlo a limpio. Kilos de pasta, corta y larga, salsa casera, salchichas al vacío y mozzarellas frescas de Bojano (de las que caducan si no te las comes entre hoy y mañana). Esas eran las cosas que le daban seguridad a mi madre. Cosas que yo hubiera podido comprar en cualquier tienda de Roma (excepto las mozzarellas, que en Roma no tienen ni idea de eso), pero que para ella eran importantes. Dinero, poco. Nunca tuvimos mucho dinero. Mi padre había muerto antes de que su trabajo en la librería nos diera derecho a cobrar una jubilación y el trabajo de encargada de vestuario le proporcionaba a mi madre un sueldo variable, que ella no sabía gestionar con moderación: a veces éramos casi ricas, otras casi pobres, y todo con suma irregularidad. Aquella mañana de septiembre, cuando nos despedimos en el portal del piso de la calle Acqua Bullicante número 16, que ella me había procurado gracias a la amiga de una amiga, la abracé sabiendo que me había dado ella solita todo lo que una madre y un padre juntos pueden darle a un hijo; que me había querido multiplicando por dos sus posibilidades, intentando llenar aquella mitad de amor que yo nunca tendría; que nunca volvería a vivir con ella porque me había educado para que fuera libre de elegir. Y yo había elegido.

Dejaba a mis espaldas las palabras torcidas del dialecto. Los apodos y los defectos que son tuyos solo porque han sido de tus padres. Los silencios, lentos como una tarde de lluvia. Las ocasiones fallidas. El miedo a entrar con todo el cuerpo en el sufrimiento, que es la única manera de cruzar el dolor y de salir, vivos y enteros, al otro lado.

# Lia

## 1

Me pusieron de nombre Lia, como a mi tía. Nos dimos el relevo en este mundo. Muerta ella, nací yo, con estas tres letras suyas a cuestas: ele-i-a.

Detesto la costumbre de traspasar los nombres: es un intercambio entre viejos y jóvenes, entre muertos y vivos, que no augura nada bueno. Un nombre es un inicio y con eso basta, no tiene que ser continuación ni reemplazo. Así que, por culpa de este maleficio de partida, la muerte me pilló de rebote, muy temprano, y solté lágrimas de viuda mientras mis coetáneas aún lloriqueaban por los deslices de sus novios.

Lo mío siempre ha sido quemar etapas, y siempre he considerado esta pequeña ciudad como si fuera una coma entre una vida y otra.

Empecé a trabajar a los diecisiete años. Me hice cargo de los trajes de la función teatral de fin de curso solo para no tener que actuar. Todos teníamos que participar, y yo podía elegir entre interpretar a Perpetua (se trataba de una pésima puesta en escena de *Los novios*) y ocuparme del vestuario. Enseguida me puse manos a la obra y confeccioné sombreros, faldas, cinturones y camisas para todos. Utilicé las bandejas de papel y las cintas con las que desde hace años se envuelven los postres del domingo en todas las pastelerías del mundo, la tela de unas fundas viejas que había en casa y cartulina de colores. Tardé veinte días en cortar, coser, pegar, medir, ensanchar, y desde entonces no he hecho otra cosa. Ayudé a la madre de una amiga mía a confeccionar los trajes para la función teatral de una parroquia y para la presentación de una escuela de ballet que había en el pueblo de origen del cura, y luego empecé a ganarme la vida y a viajar. A los diecinueve años ya era autónoma, tenía un montón de clientes y había dejado atrás la virginidad.

Corrían los años setenta, en todas partes menos en Campobasso. Hacía tiempo que los Beatles se habían separado, dejándome una hermosa banda sonora preparada a la que solo le faltaba la película. Ya entonces era «rara», eso decían de mí. Leía demasiado para un lugar donde, más que nada, se habla; viajaba demasiado para un lugar donde, más que nada, se oye decir; reía demasiado para un pueblo grande donde se murmura y basta.

Tener éxito está mal visto en Campobasso. Si consigues destacar en algo, será porque eres una fresca, una que con tal de llegar a la cima se ha acostado con todos, excepto con el que lo está contando. El dato más significativo de mi vida es haber trabajado en Italia y en el extranjero, pero nunca más en mi tierra. Y mi marido habría podido seducir al mundo entero con solo una página escrita si hubiera conseguido dejar atrás el lastre de una madre quejica y un hermano omnipotente.

Cuando nació nuestra hija lo miré directamente a la cara y le dije que, si se atrevía a ponerle el nombre de la toca narices de su madre, lo dejaba plantado. Soltó una carcajada. Me dijo que si su hija acababa tocando las narices solo la mitad de cuanto lo hacía su mujer, eso ya sería un problema, pobrecito él. Y la llamamos Vera. Mi suegra, la verdad, no se lo tomó mal: inspeccionó a la nieta y, después de asegurarse de que tuviera todos los dedos en su sitio y fuera idéntica a su hijo en el color del cabello, empezó a llamarla Nena, con las dos vocales cerradas. Delante de mí, nunca pronunció el nombre de Vera. No la habíamos llamado Santa, y eso era tanto como decir que a nuestra hija le faltaba un nombre en condiciones.


Tenía una idea muy clara del amor. Creía que tarde o temprano se evaporaría. Y que por eso hacía falta inventarse una manera de ganar tiempo, de retrasarlo: para que no desapareciera, como siempre pasa. Giordano Lorenzini parecía que hubiera nacido expresamente para desbaratar mis convicciones. Yo, que siempre encontraba a los demás muy poco interesantes, me quedaba a su lado días enteros sin cansarme. Porque era un tipo «raro», decían también de él. Me suministraba toneladas de imprevistos, cambios de ruta, espacios vacíos. Vivía sepultado en aquella librería con la puerta de madera, a dos pasos de la iglesia de San Leonardo. Y cuando yo estaba en Campobasso, avanzada ya la mañana asomaba medio cuerpo a la tienda, para darle a entender que quería entrar en su vida, sí, pero solo un poco. Él se me acercaba caminando hacia la puerta con un libro en la mano (Giordano siempre iba con un libro en la mano) y me preguntaba cómo estaba, sabiendo muy bien que lo mío era una mentira: yo ya estaba metida en su vida, hasta arriba. Me daba un beso en los labios, me apartaba con dos dedos el pelo de la frente y me preguntaba qué planes tenía para la noche. «Los mismos que tú», le contestaba yo, y entonces él soltaba una carcajada estruendosa que al principio chirriaba y finalmente se imponía sobre su rostro umbroso. Otras veces no. Otras veces se ponía muy serio y me decía que aquella noche tenía cosas que hacer, y que nos veríamos el día siguiente. Giordano Lorenzini era breve como un poema breve. No mentía. No daba explicaciones. No se extendía, nunca. Y yo, que lo odiaba por esa manera tan arisca de decir la verdad, de usar las palabras exactas, de corregir a los demás, de sorprender y decepcionar continuamente, por esas mismas razones lo quería. Y lo quería cada vez más. Trastornada por el milagro de un amor que no pasaba, no desaparecía, sino que, muy al contrario, aumentaba y se desbordaba. Cada día me decía a mí misma que solo era cuestión de tiempo, que pronto volvería a sucederme: llegaría el aburrimiento. Y el fastidio. Y su olor se volvería tufo, y preferiría estar en la cocina de una amiga a hacer el amor con él entre libros, en la oscuridad polvorienta, con la espalda enganchada a las historias que luego me contaría en voz baja, sentados los dos en el suelo de madera, apoyados en las estanterías de la tienda cerrada por la noche, con las piernas cruzadas y la cabeza apoyada en su hombro. Giordano Lorenzini no se me pasó nunca. Se metió en mi vida con la muda elegancia de un acróbata experto: haciendo que lo imposible me resultara cómodo.

Luego se sentó a mi lado, y nunca más se fue.


Cuando me presentó a su familia, sentí un vuelco en el estómago. Una mezcla de ansiedad, emoción y pánico.

Mi padre era camionero, una persona simple, a veces brillante, pero muy tradicional. Quería que ciertas cosas se hicieran como en los viejos tiempos. Y cuando yo volvía a casa, en los períodos en que acababa un trabajo y estaba a la espera de un nuevo encargo que tarde o temprano llegaría, él me trataba como si nunca me hubiera movido de allí. Tenía que pedirle permiso para salir a cenar fuera de noche, o para ponerme de vez en cuando un poco de pintalabios. Tenía que hacerle la crónica radiofónica detallada de mis andanzas. Yo confiaba en la complicidad de mi madre, siempre concedida, para gozar de un poco más de libertad durante las semanas en que mi padre estaba de viaje con el camión.

Giordano, educado en la formalidad, vino a casa y pidió mi mano a papá con dos o tres frases mal hilvanadas, en las que montones de poéticos «quisiera», «desearía», «sería feliz» se veían contenidos por sólidos diques de sustantivos (trabajo, casa, dinero, hijos, iglesia, gente), a los cuales regularmente seguía un amenazador punto de interrogación. Resuelta la cuestión, mi futuro marido me invitó a comer a su casa, un domingo, y yo acepté, porque eso es lo que correspondía.

Cuando vi por primera vez a Santa Pallàdi, viuda autoproclamada de Gesualdo Lorenzini y futura suegra mía, llevaba el pelo amordazado con una cola baja y mostraba las huellas de una belleza lejana y ya marchita. Gesticulaba poco, cosa rara en una mujer del sur, y me bastó con mirarla una vez para saber que veía en mí el peor accidente de su vida, una desgracia que tendría que soportar con resignación. Cuando agarró con las manos las mejillas de su hijo para estamparle en la frente un beso que oscilaba entre la ternura y el descanse en paz, comprendí que sería una desgracia también para mí. Giordano le dijo: «Ma', ella es Lia». Y yo añadí: «Mucho gusto, señora Santa». Ella soltó un «Ciao», pero ya se había dado la vuelta, quedándose de cara a la cocina y de espaldas a su futura desdicha, es decir, yo.

La casa olía a lejía y limón, el espectro de una mota de polvo habría podido pasar allí dentro la vida entera sin resucitar jamás. Todo estaba en su sitio, ordenado y simétrico; el suelo resbalaba de tan limpio y un poco más allá, fieramente alineados debajo del perchero, estaban las pantuflas de fieltro, nueve en total (quién sabe por qué impares y quién sería el culpable de la desgracia de aquella pantufla viuda). Giordano me las señaló con un dedo y yo me reí, pensando que con aquel gesto pretendía burlarse de la más obsesiva de las costumbres domésticas.

Tengo recuerdos precisos y devastadores de todas las casas donde alguien me ha invitado a usar pantuflas. De niña, cuando me negaba a ir resbalando por pasillos ajenos como una patinadora torpe, mi madre me soltaba entre dientes que si lo hacía ayudaría a la dueña de la casa a abrillantar el suelo. Y aunque pensaba que no sacaría ninguna ventaja personal de este asunto, me parecía un juego y acataba las reglas. De mayor descubrí el engaño: si tienes unas pantuflas en el recibidor, porque confías en que el pobre invitado las use, TÚ no estás en tus cabales. TÚ no puedes pretender que alguien se sienta a gusto si lo obligas a deslizarse sobre unas gamuzas de fieltro. Y si lo haces, a TI no te importa el otro, sino solo el brillo de tus cuatro baldosas.

Se me cortó la risa cuando entendí que Giordano no pretendía burlarse de nada y que el dedo índice señalando las pantuflas, oficial como un parte de guerra, solo podía significar una cosa: ¡refriega!

Y yo refregué, aquella única vez, hasta la cocina.

Mi futura suegra había vestido la mesa de un blanco excesivo, uno de esos blancos descarados que se manchan con solo mirarlos. La había dispuesto para cinco.

Encima de la mesa ya se desplegaba la cantidad de comida necesaria para sobrevivir una semana y más en el búnker subterráneo que yo pensaba cavar para mí (Santa dijo que aquello eran los entremeses).

A la una en punto estábamos religiosamente sentados a la espera de que sonara el interfono.

—Ma', estoy hasta las narices. ¡Empecemos!

—Pues no señor, que es de mala educación.

—¿Y es de buena educación llegar siempre tarde? Aquí parece que las reglas solo las tenga que cumplir yo, ma'.

—Déjalo, ya sabes de qué pie calza. No me calientes la cabeza, que ya bastante me duele.

Y si bien yo hubiera resuelto el asunto con un gesto teatral eficaz (empujar hacia atrás la silla metiendo ruido, levantarme y marcharme), Giordano se limitó a dirigir un par de miradas al cielo. Demasiado indolentes para ser una protesta y demasiado poco intensas para ser un ruego.


No me gustan las formalidades, me molestan, pero también me molesta la falta total de formalidad.

Aquel domingo, en aquella mesa, había todo lo que detestaba: platos de cerámica, posavasos de plata, tenedor pequeño para el postre, silencio y una total indiferencia ante al hecho de que yo, una auténtica desconocida, estuviera allí por primera vez en mi vida.


Para salir del aprieto, le pregunté a Santa qué le había echado a la tortilla (la tenía delante, cortada en cuadrados perfectos, y fue lo primero que se me ocurrió preguntar). Los huevos, me contestó. Le dije que sabía que la tortilla se hace poniendo huevos y parmesano (yo le añado también una pizca de nuez moscada), pero quería saber cómo había conseguido aquel efecto espumoso, porque «hace años que cocino, señora Santa, y me encanta, pero nunca había visto una tortilla tan alta y esponjosa». Cuando me contestó que efectivamente le añadía un poco de leche y de nata, ya me había condenado a cadena perpetua. Estaba claro: había meado fuera del tiesto, había plantado un árbol en su jardín, me había puesto su pijama preferido y había cambiado la disposición de sus muebles.

El suspense del momento fue quebrantado por el sonido del interfono que a las trece y treinta y nueve minutos anunció la llegada de Camillo y Rosalba, que iban a casarse al cabo de dos semanas y media.

Rosalba era dulce y acogedora. Al decirle «Encantada», le había dado la mano, pero ella me atrajo hacia sí como si estuviéramos jugando al tira y afloja entre amigos, ese fuera el último tirón y el premio fueran dos besos en las mejillas.

Nada que ver con la persona de cristal en que se convertiría a copia de años y de aburrimiento.

En cambio, Camillo, que era exactamente lo contrario de su mujer, nunca dejaría de hablar mucho. Demasiado. Y por una broma graciosa estaba dispuesto a todo. Sabía, por ejemplo, que bastaba con decirle a Santa que la pasta estaba sosa para garantizar a los espectadores un feliz entretenimiento. Ella, seriamente alterada, empezaba contestando que no era posible, que por lo visto a ese hijo suyo lo había parido en mal año; si luego Giordano le seguía el juego al hermano diciéndole que él también notaba que faltaba una pizca de sal, entonces ella resolvía el asunto diciendo que el desgraciado de Toni Riccio le había vendido sal de mala calidad.

Mi cuñado podía resultar realmente divertido, pero su comicidad iba siempre de la mano de una sutil maldad de la que no se salvaba nadie.

Sabía que le caía bien; yo era el ser humano con quien más congeniaba. Tenía un modo atlético de hacer frente a sus bromas y un sarcasmo innato que le molestaba y fascinaba a la vez. Pero yo no era malvada ni pedante como él.

Cuando Giordano descubrió que le quedaban pocas semanas de vida, por ejemplo, Camillo me pidió que nos viéramos a solas para tomar un café, y allí, con una taza vacía delante y la cucharilla boca arriba, como después de una comilona, me dijo que quizá sería mejor que su hermano pasara aquellas últimas semanas en casa de su *mamma*. Era justo, porque bien mirado yo tenía a Vera y no podía permitir que una niña de cinco años asistiera a la muerte de su padre como si fuera una película de dibujos animados demasiado cruel para su edad. Y además podríamos ir a verle cuando quisiéramos, por descontado.

Creo que en toda mi vida no he vuelto a encararme de esa manera con nadie: «Qué cara dura, la tuya. Tu hermano tiene que estar con la madre de su hija, no con su mamá. Dejémoslo y hagamos como que no lo he oído».

Yo estaba peleando con el hecho cierto de perder al gran amor de mi vida, no quería pelear con nadie más.

## 2

¿Qué hay que hacer para tranquilizar a un marido que no está perdiendo el empleo, ni pasando por un mal momento por culpa de las cervicales, sino que se está muriendo? Yo no lo sabía, de verdad. No sabía qué hacer para prometerle (eso fue lo que me pidió Giordano) que su hija tendría de todo, incluso un buen hombre de bien que quizá un día sería su padre sustituto y que la querría al menos un poco.

¿Cómo decirle que últimamente yo no hacía más que pensar en el hecho de que él nunca dormía boca arriba y que en el ataúd te colocan precisamente en esa incomodísima postura?

No lo sabía.

Todo lo que había aprendido hasta ese día, el día en que me dijo que se iba a morir, dejé de saberlo.

Mi marido, Giordano Lorenzini, había sido para mí la prenda perfecta para cualquier ocasión. El vestido ideal para mi cuerpo, suelto en las caderas (ese que, aunque engordes un poco, te entra igual), que sirve para ir a misa el domingo y para ir a comer una pizza el sábado por la noche. A juego con el color de mis ojos y de un tejido cálido en invierno y fresco en verano.

Sentía ya el hielo de mi completa desnudez.


Para empezar, pensé en ensañarme con los defectos.

Mimaba demasiado a nuestra hija.

Se lavaba lo justo (decía que, total, no olía mal, y era verdad).

Llevaba en la cabeza un cesto de pelo africano que ocupaba irrespetuosamente el doble del espacio vital de una cabeza normal.

Roncaba mucho.

Me decía que teníamos que hacer algo, inmediatamente, para remediar el agujero en el ozono, el hambre en el mundo, el poder de los bancos, de la Iglesia, y yo le contestaba que sí, que muy bien, pero le preguntaba si antes, por favor, podía echarme una mano con el enchufe del aspirador que fallaba, y él me miraba molesto y me decía que ya lo haría después, como dando a entender que aquellas nimiedades propias de los seres humanos a él no le interesaban (al principio me sentía culpable y muy banal, pero luego me di cuenta de que se hacía el loco para no andar a la greña y aprendí a arreglar las cosas por mi cuenta).

Desentonaba a más no poder y oírle canturrear era como participar en un concurso sin premio en el que había que adivinar a regañadientes un estribillo irreconocible.

Tenía la manía, presuntamente heredada, de ordenarlo todo (una noche lo descubrí colocando los paquetes de pasta según el tiempo de cocción, para dar una idea).

Hablaba poco. En una cena con los amigos más queridos, era capaz de soltar una docena de palabras en total (de las cuales la mitad eran «sí» y «no»).

Me amaba de una manera rara. Poco a poco llegaba a un total de muchísimo amor, que sin embargo no me era dado percibir plenamente. Yo perdía el equilibrio, me retorcía, me hinchaba de tanto querer, y en cambio él se limitaba a tomarme la mano, abriéndome de par en par sonrisas y ojos. Permitía que yo me ganara día a día aquel amor tan nuestro, tierno como el pan de molde, y que luego disfrutara de cada una de sus partes: sin descuentos, sin regalos, todo mío, conquistado, lleno de esperas.

Leía demasiado. Mucho más que yo. Y en cuanto acababa un libro, se encerraba cuarenta y ocho horas en el despacho para reescribir el final. Le preguntaba de qué servía eso, y él me decía que era un ejercicio de inspiración para sus libros. En qué sentido, preguntaba yo, y él, molesto como cuando tienes que enseñar el carnet de conducir y el permiso de circulación a la policía, me decía que inventar finales era tanto como parir nuevos inicios. Y yo le creía.

Nunca levantaba el tono de voz, lo que nos convertía, a mí y a toda mi familia, en un vulgar y estruendoso barullo de sonidos. Porque cuando hablábamos nosotros, subíamos automáticamente el volumen. Lo peor era el teléfono: si mi padre llamaba desde el norte de Italia, en uno de sus viajes en camión, mi madre chillaba pegada al auricular como si su voz pudiera llegarle así, directamente desde nuestra casa. Cuanto más lejos estaban los interlocutores, más chillábamos. Y si no estaban lejos, sino que eran extranjeros, hacíamos lo mismo, como si el hecho de decirle a un canadiense «Todo recto y luego a la derecha» a voz en grito le ayudara a orientarse mejor.

Lo conservaba todo. Recibos, camisas gastadas, calendarios de años anteriores, manteles con manchas eternas, menús de enlaces matrimoniales, comuniones y bodas de oro, horripilantes bibelots con forma de payaso, de perrito, despertadores rotos, listas de la compra y relojes sin agujas.

Llevaba la cuenta de sus pecas (me contó que cuando tenía diecisiete años llevaba localizadas seiscientas noventa y dos y que aquella fue la única vez que había conseguido terminar la tarea por completo y que empleó alrededor de un mes en contarse el cuerpo entero), y si yo le decía que ese mismo tiempo que concedía al útil recuento de sus manchitas habría podido dedicarlo a hacer cien veces la compra, redactar y corregir seis capítulos, lavar el coche veinte o treinta veces —por fuera y por dentro—, llevar a Vera a tomar mil helados, pagar setenta recibos y Dios sabe cuántas cosas más, él me contestaba que esa era su manera de relajarse. ¿Y qué podía decirle yo a eso?

Pensaba demasiado.

Calculaba, organizaba, optimizaba, ahorraba, y cuando yo le preguntaba de dónde le venían esas manías y esa carga genética, él me contestaba, muy orgulloso, que todo se lo había enseñado su abuelo Michele. O sea, el padre de su madre Santa. Y luego se iba a la otra habitación, cogía la libreta de los apuntes y me pedía que le escuchara y le dijera si me gustaba el comienzo de su próximo libro, el que no pudo acabar y que estaba dedicado a la historia de su familia. Tosía brevemente para prepararse y luego leía:

Santa y Carmela eran guapas, blancas como sábanas tendidas al sol, con unos ojos transparentes que tenían el don de adquirir un color distinto según la luz del día. Michele, el padre, tenía una tienda de tejidos, vendía la elegancia por metros, y Angela, su mujer, bordaba con meticuloso cuidado las iniciales de quien la compraba, convirtiendo dos letras en florituras perfectas de hilo de seda.

Michele atendía a la clientela, daba consejos sobre los colores («Este verde rejuvenecería incluso a mi difunto bisabuelo», decía, o «Ya verá, señora, que con este azul tendremos que llamar a la policía». «¿Por qué, don Michele?» «¡Porque la adelgaza tanto que desaparecerá y les tendremos que pedir que la busquen!»). Angela estaba en la trastienda, acompañada de una taza de café que se tomaba a sorbos cautelosos y de una pequeña radio que daba el parte meteorológico. Lo suyo era una obsesión: a la hora de cenar, empezaba siempre con un anuncio del tiempo que haría. Y Michele siempre parecía sinceramente aliviado cuando anunciaba sol. Aliviado como si hubiera organizado una excursión a la orilla del río o como si el sol determinara los acontecimientos del día siguiente. Las hijas no lo entendían, porque el día a día de sus padres siempre transcurría igual, lloviese, nevase o hubiera treinta grados a la sombra. Con los años aprendieron a aguantarse la risa cada vez que la madre soltaba el parte meteorológico, al que Michele respondía con una grave expresión en el rostro. «El sol es alegría —le encantaba decir a Angela—, la luz me pone el buen humor en la cara, y trabajar con una pizca de amarillo en el cristal de la ventana es más agradable, solo eso.» Y si hacía sol, Angela iba a tomar el café de media mañana fuera, sentada en el banco pintado de blanco, cruzando las piernas y entornando un poco los ojos, como las persianas medio bajadas durante la pausa de la comida. Cuando no había clientes que atender, Michele la acompañaba y le ponía una mano en la pierna sin decirle nada, pues nada había que decir. Habían logrado seguir enamorados toda la vida. Habían tenido la revolucionaria intuición de colocarse siempre en el centro de su mundo, anteponiéndose a cualquier cosa, incluso a sus hijas. Y no es que quisieran poco o mal a Santa y Carmela. Nada de eso. Les dieron todo y más, besos de buenas noches, cuentos y sopas calientes. Dinero bien guardado en el corpiño y leche recién ordeñada. Libros de segunda mano pero en buen estado, prendas limpias y muy buenos consejos. Les dieron todo el amor que podían, pero sin quitárselo nunca al amor que sentían el uno por el otro.

Nunca cambiaron sus hábitos por las hijas, nunca renunciaron a caminar del brazo y a desayunar los dos solos, antes de que el día comenzara y ya fueran cuatro.


Giordano Lorenzini, con quien me casé un día de finales de abril que olía como el mar cuando está lejos, cuando sabes que por ahí anda y te espera, parecía condenado a una vida en que los pensamientos iban formado cola y empujándose unos a otros. De pequeño pensaba que no debía engordar, y medía muy bien lo que comía para no acabar obeso como su hermano Camillo. Pensaba en su palidez (aterrorizado por la posibilidad de un cáncer de piel, murió de un tumor cerebral). Creo que pensaba continuamente en su padre, desaparecido hacía muchos años, pero de eso no hablaba nunca. Pensaba en sí mismo de niño, cuando le entraba la melancolía. En sí mismo como padre muerto, cuando se ponía triste. En sí mismo como hombre muerto, y me pedía disculpas.

Se imaginaba a sí mismo en el purgatorio, por haber aguantado mal el luto fingido de la madre (y yo diría que a la madre en general); a sí mismo en el infierno, por haberme traicionado.

Porque resulta que sí, que me traicionó. Al igual que todo el mundo traiciona a todo el mundo.

Y yo, que le había permitido masticar mi corazón un rato, hasta el momento de verse obligado a decidir si escupir el bocado o tragárselo, lloré durante tres días y cuatro noches, herida solo y únicamente por una cosa: la obviedad.


Creo en el amor, y punto. El amor que existe, se distrae, acaba y vuelve. Si es que vuelve.

Giordano Lorenzini era demasiado pelirrojo para ser como cualquier otro, pensaba yo. Amé su peculiaridad antes que sus seiscientas y pico pecas. Follamos diez minutos después de darnos la mano por primera vez y, con él, traicioné a mi compañero de entonces.

Porque en la vida esas cosas pasan. Que eres feliz y luego ya no. Que cada día lees su horóscopo antes que el tuyo, y luego de repente ya no. Que duermes bien, y mucho, y luego ya no. Y también pasa eso: que hay un momento lentísimo en que te quedas parada; una larguísima mentira en la que te quedas quieta, a resguardo, aterrorizada por la hipótesis del cambio, esperando cómodamente que algo vuelva a empezar. Y si justo entonces te ocurre que disciernes en el aire una cara nueva, nerviosa, hermosísima, cerrada al común de los mortales como la persiana de un viejo club de alterne, la cara de Giordano Lorenzini, por ejemplo, suspiras un instante y sientes que efectivamente vuelves a empezar. A respirar, a desear, a dormir, a contarte la verdad. Y no te parece real.

Si existiera un referéndum sobre la traición, yo votaría a favor, porque este es el único modo que existe de comprender, derribar, reconstruir.

Y Giordano era igual que todos, él también, igual que yo, y traicionaba como lo hacemos todos, tarde o temprano, en la vida. De su exclusividad solo le quedaba aquel diablo rojo en la cabeza, el color con el que los niños dibujan los corazones, el que tendría que haberle salvado de ceder simplemente al instinto de penetrar huecos desconocidos. Me traicionó en toda regla, sí señor, tomándose todo el tiempo necesario para querer un poco a otra mujer.

Me llenó de silencios, que yo catalogué por orden alfabético, como si lo que quedaba de nuestro amor fuera el archivo polvoriento de una vieja biblioteca.

A: Abandono cercano.

B: Brutal desespero, procurando que él no se diera cuenta de nada.

C: Calambres por todas partes, diseminados a lo largo del día como posits de dolor que me recordaban hasta qué punto era cornuda.

D: Duda asquerosa: ¿dormirán abrazados después de hacer el amor?

Y aproveché todo el tiempo libre para imaginarlo sin mí. Estaba mejor que nunca, la verdad. Lo miraba mientras se movía entre ella y yo con la soltura de quien, por la noche, va del dormitorio al frigorífico sin molestarse en encender la luz.

Estaba sereno, eso me asombraba. Solo que menos presente. Yo detestaba el hecho de que no sintiera la menor necesidad de buscar una excusa, de contarme una mentira, de traerme el ramo de flores con que los hombres en todas las películas se delatan ante la propia mujer. Él callaba, y punto. Y yo también callaba, porque en el fondo éramos iguales.

Me quedé esperando, solo eso hice, porque, aunque no lo hubiese querido tanto como para perdonarle cualquier cosa, sabía que en aquel momento valía la pena quedarse allí un poco más, y leer la continuación.

En aquel mes de tormento, mi madre me decía que estaba cansada, que los preparativos para la boda me estaban marchitando. Lucia, mi compañera de pupitre de cuando éramos niñas, que salía con el mismo hombre desde primero de bachillerato y se cabreaba y se ponía roja como un tomate cuando yo le preguntaba si no estaba harta de hacérselo siempre con la misma polla, me repetía que yo ya no era la de siempre, que quizá debería pensarlo mejor. Si le hubiese dicho que era Giordano quien se lo estaba pensando mejor, me hubiera dado el consejo que suele darse en mi tierra: que disimulara. En nuestra ciudad la traición no se puede observar, analizar, desmontar, comprender, tal vez algún día intercambiar los papeles: se la debe ignorar, dogmática y lúcidamente. El hecho de que yo me quedara sentada en una butaca, cómoda y en ayunas, a la espera de leer los agradecimientos (o los adioses) en los créditos de la película, en aquel lugar de meapilas y mea culpa, resultaba humillante, digno de ser catalogado en la letra L: Locura pura y dura.

Al final Giordano me eligió a mí. O cabe la posibilidad de que fuera la otra quien eligiera por él, haciendo lo que las mujeres valientes hacen, llegado el momento: irse.

Sentí cómo él volvía, pero despacio. Lo detesté en silencio, durante mucho tiempo. Y solo lo reconocí mucho más tarde. Cuando su amor desmembrado volvió a recomponerse. Cuando aquella duda suya tan penosa se desvaneció.

Desde entonces en adelante lo fui queriendo exactamente como se merecía: con cautela. Y fue la época mejor para nosotros: el momento en que la persona que amas baja finalmente del pedestal y se encarna en un hombre normal, dispuesto a proporcionarte tu dosis de banal e incluso aburridísima felicidad.


Al cabo de dos años nació Vera.

Aquella noche Giordano enloqueció. He aquí lo que hizo: miró a su hija, lloró un poco de felicidad, me dijo que era increíble lo guapa que estaba a pesar de todo, y desapareció. Se subió al coche, a las dos y treinta y cinco minutos de la madrugada, y con una botella de vino espumoso en la mano (la llevaba en el maletero desde el día en que entré en el noveno mes), empezó la ronda de las casas de sus amigos. Se colgó del interfono de cada uno de ellos. «¡Ha nacido! Joder, Nicola, ¡es la niña más inteligente del mundo! Tienes que venir a verla. Anda, baja.»

Uno: esas fueron las palabras textuales de mi marido: que su hija, al cabo de seis o siete minutos de haber nacido, era la niña más inteligente del mundo.

Dos: los locos de sus cinco amigos de infancia se subieron al coche con él, uno encima de otro, y media hora después del parto se presentaron en pijama junto a mi cama e invitaron a vino a toda la sala (o al menos lo intentaron: los echaron de mala manera, diciéndoles que allí se parían niños, y no copas de campeones).

Pero Giordano Lorenzini era también una lista larga y agotadora de cualidades. Que hoy duelen, mucho más que los defectos.

Cuando le hablaba de mi trabajo, por ejemplo, se le dibujaba un frunce torcido en mitad de la frente. Yo adoraba aquel frunce, lo contemplaba. Era el modo en que Giordano se metía en mi mundo: esa línea en su rostro era un faro que me enfocaba, que se encendía cada vez que él intentaba comprenderme con todo el cuerpo.

Me cortaba el pelo mejor que un peluquero. Me sentaba en el borde de la bañera e improvisaba. Decía que estaba loca, que las mujeres como Dios manda no permiten que estas cosas se las haga el primero que se cruza en su camino, y mientras tanto cortaba un poco por aquí y otro poco por allá con las tijeras de cocina con el mango de plástico de colores, y yo me reía y le decía que él era todo, menos el primero que se cruzaba en mi camino. Entonces me ordenaba que estuviera quieta y callada, que, si no, el corte le saldría torcido. Y a mí me gustaba por eso, porque le salía siempre vistosamente torcido y fortuito, y la gente en Campobasso se preguntaba a qué peluquería iba y quién me hacía aquel corte. Tenía que ser a la fuerza alguien famoso, a quien pagaría cifras exorbitantes.

Me leía sus libros preferidos en voz alta, de noche, como hacía también en la librería una vez por semana, y cuando se aproximaba un párrafo que le gustaba especialmente me ponía en alerta, me disponía a la escucha, como si estuviéramos a punto de oír la sintonía que anuncia una edición especial del telediario. Nunca más he vuelto a escuchar a nadie que amara tanto las palabras como él. Las pronunciaba hambriento, alelado. Aflojando en las sílabas y haciendo una pausa para respirar en cada conjunción. En su boca todo parecía tener un sonido único, a tono con la frase, con la historia, con la hora de la noche o del día. Decía que una página es perfecta cuando se puede leer en voz alta, de un tirón, sin que haga falta volver atrás para entenderla. Y yo me ponía pálida porque reconocía en aquel hombre de cabeza encrespada la capacidad de convertir la prosa en poesía. Su voz cambiaba el ritmo de las palabras y las suavizaba hasta que yo me quedaba dormida, igual que nuestra hija, envuelta por una nana de vocales y consonantes.

Pasaba de escuchar a Mahler como un autista a los Beach Boys. Cambiaba de disco y se le cambiaba la cara, y yo, que no lo sabía, imaginaba que, según la expresión que la música le dibujaba en el rostro, escribiría sobre un amor en conflicto, un baile de disfraces o un crimen entre amigos, cometido por aburrimiento o por culpa del excesivo calor.

Me decía que era guapa, pero lo hacía por impulso, cuando yo de repente me daba la vuelta al oír un ruido, cuando le soltaba una risotada chillona, cuando, con un mechón de pelo tapándome los ojos, le pedía que pusiera un dedo en la cinta para hacerle el lazo a un paquete.

Dormía de lado, como una media luna rojiza, que yo pensaba que miraría todas las noches de mi vida.

Cocinaba fatal (previsible reacción a la soberbia maestría de la madre), y cuando yo no estaba, organizaba cenas a base de mayonesa y tostadas, de las que yo a la vuelta encontraba restos infames (bien mirado, ese sería un defecto, pero aquellas migas supervivientes mezcladas con la mayonesa y pegadas de mala manera a cualquier superficie de la casa me hacían tronchar de risa). Poner la mesa era tarea suya, y siempre se olvidaba de algo, un cubierto, una copa, la cesta del pan, pero nunca de hacer sitio para Ringo Starr, que así Vera se ponía contenta.

Sin que su madre llegara nunca a saberlo, aprendió a planchar mucho mejor que yo. A quitar el polvo mejor que yo (pasando el trapo alrededor de las cosas, nunca debajo). A dormir a nuestra hija mejor que nadie. Si hoy pudiera volver a tener a mi marido, aunque solo fuera por unos instantes, quisiera tenerlo así: susurrando un cuento a Vera, que lo mira enamorada y emprende su pequeña batalla cotidiana contra el sueño. Intentaría reconocer la felicidad, si se me diera la ocasión. Intentaría enmarcarla. Pero la felicidad está hecha a propósito para ser manoseada. Mi hija en los brazos de mi marido: esa era mi felicidad. Pasaba delante de mis ojos continuamente, arrugada y desordenada, y yo estaba demasiado ocupada viviéndola para poder congelarla. Y ahora estoy cabreada por no haberla mirado mejor, por no haberla memorizado lo suficiente, por no haberla custodiado. Ha sido poca, y mi hija quizá aún tendrá menos, y yo tengo miedo todos los días de que incluso ese poco se pierda. Cuando echas cuentas con la muerte de alguien, ese daño, esa angustia que te impide respirar no es más que eso. Es solo el miedo a olvidar.

Incluso en el dolor, somos egoístas.


# 3


Mi suegra venía una o dos veces por semana a traernos la carne «buena». Ni que viviéramos en China y el riesgo de cenar carne de perro fuera demasiado alto para dejar que compráramos nosotros solos ternera y pollo. A decir verdad, hacíamos la compra en la misma carnicería, la de la avenida Bucci, pero solo Dios sabe por qué la carne que nos traía ella era mejor. Yo le daba las gracias con un beso en la mejilla, y ella me decía que la podía preparar con limón y harina, para la noche, cuando volviera Giordano. Yo la metía en el congelador delante de sus narices, y lo hacía descaradamente a propósito: la cena para esta noche ya la tengo lista, afirmaba lánguida, y ella se daba la vuelta hacia el fregadero, donde no había nada que estuviera en su sitio. La niña le sonreía, la llamaba Lanta (sorprendente simbiosis entre abuela y Santa que nos hizo creer, durante un tiempo, que habíamos procreado a un genio), ella le contestaba con una caricia en la cabecita, tan rutinaria como una pizza margarita la noche de los sábados. Giordano sabía de esa lucha a brazo partido entre su madre y yo. Y también sabía que en nuestra casa la gestión del enemigo era cosa mía.

¿Debo contarlo? Lo digo: cuando iba a venir mi suegra, yo desordenaba adrede la casa con una energía enloquecida. Ella se volvía loca al encontrar el periódico (manchado de café) encima de la mesa (en la que se come); las camisas de Giordano (solo tenía cuatro y las lavaba todas juntas, así que siempre llegaba el día en que estaban todas limpias o todas sucias) hechas un ovillo y tiradas en el suelo del baño, cerca pero no dentro de la cesta de la ropa sucia; tazas con restos de té sin agua dentro (solo para mostrarle cuánta mugre iban acumulando antes de que me decidiera a lavarlas); los cepillos de dientes en un vaso vistosamente colocado cerca del fregadero de la cocina (¡el golpe de gracia! La idea de que Giordano y yo pudiéramos «escupir» dentro del fregadero de la cocina le provocaba crisis respiratorias y ataques de pánico). No soportaba que tomáramos comida caducada (la fecha de caducidad es un invento comercial y tramposo ideado por los poderosos para que malgastemos comida), así que, sabiendo muy bien que abriría la nevera en cuanto yo me diera la vuelta, colocaba todo lo que tenía caducado en primera fila, para que lo notara enseguida. Cuando me iba por trabajo, ella venía a casa «para darle un buen repaso al piso», como solía decir. Lo hacía por cuidar de la higiene de su hijo, en primer lugar, también en parte por la de su nieta, aunque no creo que a ella le importara mucho, pero sobre todo para poder compartir un secreto con mi marido, algo que fuera, como antes, un acto privado, de la familia. Giordano me pedía que disimulara con ella y yo me enfadaba un poco, pero luego le contestaba que, bien mirado, el hecho de que su *mamma* viniera de vez en cuando a limpiarnos la casa a escondidas no me suponía ningún trastorno. Todo lo contrario.

Giordano salió de casa una mañana hacia finales de mayo. Llevaba unos tejanos descoloridos, una camiseta con la cara larga de John Lennon y una chaqueta de lana azul abrochada, que tapaba el estampado desde las gafas redondas hasta abajo. Nunca me ha caído bien Yoko Ono, siempre he estado del lado de Cynthia, la primera mujer de John. Pero aquel día pensé en ella, en la japonesa que había metido cizaña entre los Beatles. Me la imaginé con un marido y luego, de repente, sin él.

Pensamiento positivo: nunca tendrá a otra mujer que no sea yo.

Pensamiento negativo: preferiría imaginármelo con otras mil mujeres a cambio de no tener que besar sus labios tan fríos.

¿Qué hizo Yoko Ono el día siguiente de que mataran a Lennon?

¿Untó con mermelada de moras cuatro tostadas (dos por cabeza), dándose cuenta de repente de que tendría que partir por la mitad una vida entera de costumbres?

¿Le dijo a su hijo Sean que el padre no iría a recogerle al colegio durante un tiempo porque estaba fuera por trabajo?

¿Cerró todos los libros abiertos, con una página leída y otra por leer, o puso una señal solo para saber hasta dónde había llegado él?

¿Cambió las sábanas o se quedó con las mismas mientras conservaron su olor?

¿Hablaba sola, como si él estuviera allí, escuchándola (sentado encima de la mesa con las piernas cruzadas), o se envolvió la cabeza con una almohada, a la espera de que el dolor la aturdiera, llenándola de silencio?

Sin embargo, ella, Yoko Ono, tuvo suerte: tenía miles de grabaciones del marido, miles de voces para volver a escucharlas. No es posible que ella tuviera miedo de olvidarlo. Yo, en cambio, sí.

Mi marido salió de casa como quien sale a comprar el pan, a poner gasolina, a ver a un amigo o a pagar una multa, y cuando volvió me dijo que teníamos que hablar.

Últimamente se había desmayado un par de veces, y no era por una bajada de presión.

Tenía unos horribles dolores de cabeza, y no era por cansancio.

Comía poco, y no era por miedo a engordar.

Estaba pálido, mucho más que de costumbre.

Nos quedaban (y ese plural fue la declaración de amor más dolorosa de toda mi vida) un par de meses, como máximo tres.

Tenía un marido y tenía que aprender a arreglármelas sin él.

## 4

Aunque ahora marzo es igual que noviembre, enero es como julio, y el calendario va haciendo camino marcado solo por las chaquetas que me pongo y me quito, en septiembre siento una especie de malestar silencioso que solo se va del todo en primavera, cuando me doy el lujo de volver un poco a la vida.

Francamente creo que esta gastada coincidencia entre alegría y flores que se abren, entre tristeza y sombrillas que se cierran, tiene que ver con una cosa: la escuela, que aunque la hayas acabado, archivado, abandonado, continúa marcándote la vida con esa ansiedad especial de los domingos (de lo que hay que echarle en parte la culpa a Leopardi), con la excitación de la primavera y la depresión del otoño. Si a lo largo de los últimos doscientos años las clases hubieran empezado en febrero y terminado a finales de verano, todo el mundo se habría criado a la espera febril de una hoja que cae. Odiaríamos la sandía y el carnaval, habríamos disfrutado de Roma en octubre y visitado Londres cuando corresponde: en invierno. Habríamos ido a la playa en septiembre, y habríamos esperado solo un rato para la puesta de sol y mucho más para el amanecer.

Pese a todo, seguimos siendo víctimas de una convención, eternamente esclavizados por la felicidad adolescente del pie sin calcetines y de los días que se alargan un poco, luego un poco más, siempre más.

Si hubiera podido elegir el mes adecuado para enmarcar el inicio de la muerte de mi marido, habría optado por un septiembre especialmente voluble, como mucho por un mediado octubre más frío que de costumbre. Pero Giordano, que se mantenía fervorosamente lejos del sol y de las convenciones, me dijo que se iba a morir en mayo, transformando el mes en que solíamos contar los días para las vacaciones en el que contaríamos los días. Sin más.

En el cuerpo no mostraba signos de deterioro demasiado evidentes y su buen talante me sostenía como si fuera yo la que se iba a morir en un par de semanas y él fuera a vivir eternamente. Comprendía que se estaba despidiendo por el porcentaje de besos que me concedía. Un subidón clamoroso de amor al que sinceramente no estaba acostumbrada y que me destrozaba. Intentaba ponerlo a buen recaudo, engullendo hasta reventar. Parecía uno de esos carritos de la compra que cuando lo tienes delante en la fila para pagar te hacen dudar de si te has perdido la noticia del cierre inminente de todos los supermercados del mundo.

Una noche me llevó a cenar y me dijo que solo tenía un último deseo: aparentar hasta el final que no iba a pasar nada.

Míralo, pensé, dejándome llevar un instante por la rutina, igualito que su madre. Pero luego me sentí invadida por un escalofrío aterrador, por aquellas cosquillas impertinentes que me daban cuando, después de entregar el examen de matemáticas, me tapaba los oídos para no oír a mis compañeros comparando los resultados de las ecuaciones.

Odio el miedo a haberme equivocado. Mucho más que el error en sí mismo.

Estaba comiendo pasta y brócoli (más que comer, le daba vueltas en el plato) y pensaba que Santa disimularía sin que hiciera ninguna falta que su hijo se lo pidiese. Pensé que, por mi culpa, por mi continuo, puntilloso, aburrido y engreído careo con la realidad, Giordano estaba echando a perder su último deseo. Si me hubiera tocado a mí morir (y sabe Dios que todo hubiera sido más fácil), hubiera pedido todo lo contrario. No sé bien qué, ahora no caigo, pero habría especulado sobre mi muerte con cierta bravuconería. Desde luego habría pedido unos últimos deseos dignos de su nombre y habría escrito una hermosa carta de despedida para que alguien la leyera luego a trompicones, anegado en lágrimas.

A decir verdad, puestos a ser sinceros, el último deseo de mi marido me daba asco. Él y aquel pelo rojo tan suyo, que ahora raleaba y se iba apagando como el cerco de una vieja mancha, me estaban privando de la posibilidad de coger aquella muerte por los cuernos y batirme en duelo con ella. Ese era mi plan: ¿te vas a morir, amor mío? Pues entonces voy a quererte mejor, y como tengo que amarte apresuradamente, le robo a quien haga falta el tiempo necesario para llevarte a Berlín, luego a Liverpool, Londres, París y Sarajevo, y voy a recortar, con dos dedos que fingen ser tijeras, el contorno de nuestro viaje para que tú puedas colgarlo en la pared, allá donde vayas, y acordarte de nuestros últimos días.

Pero le dije que sí, moviendo algo la cabeza (mientras, un cacho de verdura iba enrollándose en el tenedor), y añadí que le concedía un deseo más, siempre que fuera un poco más resultón y acorde con el tema de la muerte. Se rio hasta que se le saltaron las lágrimas. Y le entró dolor de muelas, imagino que por la fatiga de divertirse y morirse al mismo tiempo. En aquel período la hacía reír mucho, y lo cierto es que no sé cómo pudo suceder. Decía que mi voz chirriaba, quizá porque me empeñaba en hacer dos cosas al mismo tiempo: hablar y tragar el llanto. El hecho de comer lágrimas convertía mi voz en una especie de gemido sonoro que no era realmente mío. Agarrar las palabras y clavarlas a la realidad con la tensión de un actor que ensaya su papel era una tarea agotadora que me volvía increíble e involuntariamente cómica, y cuando veía a Giordano reírse de mí como si estuviera viendo una película de Totó, el cuerpo se me vaciaba entero, de golpe, y parecía listo para que alguien lo doblara y lo colocara en un arcón de madera oscura. Aquellos días odiaba su risa, lo confieso, porque no hacía más que demostrarme que todo estaba del revés: yo a un paso de la muerte y él serenamente dispuesto a continuar sin mí. Y a lo mejor eso era lo que estaba pasando.


Así las cosas, seguimos adelante como si nada.

Rechacé un trabajo de cuarenta días en Atenas, acepté uno de veinte en Roma (Santa me dijo por teléfono que, estando mi marido como estaba, no le parecía bien que me marchara. Y yo le contesté que dentro de dos meses ya no tendría marido, pero seguiría teniendo a una hija que dependería solo de mí para salir adelante, y le colgué el teléfono en la cara, esperando que el golpe le diera justo en la nariz). Los lunes y los martes no había función, así que cogía el primer tren a Roma el miércoles por la mañana y volvía a casa el domingo por la noche, con un colega que vivía en Benevento y que alargaba un poco el trayecto para acompañarme. Detestaba su amabilidad y buena disposición. Aquello era piedad, conmiseración, ganas de asegurarse una mesa con vistas al mar en el mejor restaurante del paraíso. Y me odiaba por aceptar una y otra vez ese favor. Pero era la angustia de perderme algo, la misma que me llevaba cuando viajaba y nuestra hija era un bebé, y bastaba que estuviera un día lejos para perderme un diente nuevo, una palabra recién aprendida, una rodilla raspada. Luego, de repente, ocurrió algo: todo el tiempo que pasaba lejos de Giordano empezó a parecerme tiempo desperdiciado.

Hasta entonces, había tenido una noción bastante vaga del tiempo desperdiciado:

–Las colas interminables para pagar los recibos (de niña, me gustaba hacer cola con mi madre porque ella me había convencido de que aquella gente hacía cola para recibir a cambio un regalito, unos centavos o una caricia. Descubrir un buen día que nadie iba a recibir nada, sino que incluso tendrían que pagar, fue cruel).

–Las clases de cocina a mi marido (partes los tomates en dos, los echas a la sartén con un diente de ajo, aceite y pimentón, y cuando la pasta esté hervida, la vuelcas ahí y le añades una pizca de albahaca fresca), a lo que él me contestaba «entendido», aunque no se hubiera puesto siquiera a escúchame.

Apremiante como una alarma que despierta a todo el mundo menos a la víctima del robo, el tiempo desperdiciado empezó a estar en todas partes. De noche, porque en vez de dormir podía mirarlo (a Giordano). En el trabajo, porque en vez de coser trajes para funciones tontas, hubiera podido ayudarle a vestirse (a Giordano). En el supermercado, porque en vez de comprar alimentos hubiera podido dejar de comer e intentar morirme yo también un poco (con Giordano).

Cuando empecé a tener la sensación de que desperdiciaba incluso el tiempo que pasaba con mi hija, intentando que no estuviera demasiado cerca de la muerte, fui a ver a mi madre y le pregunté qué planes de viaje tenía mi padre. Me contestó que regresaría dentro de dos días, pero volvería a marcharse a mediados de junio y se quedaría fuera un mes y medio (cada año mi padre hacía tres viajes muy largos, aunque los demás traslados solían durar como máximo unos diez días). Le dije que Vera iría con él. Mi madre, que callar, lo que se dice callar, solo calla durante la procesión del Viernes Santo, o sea una vez al año, no habló: se miró los pies. Su silencio fue liberador y por fin me sentí autorizada a llorar. Empecé a dar puñetazos a la mesa, como si fuera un tambor, luego tiré contra la pared el vaso lleno de agua que tenía delante. Empecé a darle patadas al mueble del televisor y no paré de atormentarlo hasta que el aparato se cayó boca abajo; desgarré la revista que estaba en el apoyabrazos del sofá, haciendo pedazos la cara de Carolina de Mónaco, que me miraba perpleja y triste desde la portada. Lancé al aire unos bibelots, como si fueran puñados de arroz para unos novios cualesquiera, y luego me desnudé de arriba abajo, echando a volar botones, zapatos y bragas. Mi madre se quedó sentada en su lado de la mesa (mi padre y ella comían cada uno en un extremo de la mesa, como si fueran el duque y la duquesa de Dios sabe dónde) y me dejó hacer, hasta el final. Hasta que me vio extenuada, acurrucada de lado en el suelo como si fuera a dormir un par de años. Entonces se levantó y vino a traerme una caricia. La puso en mi frente sudorosa y me apartó el pelo con las dos manos, como se hace con las cortinas cuando es hora de que entre el sol (o salga la oscuridad).

Me dormí así. Encima del mármol. Exhausta después de tanto aparentar, tomada y liberada por el dolor.


Aquella noche, cuando volvía a casa, me sentí la peor de las madres. Sentía que no aguantaba a mi hija porque también ella llevaba siempre aquella sonrisa estampada en la cara, como su padre, mientras que yo iba desarrollando poco a poco un instinto mezquino contra todas las sonrisas del mundo. Y mentalmente construí un discurso eficaz para explicarle a Giordano que quizá habría que decirle adiós a Vera.

## 5

Nuestra hija era condenadamente descarada, curiosa y soñadora. Del padre había heredado ciertas manías horribles (alineaba a la perfección las muñecas en la cama y luego, para asegurarse de que estuvieran todas, pasaba lista, y ella misma contestaba «presente», cambiando cada vez el timbre de voz) y las pasiones (escribía libros. Llenaba montones de hojas con una letra de su invención, muy limpia y ordenada, donde asomaban al azar unas A y unas B recién aprendidas. Cuando terminaba, se iba a ver a su papá con el montón de hojas debajo del brazo y él empezaba a leer en voz alta aquellos folios llenos de historias no escritas que tenían como protagonistas calcetines sucios que hablaban y plantas grasas que habían adelgazado). Cuando tenía tres años y medio, decía que quería ser camionera, como su abuelo, para poder descubrir dónde acababan todas las carreteras del mundo. Mi hermano Carlo era para ella como un héroe. Solía pedirle cosas imposibles, del estilo: «Tío, ¿volamos hasta el techo, y así, por mucho que nos busquen, no nos encontrarán?» o «Tío, ¿podríamos ir a Sanremo y ganar el premio a la mejor canción?» o aquella vez que estuvo callada un buen rato y luego soltó: «Tío, ¿por qué no vamos a mirar si el mar cierra en invierno?». El loco de mi hermano siempre encontraba la manera de realizar sus deseos, pero siempre se trataba de un asunto muy privado entre los dos.

Tenía la manía de los atajos, y experimentaba incluso dentro de casa, empeñada en buscar, contando los pasos, los trayectos más cortos para ir de una habitación a otra.

No eran ganas de ahorrar tiempo (faltaría más, teniendo en cuenta su edad) sino de explorar recorridos muy suyos, con un afán pionero que la mantenía muy ocupada. Antes de salir de casa, cuando le preguntábamos si prefería ir a tomar un helado o a las atracciones en el parque municipal, ella casi siempre contestaba que quería ir a comer a casa de Ringo Starr, que era su mejor amigo. Imaginario. El verbo «comer», al contrario de lo que siempre había significado para su padre, era para ella la síntesis de la felicidad. Nunca decía simplemente que quería ir a un lugar. Casi siempre decía que quería ir a comer a aquel lugar. No le tenía miedo a nadie, excepto quizá a Mariele Ventre, la pobre mujer que dirigía el coro de voces blancas del Antoniano. Vera, que se volvía loca de contento con el festival de Sanremo, no aguantaba ni cinco minutos los concursos de niños cantores: a pesar de los niños emperifollados, las canciones infantiles y el mago vestido de azul, ella empezaba a chillar en el instante mismo en que aparecía el rostro sonriente de la directora del coro en la pantalla. Teníamos que apagar inmediatamente la tele.

Desde los cuatro años empezó a tener novio con cierta facilidad: a esa edad el noviazgo es un asunto espléndidamente individual, que no tiene en cuenta el beneplácito del otro. Nunca me decía simplemente que le gustaba alguien, sino, siempre, que amaba mucho a alguien y que teníamos que invitarle a comer a casa. Tenía mi sentido práctico, mi sentido estético, mi sarcasmo algo coqueto. Y aun siendo tan pequeña, rezumaba ironía. Cuando yo contaba un chiste imposible, uno de esos que nadie entiende, ella me miraba y se reía un poco conmigo. Y yo le daba besos y le decía: «Gracias, cariño, ¡tú sí que entiendes mis chistes!», y Giordano se reía de aquel espectáculo nuestro tan absurdo porque tampoco él entendía mis chistes. Sin embargo, Vera tenía el pelo del padre, y quien nace con ese semáforo rojo en la cabeza, comparte para siempre pecas, corazón y todo lo demás.

## 6

Aquella noche, cuando entré en casa, Giordano estaba echado en el sofá y Vera sentada a sus pies, en el suelo, concentrada en recomponer el cuerpo de una muñeca que de vez en cuando desmontaba para ver si tenía corazón. Vino hacia mí corriendo, con la cabeza de la muñeca colgando de la mano por un mechón del cabello, me abrazó las piernas y me dijo que ella tenía mucha hambre y su padre mucho sueño, como en la canción de John.

Compartíamos unos códigos de lo más tonto. Como todas las familias del mundo, creo. Casi todos los nuestros tenían que ver con los Beatles. Estaba la canción de Lennon, por ejemplo, «I am only sleeping», que era de lejos la preferida de Vera. Giordano le había explicado de qué hablaba, y ella había entendido perfectamente que en resumidas cuentas John tenía mucho sueño y para nada quería que lo despertaran. Lennon cantaba que le dejaran en paz, que solo estaba durmiendo. Solo estoy durmiendo, repetía una y otra vez el estribillo, solo estoy durmiendo. Así que cuando uno de los tres tenía sueño, ella entonaba la canción.

Giordano me guiñó el ojo en señal de bienvenida, pero, por primera vez desde que supimos lo de la enfermedad, no se movió. No se levantó, no vino hacia mí, no me besó, no me ayudó con las bolsas, no me dijo nada banal que tuviera que ver con el tiempo, con el tráfico, con las llamadas diarias de la madre (que, además de pender sobre nuestra vida con el ritmo opresivo de cada media hora, estaban trufadas de nimiedades ensambladas de cualquier manera, con tal de no tener que preguntar: «Hijo mío, ¿de verdad te estás muriendo?»).

Le dije a Vera que fuera a su habitación a dibujar un Ringo Starr bien grande y luego me hundí en el sofá, resbalando dentro del medio círculo del brazo de Giordano, justo debajo de su axila. Lo besé en el ángulo izquierdo de la boca, en el cuello, un toque en las sienes, y le pregunté si estaba cansado. Me dijo «Sí», sin dramatizar el momento siquiera por un segundo. Me miró directamente a la cara, como si fuera otra vez el día de nuestra boda, y me preguntó si había llorado. Le devolví el sí: había llorado y además había hecho pedazos la casa de mis padres, televisor incluido, víctima de un ataque de nervios. No conseguí sacarle ni la sombra de una sonrisa; lo que hizo fue abrazarme, acercando mi cuerpo al suyo con el recuerdo de una fuerza malograda por la enfermedad. Le dije que sería bueno que Vera se marchara por un tiempo, que se fuera de viaje con el abuelo.

Entonces se levantó solo, haciendo acopio rápido de energía. Se alejó de mí, del sofá, y se puso a caminar arriba y abajo por el cuarto de estar, con las manos ahuecadas tapándole los ojos, como si fueran dos cucharas especialmente patentadas para recoger lágrimas. Dio una patada a la silla, que se movió muy poco, más por hacerle un favor que por la fuerza del golpe. Intenté abrazarle desde atrás por sorpresa, pero él agarró las manos que yo había puesto alrededor de su cintura y las abrió con un golpe glacial, como si fueran las dos puertas de una verja que le impidieran huir. Y la verdad es que huyó. Salió de casa y no volvió.

Me desplomé en la silla que él había pateado hacía un momento. Escuché medio atontada el ruido de la puerta de abajo que se cerraba tras él, e incluso creí oír el sonido de sus pasos, que se alejaban de mí. Me quedé así, sin hacer nada, hasta que Vera vino para volver a decirme que tenía hambre.

Le preparé una tortilla y le conté que su padre había salido con un amigo que lo había llamado; luego, en mitad de la noche, hice algo que en la vida pensé que haría: le pedí ayuda a Santa.

Desde que, hacía muchos años, me había dicho que la llamara mamá y había recibido a cambio un suntuoso «de eso, ni hablar», nuestra relación estaba en los huesos, a punto de convertirse en algo invertebrado, un embrión primitivo sin arte ni parte.

Dicho esto, tengo que admitir que en aquella ocasión Santa fue acogedora, y con eso quiero decir que me dejó hablar sin interferir en ningún momento. Le comenté lo de Vera, que había pensado que se marchara con mi padre porque Giordano estaba cada día más débil, frágil, y yo quería dedicarme a él en sus últimos días, sin tener que preocuparme de aparentar ante nuestra hija que no pasaba nada. Me dijo que estaba de acuerdo, que a fin de cuentas con el abuelo lo pasaría bien, que para ella sería como un juego (no, esa vez tampoco usó el nombre de Vera), y me sentí aliviada al oír ese comentario, milagrosamente animada por las palabras de mi suegra. Luego me preguntó por el trabajo en Roma, cuánto me faltaba para acabarlo, y le contesté que dos semanas incluyendo los *day off*, que, le expliqué, eran los días en que volvía a casa porque no había función. Pero de repente recapacité y me pregunté qué narices estábamos haciendo, Santa Palladi y yo, charlando por teléfono como dos amas de casa en un momento de descanso para tomar el café: Giordano se había marchado destrozado. No se aguantaba de pie. La había llamado porque estaba preocupada y porque pensaba, esperaba, que habría ido corriendo a casa de su madre. Mientras tanto, la niña sin nombre, su nieta, estaba en su cuarto durmiendo y yo tenía que ir allí, a controlar que no se hubiera despertado. Resumiendo: le pedí que me avisara en cuanto Giordano llegara a su casa. La saludé y colgué.

Pensé que, cuando te preocupas por alguien, lo único que te preocupa es, siempre, la posibilidad de su muerte. Los hijos que van en moto, los padres que se hacen mayores, los amigos que pasan por quirófano… todos en esta vida nos angustiamos por un único motivo: la posibilidad de la muerte que nos rodea, nos persigue, bromea con nosotros por teléfono, llama por el interfono de noche y luego huye. Pero cuando te das cuenta de que la muerte está llegando de verdad para llevarse al marido, al padre, a un hijo, ¿de qué más puedes preocuparte de hecho?

No se había despedido de mí, eso es todo. Estaba angustiada porque era muy posible que el pelirrojo de mi marido se hubiera ido a morir quién sabe dónde, sin un final en condiciones, un blanco y negro a cámara lenta, sin el clásico beso de despedida. O sea, ¿cabe que no me correspondiera siquiera la promesa de que estaría siempre a mi lado como ángel de la guarda o como fantasma?

Santa me llamó al poco rato, con un tono de voz arisco, afanoso, para decirme que no estaba allí. Que quizá había que llamar a alguien. Le dije que ni la policía ni los *carabinieri* podrían actuar antes de la noche del día siguiente porque tenían que pasar veinticuatro horas desde la desaparición. Y luego la tranquilicé, yo a ella, Dios santo, diciéndole que pronto volvería. A su casa o a la nuestra, quién sabía, pero a casa. Puse punto final. Aquella noche decidí pasarme al equipo de mi suegra (el equipo de los malos) porque a fin de cuentas se trataba de pelear y perder en la misma guerra: la de nuestro futuro sin Giordano, y él mismo se estaba encargando de ofrecernos un pésimo avance.

7

Le pedí a Carlo que llevara a Vera al parvulario. Me importaba mucho que la niña no sufriera cambios drásticos en su vida ella estaba acostumbrada a llegar la última, siempre con retraso, y así tenía que seguir siendo. Razoné: el único ser humano que yo conocía que fuera menos puntual que yo era mi hermano, por lo tanto estaba segura de que, pidiéndoselo a él, la fama de tardona que mi hija se había ganado por mi culpa no se mancillaría. Pero no tuve en cuenta el efecto que sobre la gente tiene el dolor de los demás: cuando todo gira a tu alrededor con violencia y tú darías lo que fuera por un momento de normalidad, quien te quiere se desvive para colmarte de un montón de atenciones extraordinarias, que duelen más que cualquier herida. De manera que también mi hermano Carlo llegó con una antelación lacerante. En consecuencia, Vera fue la primera de entrar a clase aquella mañana. Se lo tomó, todavía, como un juego nuevo y raro y yo le di gracias a Dios por haberle dejado, entre todas las cosas infantiles que no tuvo nunca, al menos el optimismo.

Era martes, tenía que ocuparme del trabajo, avisar a los de producción de que al día siguiente no iría, que a lo mejor no iría tampoco el jueves, que quizá no iría nunca, a la mierda. Los llamé desde un teléfono público del centro histórico, y mientras marcaba el prefijo pensé en ese extraño capricho que tienen los hombres de mear dentro de las cabinas telefónicas, puesto que, si todas las cabinas del mundo huelen a meado, debe de ser porque algún beneficio sacarán ellos de eso. Metí en la ranura dos ruidosas fichas, y la línea se cortó mientras desde Roma me preguntaban: «¿Y tú cómo estás?».

La escasez de aquellas dos fichas de bronce me había ahorrado la desazón de una respuesta melodramática. Estaba fatal, estaba celebrando la muerte de mi marido con mucha antelación, y sola. Volví corriendo a casa, lancé el bolso al aire, entré en el cuarto de estar. Puse un disco, como si pusiera agua fría en una quemadura: por instinto, aunque duela. Y luego me di cuenta de que Battisti cantaba «Por qué no» y yo contestaba que «no lo sabía, pero allí estaba», dando al tono juguetón de aquella canción un sentido opresivo, indeciso. ¿Me quería de verdad mi marido? Porque vale que se estaba muriendo, pero ¿por qué empeñarse en morir como los gatos, lejos de aquellos a quienes quieres? ¿Y por qué no me decía continuamente que me quería? Porque una cosa era saber que nunca más me lo diría, y otra saber que no me lo había dicho bastante. Y mientras tanto Battisti empujaba el carro de la compra lleno, cogido del brazo de ella…, ¿quién es esa ella de la canción? Porque ahí estaba yo, con la casa patas arriba y nuestra hija en el parvulario, pero en algún lado también habrá estado ella, la que él había querido un poco, en aquellos cinco minutos de aceite hirviendo arrojados sobre nuestra espalda. ¿Y si ahora estuviera con esa hija de puta, muriendo lejos del lecho conyugal? ¿Y si aquella historia no había acabado nunca? ¿Y si con ella hubiera tenido otro hijo a quien contarle lo de su muerte?

¿Es posible tener celos de un hombre que se muere? ¿Se puede aprender el amor sereno, después de la muerte que te separa por la fuerza?


8


Vera me estaba esperando sentada en el banco de madera de la sala de visitas delante de la iglesia. Las monjas tenían una iglesia muy pequeña donde celebraban una misa diaria (del mismo modo que los que aman el deporte convierten la habitación de huéspedes en un gimnasio) y donde querían que lleváramos a los niños los domingos por la mañana, a las nueve, para que cantaran «Y te levantaré, en las alas de un águila te llevaré, te sostendré y contigo vibraré en la brisa del alba…», acompañándose de una retahíla de gestos que eran una mezcla torpe de mala función de ballet y charla con el lenguaje de signos.

Giordano y yo la llevamos a misa solo un domingo, y porque ella nos lo pidió. Nuestra hija no estaba bautizada, habíamos decidido que elegiría ella si quería hacerlo o no, llegado el momento. Eso la convirtió automáticamente en el anticristo, en la hija de Satanás que había subido a la tierra para revolver las cosas. De todas maneras, la llevamos a la iglesia, y nos pareció que le gustaba ver a sus amiguitas y a sus novios, aunque se negara en redondo a cantar. Decía que no le gustaba la canción, que ella quería cantar *iellosammari'* («Yellow Submarine»), y cuando comenzó a hacerlo, en mitad de la lectura del Evangelio, notamos un rictus en el rostro de don Biagio. La sacamos de ahí corriendo, con esa expresión compungida de los buenos padres que se empeñan a fondo y piden disculpas por el pésimo resultado.

Así las cosas, alguien obviamente se preguntará: ¿por qué demonios llevar a una niña no bautizada, a una transmisora sana de pecado original, al parvulario de via Elena, que era de monjas?

Era el único parvulario del lugar que estaba organizado para cuidar de los niños hasta las cuatro de la tarde, en caso de necesidad, y hasta finales de julio, Eso es todo. Y teniendo en cuenta que Giordano, al igual que yo, a menudo viajaba y cuando trabajaba en la librería empezaba el turno de tarde a las cuatro y media, justo a tiempo para recoger a Vera y llevarla a casa de mis padres, esa nos pareció la solución más cómoda.

Desde luego no imaginábamos que allí, lejos de mojarla con agua bendita, la meterían de bruces en los amores retorcidos de las telenovelas, y la iniciarían en un culto, el de Grecia Colmenares, que no tenía nada que envidiar, en lo que a devoción se refiere, a otros más institucionales. Muy al contrario, ingenuamente creíamos que apuntar a una niña no bautizada a un lugar tan riguroso y religioso sería imposible. Así que le dimos mil vueltas: esconder la verdad, pero eso no podía ser porque durante un par de meses en toda la provincia no se habló de otra cosa que no fuera el bautizo incumplido; pedir una recomendación a don Gennaro, el cura que había celebrado nuestra boda (Giordano era católico, yo escéptica, pero al final nos casamos por la Iglesia para no armar un escándalo y no atentar contra la vida de Santa); aventurarnos con la antigua práctica que los civiles llamamos «corrupción» y los religiosos denominan «ofrenda».

Después de una charla con la hermana Anna, supimos que la generosa ofrenda, en la parte inferior de la solicitud de admisión y rigurosamente no reseñada, se llamaba impuesto de acomodación. Eso era tanto como decir que la situación espiritual de nuestra hija era muy complicada, pero que añadiendo diez mil liras mensuales a la cuota que solía pagar el alma pura de un niño normal, el asunto estaba arreglado.

Así pues, me llevé a mi hija del incomodísimo banco de madera de las monjas, esperando que ese gesto tan maternal me quitara de la cabeza el problema de Giordano, perdido por ahí. Me la llevé a dar un paseo. Agarraba la bolsa de la merienda con la mano derecha y su mano con la izquierda. Los ojos me parpadeaban, las piernas temblaban y me fallaban: mi cuerpo estaba minado, centímetro a centímetro, por la angustia de no saber dónde se encontraba mi marido. Su padre. Comprendí entonces que tenía el deber de enviar a Vera lejos de aquel desastre, independientemente de lo que nos esperara. Le pregunté si le apetecería irse de viaje con el abuelo.

—¿En camión, mamá?

—¡Claro!

—¿Y podré conducir?

—Eso depende del abuelo. En cuanto vuelva, se lo preguntamos.

—¿Y Ringo Starr? ¿Puede venir él también?

—Desde luego, si a él le apetece.

—Entonces vale.

Me había dicho «vale». Pero yo no sabía bien si se refería a la pregunta que teníamos que hacerle a mi padre, si podría o no conducir, o al viaje que le había propuesto. No indagué más porque no tenía ganas de hurgar en la herida.

Me descubrí a mí misma con una media sonrisa dibujada en la cara, observando desde arriba su cabecita pensante. Aquel era un ángulo privilegiado: mi hija estaría conmigo el mes de mayo del año siguiente, y luego en junio, a mediados de agosto, en Navidad, e incluso después. Íbamos a elegir juntas las vacaciones durante años, y comeríamos pizzas y helados, y después de cenar nos reiríamos de un chiste mal contado por quien fuera. Vera, a quien de repente imaginé adulta y hermosísima, y yo estábamos preparadas para quedarnos. Por primera vez pensé en mi hija como si fuera la parte futura de mí misma, crecería a mi lado, daría aliento a mi alma partida por la mitad.

Era la primera vez que le pedía su opinión sobre algo y que esperaba su respuesta como si de verdad fuera importante.

En un pueblo de provincias como el nuestro, es posible que una madre dedique la vida entera a llenar de respuestas a su hijo, sin atreverse nunca a hacer una pregunta; que vea cómo el hijo se convierte en un hombre hecho y derecho sin parirlo nunca del todo. Nuestras madres guardan un cachito de sus hijos en el vientre como una propiedad privada que, llevadas por la nostalgia o por el miedo a envejecer, vuelven a amamantar de vez en cuando.

Hay madres que guardan para siempre una copia de las llaves de casa de sus hijos ya adultos. Madres que desde la ventana se desgañitan pidiéndole al hijo que no sude y que no corra, madres que malogran el gusto de un paseo con el tormento del «no te ensucies». Madres que juntan las palmas de las manos pidiendo un buen trabajo, pero que luego, en su verdadera y más sincera plegaria, especifican que para un hijo como el suyo ese trabajo solo sería bueno si estuviera cerca de casa, bien pagado y fuera seguro. Y entonces se ocupan ellas de buscarlo, que lo encontrarán antes. En mi ciudad los hijos no tienen margen de pensamiento, de palabra, de obra ni de omisión. Son criaturas perfectas, que hacen bien en ver la realidad, tan corrupta, sucia y peligrosa, por televisión. Desde siempre nuestras madres confunden su miedo al mundo con el amor, y en nombre de un terror provinciano, que se hace pasar por afecto, construyen mundos artificiales en los que crían seres desgraciadamente frágiles, sin preparación, impotentes, asociales.

Propiedades privadas inexpugnables.

Mi hija era decididamente imperfecta. Porque yo era imperfecta.

## 9

Aquellos dos días sin Giordano los recuerdo minuto a minuto.

Fue entonces, por ejemplo, cuando perdí el oído. A la mañana siguiente me desperté y, puesto que había denunciado la desaparición la noche anterior, justo al cumplirse las veinticuatro horas esperé a que abrieran las oficinas. A las ocho en punto agarré el auricular como si empuñara una espada hundida en la roca y marqué el número. Me dijeron que tuviera un poco de paciencia, que ellos me llamarían en cuanto hubiera alguna novedad. Les dije que mejor volvía a llamar yo, porque a lo mejor llamaban mientras estaba en el baño, bajo la ducha, o mientras estaba fuera con la niña. Insistieron: tenía que mantener la calma, ya se ocuparían ellos de avisarme.

A las ocho y dos minutos estaba yo en la cocina, dejando que una galleta maría se desintegrara en el café. Luego forcé un bostezo, ese gesto que sirve para destaponar los oídos cuando entras en un túnel o despega el avión. Nada. El oído derecho era insensible a los ruidos, a los volúmenes de los sonidos, a las pulsaciones. Era como si alguien me hubiera metido una oveja ahí dentro. Aun así, me encaré con el día: despertar a Vera, vestir a Vera con los colores que ella había elegido, acompañar a Vera al parvulario, con nuestras manos meciéndose en el aire, una dentro de la otra.

—Mamá, ¿cuándo vuelve papá?

—Vuelve pronto, no te preocupes.

—¿Está escribiendo un libro?

—¡Eso es! Lo has adivinado. ¿Y por casualidad no sabrás incluso de qué habla este libro nuevo?

—Habla de un calcetín que se ha metido en el barro, y para volver a ser limpio y blanco se zambulle en la nata del helado de una niña.

—Uyyy…. Pobrecita, la niña. ¿Y qué hace cuando se da cuenta de que hay un calcetín sucio en su helado?

—Está contenta porque el calcetín está marrón de tanto barro, y ella piensa que es chocolate.

De camino a casa, intenté pensar de nuevo en la nuca de Giordano. De noche la observaba y respiraba en sus pliegues. Él me decía que le hacía cosquillas y se daba la vuelta, su cara frente a la mía. Yo cerraba los ojos, porque la respiración del hombre que amas hay que escucharla a oscuras. Un-dos-tres, un-dos-tres, mi marido respiraba en tres compases, como un vals, y yo hacía que me arrastrara en su sueño, como una dama con el pelo recogido que acepta feliz la última ronda de baile.

Y mientras visualizaba aquella imagen de ensueño, se me iban los sonidos. El oído derecho se moría, también. Y es increíble lo irrelevante que me pareció eso comparado con el hecho de querer saber dónde estaba Giordano. Me fui sin ganas a casa de mi madre. La encontré con los rulos puestos: unos canelones enormes pegados a sus mechones de pelo fino y gris, que se esforzaban por rizarse. Le dije que me había quedado sorda de un oído. Ella me contestó que seguramente era debido a la cera, tendría que ir al hospital para que me sacaran el tapón. Mi madre tenía vocación de médico. Aunque ni siquiera había acabado el bachillerato, tenía olfato y pasión por las dolencias y las enfermedades. Ibas a verla, le contabas con detalle el problema, y ella te soltaba el diagnóstico y la cura. Siempre acertaba. Durante años sus vecinas habían ido al médico para refutar su efectivo talento, y acababan oyendo cómo les volvía a decir lo que ya sabían. Por eso hacía tiempo que nosotros, la familia, habíamos dejado de recurrir a profesionales. Nos fiábamos de ella, y punto.

Aquella vez, sin embargo, no acertó. Después de un primer vistazo a la situación, en el hospital, me dijeron que me sentara y esperara.

Estaba hasta las narices de tanto esperar. En los dos últimos días no había hecho otra cosa. Al rato, mientras pensaba en el pie de Giordano, en su dedo meñique con el que Vera se entretenía de noche, antes de dormir, y al que llamaba Gino, me pidieron que fuera a otra habitación y a toda prisa me metieron una aguja en la vena de la mano izquierda.

Dos bolsas de cortisona, una detrás de otra. Por un oscuro motivo, mi oído había dejado de funcionar. Los médicos me dijeron que, aunque es muy poco frecuente, es posible que el oído decida desaparecer a causa de un fuerte trauma. Pensé entonces en la increíble argucia de mi cuerpo, que en un momento tan delicado había optado por la solución más práctica: dejar de oír. Me pareció de lo más sensato. Giordano se estaba muriendo, quién sabía dónde, y yo ya había empezado a partirme por la mitad. Pregunté si la situación era irreversible y me dijeron que muy probablemente sí, que iba a oír a todo el mundo por un solo lado. Confieso que instintivamente me invadió una satisfacción tonta y a la vez irrefrenable. Me sentí como cuando Giordano me había regalado el anillo, hacía años ya. Me lo compró en una pequeña tienda de Spoleto, lo pagó delante de mí y me lo dio sin más, encerrándolo en el puño de mi mano. Nada muy romántico, ninguna promesa de algo eterno, un simple aro de plata ceñido al dedo, que me proponía en voz baja el privilegio de una vida con él.

Así era como me sentía: adornada por aquella sordera parcial, agraciada con el regalo exclusivo de la simbiosis.

Tendría a mi disposición solo un lado de las cosas, y en aquel momento me pareció algo soportable, casi un alivio.

Querían retenerme unas horas, pero yo firmé la hoja

de alta voluntaria y me fui corriendo a esperar a que sonara el teléfono.

10

Eran las catorce y dieciocho minutos cuando entré en casa.

Me quité los zapatos con los pies (el derecho empujando desde el talón el zapato izquierdo y viceversa), los dejé tirados en el pasillo y me fui derecha al dormitorio.

Me quedé unos instantes en la puerta, con la cabeza apoyada en el marco, y miré en silencio hacia nuestra cama:

Giordano
Lorenzini
estaba
allí.

Echado en su lado de la cama como si no pasara nada, con un brazo detrás de la cabeza haciéndole de almohada.

Era un cuerpo hermosísimo descansando sobre una roca.

Era el contraste más claro que había visto en mi vida: la paz de dos ojos entrecerrados y el estrépito de la muerte que llega, desfilando, para arrancar la piel, para romper la calma con un mordisco impertinente asestado a traición.

Mi marido, recostado en aquel colchón, era una línea torcida a más no poder. Un horizonte demasiado cercano y lleno de peligros.

Me eché, francamente cansada, e hicimos el amor: fue la última vez. No le pregunté nada. Solo me quedé esperando que me cubriera con sus manos, que me llenara, que una vez más me hiciera sentir cuán envolvente y extraordinaria es la facilidad. Y es que nadie se fija nunca en la facilidad, aunque sea lo único que siempre nos falta en esta vida; la única palabra que, si la lees deprisa, cabe que te equivoques y la confundas con «felicidad».

Acompañé con un hilo de voz el ritmo sosegado de nuestros dos cuerpos exhaustos y gemelos. Que se habían buscado durante años para encontrarse aquella última vez, perfectos como los encuentros casuales, para decirse adiós. Mientras nos movíamos despacio, comprendimos que había llegado el final. Respiramos al unísono, a ritmo lento, lo más lento posible, y frenamos cien veces, mirándonos a los ojos con el terror recíproco y devastador de un adiós muy cercano. Alargamos aquel momento con todas nuestras fuerzas. Lo agarramos, lo obligamos con violencia a durar, a volver a empezar, y cuando el amor pudo con todo, haciendo pedazos aquel desesperado y desvalido intento de eternidad, sentimos el placer más agudo y doliente que pueda conocerse. La última cena de Cristo, el abrazo a quien no volverás a ver, el sorbo de agua fresca antes de que el cuerpo ayune y se seque y se desvanezca para siempre. Fue así como nos dormimos y nos despedimos.


Nos quedamos horas intactos, dos gajos de manzana el uno dentro del otro. A poco más de las cinco de la tarde sonó el teléfono: era sor Paola, responsable de recepción de la guardería, que me preguntaba cuánto tardaría en ir a recoger a la niña. Le contesté que me había olvidado por completo de la niña, mientras me tocaba la frente con una mano, como queriendo averiguar si tenía fiebre. Y Giordano, todavía echado de costado, me dijo que estaba loca, que al menos hubiera podido inventarme una excusa para la monja, y yo le di una bofetada de las buenas. Le dije que me tenía harta, que no podía siquiera imaginarse por lo que yo había pasado los últimos dos días, y que vale que el moribundo era él, pero yo tampoco estaba muy bien. El muy sinvergüenza parecía reanimado por esa pausa lejos de mí. Y solo Dios sabía dónde había ido a reponerse. Le di otra bofetada, por si acaso, diciéndole que me estaba succionando la vida entera con el cuento de su muerte inminente, que incluso me estaba quedando medio sorda y que más le valía avisar a Santa de su regreso. Me senté en la cama y me incliné hacia delante, aparentando buscar algo ahí debajo. Esperaba encontrar baúles llenos de tesoros olvidados, calcetines desparejados, ollas a presión, diccionarios de japonés, cualquier cosa con tal de no tener que volver a ponerme en posición vertical con las manos vacías. Cuando levanté la cabeza con la cara descompuesta, lo vi partiéndose de la risa como un imbécil. Reía con el cuerpo temblando, delgado como una hoja, y también yo me reí un poco con él.

Me vino a la cabeza la noche en que nos encontramos por primera vez, en un teatro de Roma. Sentado en un sillón de terciopelo oscuro, hacía turno para una entrevista de trabajo como guionista. Yo reconocí a aquel tío pelirrojo que venía de mi ciudad, pensé que había mejorado con los años, y pasé delante de él tirando de un perchero con ruedas cargado de vestidos. Me soltó: «Bonito perchero. ¿Quién te lo ha dado?». De repente se me pintó en la cara su mismo color rojo, y puesto que en efecto el perchero me lo había dado mi pareja, le contesté inexplicablemente avergonzada: «Un compañero... de vida».

Él se rio diciendo que aquella era una visión maravillosamente pragmática de la vida de pareja, y al cabo de unos minutos nos acostamos en un camerino del teatro, destrozando una pareja. La mía.

Sin embargo, una vez más, no le pregunté nada. ¿Dónde has estado? Dónde-has-estado-dónde-has-estado-dónde-has-estado-dónde-coño-has-estado...

No dije nada.


11


Hacía muchos años, en el breve período en que compartimos un loft muy caro en Roma, antes de volver a Campobasso para casarnos, fuimos a una fiesta tras el estreno de un espectáculo teatral. Había actores, periodistas, aspirantes a lo que fuera y enchufados muy discretos. Conocíamos a muchas de aquellas personas desde hacía algún tiempo, debido a mi trabajo.

Yo iba a disgusto, enfundada en un vestido nuevo con escote en la espalda; él era el menos elegante de todos, totalmente a su aire con unas zapatillas deportivas azules y unos tejanos viejos.

Cada cual saludaba a sus conocidos.

Luego me tomé un descanso, una copa de vino y me adueñé de un trozo de pared donde apoyar la espalda.

Observaba la compostura de la fiesta, miraba de qué manera los invitados pasaban de una conversación a otra sin ofender a nadie. Reconocía el momento preciso en que fulano se despedía de mengano para pasar a saludar a zutano, sin perder nunca la sonrisa, haciendo un pequeño gesto de brindis con la copa y repitiendo «nos vemos luego».

Y entonces vi a Giordano, muy al fondo, donde solo una mujer enamorada puede llegar a mirar. Estaba de pie, con su copa de típico y triste Ginger Ale en la mano, y hablaba con una mujer sentada. Ni idea de quién era. Había echado la cara hacia atrás y el pelo largo y liso le tapaba un poco el perfil. Hablaban. Luego ella se inclinó ligeramente hacia delante, como para contarle algo más importante, y sin moverse de la silla, levantando un poco más la cara, se agarró con los dedos de la mano izquierda al bolsillo de los pantalones de mi marido. Que aún no era mi marido, pero que le permitió que se asiera a él, concediéndole una intimidad muy sutil. Duró un par de minutos, pero yo comprendí que aquella mujer tan distinta de mí era un golpe de timón y que él la estaba probando para salir de dudas con un pellizco de amor nuevo.

Aquellos dos dedos metidos en el bolsillo eran más que un polvo, y cuando volvió a mi lado para preguntar si quería que nos marcháramos, yo lo miré sin preguntar quién-es-esa-quién-coño-es-esa, sino contestando con un simple «sí, vámonos a casa».

Tenía miedo. Miedo de las respuestas.

Hoy le preguntaría: cariño, ¿qué tal folla aquella especie de muñeca con mechas? ¿Cuánto la quisiste? ¿Por qué al final te quedaste conmigo? ¿La volviste a ver desde entonces? ¿Y estuviste con ella aquellos dos días en que desapareciste? Fuiste a despedirte, ¿verdad?

Y él contestaría despacio, como siempre, con un fantasma de voz calmada que haría parecer mis preguntas aún más histéricas.

Pero hoy es demasiado tarde.

La única cosa cierta es que tendríamos que revisar toda la iconografía de la traición. El problema nunca es perdonar, sino olvidar. Porque incluso cuando crees que el asunto ya no tiene nada que ver contigo, que lo has superado, que es agua pasada, sucede algo que vuelve a poner en circulación las preguntas nunca hechas, las dudas y todos los huecos de tiempo en que él no estaba contigo sino con la otra, mirando la hermosa foto de la hermosa exposición que tendríais que haber visto juntos. Y resulta que no.

Es increíble y horroroso darse cuenta de lo poco violenta que me pareció incluso la enfermedad de mi marido comparada con aquella traición suya. Su muerte tuvo la deferencia de no remover nada dentro de mí. Me desgastó, me envenenó, me consumió, y sin embargo dejó intacto todo el amor que me unía a él. En cambio, aquel breve e interminable período en que Giordano Lorenzini quiso a otra, lo trastocó todo. Yo lo esperé, es verdad, y volvería a esperarlo, ojalá pudiera, pero mientras aguardaba con esa devoción blanca que la vida te concede una sola vez y nunca más, la veía y la tocaba: una enorme porción de amor que me abandonaba y me redimensionaba para siempre. Me enseñó que el amor en estado puro no existe: así fue como Giordano Lorenzini me ensució el corazón.

Fuimos juntos a recoger a Vera. Llegamos a las seis porque Giordano se movía con una lentitud desgarradora. La encontramos sentada con las piernas cruzadas, jugando a las cartas con sor Paola. Cuando nos vio entrar, Vera corrió hacia su padre como si aquel último arrebato le permitiera ganar todas las muñecas del mundo. Giordano cayó de rodillas para ponerse a su misma altura y, al abrazarla, él mismo se convirtió en su hija. Juntos y revueltos, como esas esculturas modernas donde te cuesta distinguir la cabeza entre tanta maraña. Dejé de mirar y salí afuera.

Cuando traes un hijo al mundo, solo piensas en una cosa: que procurarás que las penas y los miedos y las flaquezas no le rocen nunca. Y luego descubres que también los niños tienen que llevar a cuestas su parte de sufrimiento. Que a cada cual le espera su dosis de dolor: a una madre, la dosis equivocada de perder a un hijo; a una esposa, la eterna de ver morir a un marido; a una hija, la injusta de crecer sin un padre. En cualquier caso, la certeza, imprevista, de volver a estar solos.

Dejé de mirar y salí afuera.

Lloré.

Cuando me alcanzaron, Vera iba en brazos de su padre y yo de verdad creo que en ese esfuerzo se resumieron las últimas energías de Giordano: el tiempo que se le había concedido hasta entonces sirvió para ese abrazo, para ese último levantamiento de pesas.

Vera me miró y me lanzó un beso; luego vi que Giordano aflojaba vistosamente el paso.

—Cariño, ¿qué tal si vamos a tomar un helado? —pregunté enseguida.

—¡Síííííí! ¿A casa de Ringo Starr? —exclamó alzando las manos para celebrar la ocasión.

—Vaya… Hoy Ringo no está, pero podemos ir al bar a tomar el helado. ¿Qué te parece?

Y la cogí de los brazos de Giordano para dejarla en el suelo.

Él lanzó el suspiro afanoso de un atleta que cruza la meta. Pero era feliz.

Santa nos esperaba delante del portal.

Llevaba una bolsa de la compra en una mano y el paraguas en la otra. Brillaba un sol muy audaz, pero toda ella se apoyaba en aquel feo paraguas negro. Si alguien le preguntaba para qué le servía el paraguas, siempre a mano, ella contestaba que quién sabe, y puntualmente añadía: «Como en la vida, quién sabe». Con una manzana verde en la cabeza, mi suegra habría dado para un cuadro surrealista de aquellos un pelín angustiosos. En realidad, si llevaba el paraguas era porque necesitaba un bastón, pero nunca lo admitiría. Vio a Giordano y lo dejó caer todo. También se le cayeron los brazos, y me pareció que todo su cuerpo escuchimizado estaba a punto de derretirse en el suelo y convertirse en una mancha de tinta. Giordano abrazó fuerte aquel cuerpo entonces tan diminuto, y le dijo que no se preocupara. La mujer empezó a soltar llorando una ristra de por qués: ¿por qué, hijo mío?, ¿por qué el Señor ha querido eso?, ¿por qué nos ha enviado esta desgracia?, ¿por qué justo a mí? Y yo me fijé en esa consonante desacertada. ¿Mí? Mira por dónde, yo hubiera dicho «ti». O sea, «El muerto al hoyo y el vivo al bollo», como se dice en mi tierra. Y toda la desesperación de este mundo, en mi caso, tenía que ver con el hecho de que Giordano tuviera que morir. Con que él tuviera que enfrentarse con aquella cosa terriblemente gigante, desconocida, irreversible. Incluso a eso había conseguido darle la vuelta Santa Pallàdi. La muerte del hijo era una desgracia que Dios le había enviado a ella y a nadie más.

Le dije que subiera con nosotros.

Se pasó los dedos por las mejillas para enjugarse las lágrimas y nos siguió, triste.

Cuando entramos en casa, Vera la cogió de la mano y la arrastró para que viera sus dibujos recién hechos. Santa soltó bruscamente la manita y se despachó rápido con un «Más tarde, Nena». Vera miró a su abuela frunciendo el ceño, muy seria, y le dijo: «No, Lanta. Más tarde se acaba el tiempo. No podrás verlos más tarde». Giordano la siguió a su habitación y le preguntó si para él también se había acabado el tiempo. Obviamente no.

Santa se sentó en un rincón del sofá, como si en el resto del espacio estuvieran haciendo obras. Le preparé el café y le dije que no sabía dónde había estado Giordano, que tampoco quería saberlo, pero que ahora estaba en casa y que no teníamos que preocuparnos.

—Tú no sabes ni por dónde empieza el oficio de esposa. —Eso fue lo único que me soltó.

Y se tomó su café en dos sorbos seguidos (detesto a los que se lo beben todo como si fuera agua: cada cosa tiene su tiempo, por Dios, su rito, su gusto).

—Anda que tú lo sabes, ¿verdad? Tú sí fuiste una esposa como Dios manda.

Yo tampoco le concedí derecho a réplica. Me di la vuelta y me fui a la habitación de Vera.

—Ahí está tu madre. Vete un rato con ella, que yo me quedo aquí.

## 12

Fue hacia mediados de junio.

Me tomé otra semana de vacaciones. Volvería al trabajo a tiempo para las últimas cinco funciones. No podía hacer más.

Giordano sabía de su muerte desde hacía alrededor de un mes.

Mi padre me llamó una noche para decirme que en cuatro días volvería a marcharse para el viaje largo. Mi madre se lo había contado todo, y él, evidentemente, se había sentido como un agente 007, misión Nieta Feliz. Estaba aterrorizado, que quede claro: los hombres de antes nunca se quedaban realmente solos con sus hijos ni con sus nietos, y no tenían ni idea de cómo calmarlos, limpiarlos, darles de comer. Los hombres de antes sabían pegarles broncas y divertirlos, que son el derecho y el revés de una misma moneda, gestos ocasionales que nada tienen que ver con la rutina, que correspondía siempre y en exclusiva a las mujeres. Mi padre no era ninguna excepción. Podía llevar a Vera al mercadillo del barrio, atarle el hilo de un globo a la muñeca en las fiestas del Corpus, contarle que durante la guerra un cerdo que era piel y huesos valía tanto como una mansión con piscina, dejar que eligiera los dulces en domingo (Vera lo hacía apretando el cristal que los protegía con la punta del dedo índice y dejando invariablemente un montón de pequeñas huellas redondas), pero no sabía qué hacer si ella le decía que le dolía la barriga. Y sin embargo lo sentí entusiasmado, dispuesto a todo, investido de aquel cometido, sin duda el más importante de su vida, como caída del cielo. Le dije que al día siguiente iría a su casa y le daría más detalles. De todas formas, sabía que mi madre se ocuparía de lo esencial: fuera palabrotas, ni hablar de soltar tacos, nada de hacer porquerías ni de trasnochar y «Hazme el favor de quitar aquella asquerosidad de mujeres desnudas de la cabina».

Solté el auricular despacio, como cuando tienes miedo de despertar a alguien.

—¿Era tu padre? —Giordano se torturaba el lóbulo derecho con la mano izquierda.

—Mmm —respondí con la mano alrededor del cuello, sin saber si apretar para acabar de una vez y zanjar el tema.

—¿Cuándo?

—Dentro de cuatro días. No se te ocurrirá escaparte otra vez... —Sonrisa tímida con los labios pegados, como diciendo: «No sé adónde fuiste, pero que sepas que me di cuenta de que no estabas...».

—Si supero esto, lo de morir será un paseo. —De repente inmóvil, con el cuerpo tieso.

—Quisiera decir que ya lo sé, pero no puedo saberlo. De todas formas, presta atención a dónde dejas tus cosas estos días, porque hay algo que tengo claro: me aterroriza la idea de encontrar una buena mañana un calcetín tuyo, sucio, tirado por ahí. ¿Y el pelo? Mira, cuando encuentre uno rojo entre los cojines del sofá, no sé qué haré. Piensa en un frasco casi vacío... así es como me siento.

Giordano: callado, torturando otra vez el lóbulo.

Yo: con el cuello aún agarrado entre las manos, apoyada en los codos, apoyados en la mesa de la cocina.

Giordano: el otro lóbulo.

Yo, poniéndome de pie con un gesto nervioso.

—Vera va a pasarlo muy bien.

—Claro que va a pasarlo bien. Lo sé. Y a lo mejor cuando vuelvan yo aún estaré aquí tocando las pelotas.

—Tú siempre estarás aquí tocando las pelotas: ya veo a tu fantasma colocando los discos por orden alfabético.

—La colocación por género es más funcional: el rock con el rock, el jazz con el jazz...

—¿Quién me iba a decir a mí que me casaría con un maniático? ¿Cómo te encuentras?

—Duele.

—¿Aguantas hasta las ocho para el calmante?

—Yes.


Y la dichosa mañana llegó.


La noche anterior le habíamos preguntado a Vera si le apetecería que durmiéramos los tres juntos en nuestra cama, y ella había empezado a dar brincos por la casa cantando «Felicità» de Albano y Romina Power (ella los llamaba Albano Power y Romina Power porque, decía, siendo marido y mujer, tenían el mismo apellido). No formaban parte de nuestra colección de discos, eso puedo jurarlo sobre la tumba de Giordano, pero nuestra hija tenía verdadera devoción por el Festival de Sanremo. Desde que tenía tres años, durante los cuatro o cinco días de febrero que duraba el certamen, nos pedía permiso para ir a dormir a casa de los abuelos y nosotros decíamos que sí (esa criatura impertinente sabía que en nuestra casa la televisión se veía con menos entusiasmo). Mi madre luego nos contaba que se colocaba en el sillón, esperando oír la sintonía de Eurovisión como si fuera el himno nacional; luego se quedaba inmóvil viendo aquel desfile de canciones hasta que se le cerraban los párpados (no aguantaba más allá de las diez de la noche). Lo asombroso era que al día siguiente se sabía de memoria las letras, palabra por palabra. Le bastaba con escucharlas una vez para aprendérselas, y creo que aún hoy las recuerda a la perfección. Mi madre leía *Grand Hotel* (por las fotonovelas con Massimo Ciavarro), pero una vez al año, a punto de acabarse el invierno, compraba *Tv Sorrisi e Canzoni*: el número de la revista con los cantantes en portada, apelotonados en forma de pirámide y las letras de las canciones que iban a competir. Pues, Vera, que aún no sabía leer, recortaba las letras y aplanaba las páginas con una mano con todo cuidado, y estoy convencida de que aún las conserva en alguna caja de su vida.

En cualquier caso, la noche antes de marcharse con el abuelo cantaba «Felicità» y daba brincos en la cama con su muñeca rubia preferida colgando de la mano. Luego se colocó entre los dos y Giordano empezó a contarle el cuento de las buenas noches.

Érase una vez el papá de una pequeña planta grasa.
*¿Un plantapapá?*
*¡Eso es! Muy bien.*
La pequeña planta grasa era muy hermosa y vivía en un tiesto de colores en un balcón lleno de plantas. Su papá vivía en otro tiesto, mucho más grande, que llevaba años colocado en el alféizar de una ventana. El plantapapá podía ver el pequeño tiesto de colores de la... plantahija, y la plantahija veía al plantapapá. Pero un día la señora que vivía en aquella casa, para limpiar a fondo el alféizar y

aprovechar mejor los rayos del sol, movió un poco el tiesto del plantapapá. Él estaba encantado porque allí donde lo había colocado la señora no solo le llegaban mucho más calor y mucha más luz, sino que además podía ver mejor el balcón y el tiesto de colores de su plantahija. Pero había un problema: debido a su nueva colocación, no había manera de que la plantahija viera al plantapapá, y la muy tonta se puso tan triste que dejó de comer. Se convirtió en la planta grasa más delgada del mundo, y todas las flores del balcón, que eran amigas suyas, le preguntaban:

—¿Por qué haces eso?

—Porque ya no puedo ver a mi papá.

Y ellas le contestaron:

—¡Pero nosotras sí lo vemos! Allí lo tienes, y te está saludando con una hoja.

Y ella sonrió.

*Papá, ¿cómo ríen las plantas?*

*Mueven todas las hojas juntas por un instante, pero se mueven muy poco y para verlas hay que prestar mucha atención.*

Sigamos: la plantahija sonrió, y la felicidad de saber que su papá estaba ahí aunque ella ya no pudiera verlo le dio mucha hambre. Le hubiera encantado comer estas cosas: carne rebozada, helado verde, su preferido, patatas fritas con pizza margarita y las lasañas de la plantabuela, pero al ser una pequeña planta solo podía sorber toda el agua que le echaban al tiesto y disfrutar de los hermosos rayos de sol que le llegaban directamente a la cara.

*Papá, a la plantita le gustan las mismas cosas que a mí. Pero yo me las puedo comer y ella no. ¡Pobrecita!*

Y estaba ya medio dormida, como en la canción de Lennon, dispuesta a soñar con el helado verde y no sé cuántas cosas más, boca abajo y con las manos debajo de la almohada.

Giordano se quedó tal cual estaba, con la cabeza apoyada en la palma de la mano doblada en un perfecto ángulo recto con el codo, y el codo sobre la almohada, pegado al aliento del sueño de su hija. Él la miraba a ella y yo le miraba a él, y mantuvimos despierta aquella noche con todas nuestras fuerzas.

Cuando amaneció, Giordano salió a rastras de la cama. No habíamos pegado ojo ni por un instante, tanto miedo nos daba el día que empezaba. Estuvimos hablando en voz baja de cómo íbamos vestidos el día en que nos conocimos, de qué habíamos comido la primera vez que me invitó a cenar, de cuántas veces nos habíamos lavado los dientes antes de dormir juntos la primera noche, y aunque nada cuadraba (eso hay que añadirlo a la lista de los defectos de mi marido: no se acordaba de nada, su memoria mezclaba los hechos y los colores de la vida hasta conseguir una tortilla variada de eventos y personas), fue muy hermoso. Se metió en la cocina y preparó el café, hirvió la leche, cortó el pan, lo untó con mermelada de ciruelas y luego se sentó. Lo encontré ahí esperándome, con *Madame Bovary* a medio leer (había decidido que antes de cumplir los treinta y cinco años, una edad a la que nunca llegaría, leería todos los clásicos de la literatura): le besé la cabeza, desde atrás, recostada por completo en sus huesudos hombros, y mientras él apoyaba sus manos en las mías, como si quisiera calentarlas después de una batalla de bolas de nieve, le dije que era la mujer más afortunada del mundo. Lo revolucionario de esa afirmación es que era cierta. La muerte de Giordano, devastadora, invasora, ladrona, inoportuna, no fue nada si la comparo con el efecto beneficioso de su corta vida sobre la mía.

—Mamá, ¿por qué lloras? ¿Te duele la barriga?

—Sí, cariño. En cuanto te marches, me vuelvo a la cama y me pongo boca abajo, a ver si se me pasa.

Me lo preguntó mientras le daba un abrazo a su padre, dispuesta a marcharse con su mochilita amarilla al hombro.

Giordano le alisó el pelo con las dos palmas de la mano, le pasó los pulgares por las mejillas, por la nariz, le acarició las orejas con los dedos… Era como si estuviera midiendo la superficie de Vera, milímetro a milímetro, pero en realidad la estaba registrando, memorizando, ingiriendo, como si fuera un ciego que tuviera que vérselas con un rostro desconocido. Giordano estaba haciendo provisiones de su hija, aunque todo ese oler, besar y rozar solo le bastaría para unas pocas horas. Se despegó de ella con un lentísimo beso en la frente: le dio un papelito y le dijo que solo lo leyera cuando sintiera nostalgia de casa.

Vera nunca volvería a ver a su padre, que murió poco después, pero doy gracias a Dios por haberme metido en la cabeza la idea de que se fuera. Aquella despedida fue desgarradora, pero para ella fue una despedida solo un poco más intensa que de costumbre. Estaba a punto de irse con el abuelo, sola por primera vez, viajaría en el camión, lo miraría todo desde lo alto, descubriría carreteras nuevas, atajos y desvíos, y estaría maravillosamente lejos del dolor nauseabundo de los últimos días de vida de Giordano.

# Santa

## 1

Ni tanto ni tan poco. Yo he querido mal, eso es lo que pasa.

Solo pensaba en proteger a mi marido, a mis hijos y mi casa; de haber tenido una hoja enorme de celofán, los hubiera embalado a todos juntos para que no se llenaran de polvo. Tenía miedo de que ver mundo pudiera alejarlos de mí, esa era mi pesadilla. Y encontraba la manera de atraerlos, embaucarlos, seducirlos. Lo que hacemos las madres, ya se sabe, esos pequeños chantajes morales que se nos dan tan bien a todas las mamás; esos consejos equivocados que solo las madres demasiado ansiosas y miedosas pueden dar.

Todo empezó hace más de sesenta años. O quizá no. Empezó antes.

Mi hermana Carmela y yo éramos comparsas con muy poco papel en la historia de amor de nuestros padres. Teníamos de todo, y sería pecado mortal quejarse; sin embargo, nos faltaba algo. Lo nuestro era como pasar el tiempo en el mismo banco al lado de dos enamorados que se besan sin parar. Mi hermana y yo crecimos así: mal sentadas en el banco de nuestro padre y nuestra madre. Incómodas y excluidas de aquel amor tan ancho, empalagoso.

Mi madre siempre iba guapa, incluso cuando era de noche, la mesa estaba puesta y las demás mujeres ya se habían puesto la típica bata de flores y unas zapatillas maltrechas. Llevaba el pelo largo, suelto, y custodiaba la mano de mi padre entre las suyas, como si tuviera que mantenerla caliente. La gente del pueblo sentía por nosotras un poco de compasión. Mi madre se había quedado en eso de ser mujer y nunca se convirtió en una madre, y mi padre la quería a ella antes que a nosotras. Eso no quiere decir que una haya tenido una infancia infeliz, se comprende, pero fue una infancia diferente. Y yo me prometí a mí misma hace mucho tiempo que mis hijos siempre estarían en primer lugar. Me tendrían en cuerpo y alma. Y en el pueblo todo el mundo diría que yo, por los hijos, estaba dispuesta a morir con el corazón contento.

A Gesualdo lo conocí en las fiestas de un pueblo cerca de Campobasso. Robusto, corto de piernas, pero con un aire fresco y vagamente feliz que le hacía atractivo. Cuando lo vi, mi reacción fue inmediata y simple: instinto de protección. Y el instinto de protección a la postre son ganas de controlar las cosas. Gesualdo era algo más joven que yo. Es más joven que yo, esté donde esté ahora. Se me enganchó al cuerpo con aquellos ojos negros tan suyos, aún lo recuerdo. Me miraba. Y yo me sentía hermosa, admirada. Era un caradura entonces. Me pidió si quería montarme en el tiovivo con él, y yo le contesté como se merecía: «¿Crees que soy una criatura?», y seguí paseando con mis dos amigas. Cuando nos casamos, al año siguiente, a él le temblaban las rodillas, las manos, la voz. Yo solo pensaba en el banquete del día siguiente porque quería quedar bien.

Me casé porque era lo que había que hacer.

Porque eso era lo mío: gobernar la casa. En cambio él, Gesualdo Lorenzini, se casó conmigo porque me deseaba. Decía que mis ojos eran turquesas como dos piedras de río y tenía boca de cereza, como una actriz americana. Eso me hacía subir los colores, hace muchos años, pero si de verdad tuviera que explicar por qué me casé con él, yo, la verdad, no sabría decirlo. Me hacía sentir indispensable, quizá sea eso. Cuando di a luz a Camillo, tan mofletudo y rubio que parecía un muñeco, a mi marido le entraron aún más ganas de leer y seguir leyendo, de saber, porque decía que había que encontrar un buen lugar para criar a los niños. Decía que, de ahí, de esa ciudad de poca monta y mucho chismorreo, teníamos que irnos. Yo lo dejaba hablar, pero ya no le hacía caso. Solo una madre lo sabe: cuando das a luz, vuelves a colocar tu propia vida en el mundo, y lo único que importa, hasta que te mueres, es protegerla. Empecé a olvidarme de Gesualdo. Lo tenía delante día y noche, pero me olvidaba continuamente de él. Hiciera lo que hiciese, dijera lo que dijese o pidiera lo que pidiese, no era tan importante, después de todo. Lo que sí importaba era que Camillo estuviera conmigo, que fuera feliz, que sintiera que él era la única razón de mi vida.

Si Gesualdo se lo llevaba de paseo, en días de sol tibio y aire fresco, me entraba un sudor frío y la comida me salía fatal, tan distraída andaba con la idea de que mi hijo estuviera con él, sin mí.

Giordano nació cuando su hermano ya tenía diez años porque yo, a Gesualdo, le había prometido dos hijos: un niño y una niña. Cuando vi que el segundo también era varón, me sentí la mujer más feliz del mundo. Sabía que los chicos son de la madre y las chicas del padre. Recordaba el amor mal correspondido que mi hermana y yo habíamos sentido por nuestro padre, y me ponía contenta. Aquellos dos niños, que eran míos y de nadie más, estaban ahí para ser adorados, aseados y bien alimentados. Solo por mí. La mañana en que Camillo vio al pequeño, dio una vuelta alrededor de la cuna, muy concentrado, y luego, con ese tono frío de quien sabe bien lo que dice, me soltó que a aquel él no lo quería, que ya podíamos enviarlo al hospicio. Y yo le contesté que tuviera cuidado con lo que decía porque el niño se quedaría con nosotros para siempre.

El hecho de que eso fuera una mentira, que Giordano no se quedaría para siempre, yo en aquel entonces no podía saberlo.

Al recién llegado le llamábamos el Rojo porque nos había salido así, distinto de todos las demás, el único de la familia que tenía aquel color tan llamativo en todo el cuerpo. Encendido como una alarma. Había llegado a este mundo con poco más de dos kilos, y el peso se lo había ido ganando despacio, bocado a bocado. Daba la impresión de que antes de crecer un centímetro tuviera que pensárselo mucho. Era enclenque, o a mí me lo parecía, y cuando dormía yo le apoyaba una mano en el pecho. Le controlaba la respiración. Cuando le ponía la mano ahí, me quedaba tranquila. Y la única vez que Gesualdo me soltó gritando que yo era opresiva, obsesionada y morbosa, yo lo miré en silencio y sentí pena por él y por todos los que nunca han tocado el aire que respira un hijo.

Sin embargo, con el pasar de los años me di cuenta de un hecho doloroso. Aun siendo varón, Giordano era de su padre. Se sentaban juntos en el pequeño sofá de la habitación de las plantas y siempre tenían un libro entre las manos. Gesualdo leía y luego, acabado el libro, el Rojo se inventaba otro final. Yo oía cómo soltaban esa risa risueña que tendría que haberme puesto de buen humor, pero que a mí me daba náuseas; ese dolor de estómago que sientes cuando te has equivocado en algo, cuando has perdido algo: yo nunca había conseguido que Giordano se riera así conmigo. Camillo, alto y ya bien plantado, me abrazaba desde atrás mientras yo cocinaba, pero Giordano no. No le gustaban las carantoñas. Era callado, reconcentrado y seco. Y yo, que a Camillo siempre lo tenía pegado a las faldas, me empeñaba en buscar al otro. Y le decía: «Anda, corazón, abrázame, que nunca lo haces», pero él a duras penas me hacía una caricia desganada y me decía que los melindres no le gustaban.

Yo comprendía a mis hijos, tonta no era. Las carantoñas con que Camillo me colmaba buscaban resarcirme o eran el anticipo de los líos en que se había metido o se metería. Giordano no tenía nada que tapar, y por eso no se acercaba a nadie. Se echaba en su cama por la tarde y leía. Era como si mis hijos hubieran salido de dos agujeros distintos, eso es. Camillo engordaba sin parar, era de complexión imponente, sería porque tenía los huesos grandes, me imaginaba yo, aunque el Rojo insistía en que los huesos no tenían nada que ver, que aquello era gordura pura y dura, y que, al contrario, a su hermano Dios no le había puesto huesos: se le había olvidado o no había encontrado espacio. Lo raro es que Camillo, que tenía la lengua muy suelta con todos, a su hermano, y solo a él, nunca sabía qué decirle. Cuando el Rojo le decía cualquier cosa, él solo ponía aquella cara de cabreo típica de los gordos y atontados, y yo le decía: «Camillo, ven con mamá; no hagas caso, que él es un chiquillo y habla por hablar», y Giordano se iba sin más a otra habitación porque si había algo muy suyo, además del rojo encendido de su pelo, es que nunca decía una palabra que no fuera necesaria, precisa y decisiva.

De tanto estarse quieto observando a la gente y las cosas, Giordano podía mimetizarse con el empapelado de las paredes; en cambio Camillo siempre estaba enredando, siempre en la cabecera de la mesa, aunque estuviera de pie. Camillo nunca escuchaba, pues lo suyo era hablar, y su opinión sobre cualquier tema iba a misa. El Rojo no. El Rojo miraba fijo a los demás mientras hablaban; era como si estuvieran dándole las señas indispensables para ir de ahí a no se sabe dónde. No se contentaba con escuchar, él te leía los labios y creo que incluso te olía, como un perro policía. Luego, según cómo, hacía preguntas. Kilómetros de preguntas. Extravagantes, molestas, descaradas. Solo por el padre no preguntó nunca, después de que se fuera. Porque resulta que llegó el día en que Gesualdo se fue. Y yo, que siempre había sabido que eso sucedería, lo único que sentí de verdad fue vergüenza.

Sucedió en pleno invierno, el año en que Giordano y Camillo cumplían diez y veinte años.

Lo estábamos esperando para cenar. En mi casa había dos reglas fijas: comida a la una y cena a las ocho. Si no iba a salir luego, Camillo empezaba a rondar la mesa a las siete. Mojaba un poco de pan en la cazuela de la salsa, lo probaba todo usando la misma cuchara, y yo le gritaba que se estuviera quieto, que a mí esas porquerías no me han gustado nunca. (La comida siempre me la he tomado en serio. La limpieza también. Cuando iba a casa de otra gente, todo me daba asco, y me empeñaba en comprobar hasta dónde llegaba la porquería, como quien tiene miedo de un ratón pero no le quita el ojo de encima hasta ver dónde se mete. Para saber si una casa está limpia de verdad, hay un método que no falla nunca: levantas la tapa del váter. Si debajo encuentras la cólera de Dios de tanta salpicadura, no te molestes en pensar en el polvo o el desorden.)

A Giordano había que obligarle a que se sentara en la mesa: para él, la comida y la cena eran una desgracia. No le gustaban las formalidades. No tenía hambre. Era como si le fastidiáramos al pedirle que se quedase quieto delante del plato caliente. Decía que no quería perder tiempo, que tenía cosas que hacer, y yo pensaba: ¡Qué tendrá que hacer ese hijo mío que aún no levanta un palmo del suelo! O sea que aquella noche estábamos Camillo y yo en la cocina, sentados cada cual en su sitio, esperando a Gesualdo. A las ocho y veinte llamé al taller donde él trabajaba. Mi marido se ganaba la vida restaurando muebles de madera. Cuando aún era un chaval, había entrado a trabajar con un amigo de la familia que tenía un pequeño local en Campobasso, medio carpintería, medio tienda de anticuario. Allí Gesualdo había aprendido el oficio y allí se quedó siempre, a las órdenes de don Peppe. La gente le confiaba viejas sillas desgastadas por el tiempo, mesillas de noche desparejadas, mesas antiguas de comedor acribilladas por la carcoma. A veces les dejaban aquellos muebles decrépitos por dos duros; otras, en cambio, los dueños pagaban un buen dinero para que se los devolvieran abrillantados y pulidos, resucitados a una vida nueva y de mucho valor. Se trataba de dar una segunda oportunidad a las cosas, decía mi marido. Y de vez en cuando, después de cerrar el taller, se iba a casa de alguien que le había llamado para que echase un vistazo a un escritorio o a una cama en desuso. Él miraba atento, acariciaba la madera, daba unos pequeños golpes con el puño y luego recomendaba tirarlo todo a la basura, o no.

Pero resulta que aquella noche Gesualdo no tenía concertadas visitas a domicilio, me dijo por teléfono don Peppe. Había salido a las siete y media, como siempre, después de diez horas de trabajo impecable, como siempre. Seguimos esperando. Camillo tenía hambre y jugueteaba con la servilleta hasta dejarla hecha un guiñapo y yo venga decirle que parara, que no tocara nada. Todo estaba listo, encima de la mesa, y yo había tapado la sopa de legumbres con unos platos hondos para que se conservara caliente. A las once y cuarto lo quité todo. Le dije a Camillo que se fuera a la cama tal cual, sin cenar. Pero él me soltó que si el padre no había vuelto la culpa no era suya y se empeñó en sacar dos cucharadas de la olla. Entonces me di cuenta de que me había olvidado por completo del Rojo: cuando fui a su habitación, lo encontré sentado delante del balcón, mirando la calle.

No era una espera. Se parecía más a una despedida, lo supe por la serenidad.


# 2


Me pasé dos semanas limpiando la casa, a la que no había manera de quitarle el olor a cerrado, rancio y malvado, y salía solo cuando era estrictamente necesario porque no tenía ganas de ver a nadie, no quería que me saludaran sin decir esa boca es mía, levantando solo un poco la barbilla, como para insinuar: «Hija... mejor que te haya tocado a ti que a mí». Puse el tendedero en el comedor, no me apetecía colgar nuestros trapos sucios delante de todo el mundo. Metí los libros que me parecían valiosos por tener la tapa dura en un baúl de nogal, y los demás los amontoné en unas diez cajas de cartón que echábamos a la basura cada vez que uno de nosotros salía de casa. Giordano se negó. Una mañana lo encontré sentado con las piernas cruzadas en medio de todas aquellas cajas. Me dijo que, si los tiraba, tendría que tirarle a él también, que los libros no se tiran, como tampoco los hijos. Lo levanté cogiéndole de un brazo con una violencia imprevista que me asustó, le dije que se dejara de rabietas inútiles y se fuera sin rechistar a su habitación. Me dijo que yo no lo entendía. Y aguantándose para no soltar unas lágrimas que a mí nunca me había concedido, se dio la vuelta y se fue. Tenía razón, yo no lo entendía, y quizá peor aún: yo no quería entenderlo. Para mí los libros eran objetos y nada más, que estaban allí para comer polvo. Y sin embargo los tiraba con ganas, lo sé, pero por otra razón. Por aquello en que se habían convertido con el pasar de los años: enemigos de papel, puestos allí para separarme de mi hijo. Aquellos volúmenes eran el punto de encuentro de Giordano y Gesualdo. Eran su secreto, su pedazo de tierra vallado. Por eso me los quitaba de encima. Entre mi hijo y yo, se acabarían los secretos.

Al cabo de un tiempo empecé a vestirme de negro, en señal de luto. Y si alguien chismorreaba, le soltaba que el negro estiliza, y que se metiera en sus asuntos. Gesualdo no estaba muerto, lo sabía, pero eso, ¿qué cambiaba? Me había quedado sola con dos hijos y eso era lo que había. Poco importaba dónde estuviese mi marido: para mí estaba muerto y no había nada que añadir. Asunto zanjado. Además, en nuestros pagos nadie molestaba a una mujer vestida de negro.

A Camillo le dije que se había acabado lo de vivir del momio y que tenía que buscarse un trabajo. Luego le pedí a mi hermana que viniera a echarme una mano y empecé a embalarlo todo; lo mejor sería irse de allí corriendo. Pusimos a la venta la casa de via Ferrari. En el centro las desgracias son de todos, en la periferia son solo de quien las tiene.

El piso nuevo era blanco, con las paredes muy finas. Cuando alguien estornudaba en el piso de arriba, te entraban ganas de decirle «Jesús». El Rojo eligió la habitación más pequeña porque estaba al final del pasillo, lejos de la cocina, lejos del comedor. Camillo me ayudó mucho con los muebles; me refiero a que en la mudanza consiguió romper o dañar tantos que ya no tuve el problema de dónde colocar aquellos trastos. Todo se hizo en pocos meses, vender, elegir la casa nueva, y cuando una noche, a la hora de cenar, me di cuenta de que ya no había más cajas enredando, empecé a llorar. Comía y lloraba. Camillo se levantó y me abrazó por detrás como solía hacer, agachándose a mi altura. Le dije que no pasaba nada, que solo era cansancio, pero el Rojo ni siquiera levantó la cabeza del plato y solo soltó un «Yaaa... llámalo cansancio». Aún no había cumplido los once años.


Yo sé muy bien por qué lloraba. Lloraba porque nadie sabía hacer una salsa de tomate más rica que la mía, pero no sabía ni poner una bombilla. Y Camillo empezó a trabajar en el Bar Centrale ocho horas diarias, más las horas que andaba por ahí, Dios sabe con quién, dejándome aún más sola. Yo llevaba dentro una mancha oscura. Las cosas se me resbalaban de las manos, se me caía todo. Y era como si, junto con las cosas, se me cayera de las manos también la vida de mis hijos, que era la mía. Iba con el Rojo a todas partes, porque no debía dar ni un paso sin mí, pero cuanto más crecía más se hacía de rogar. De pequeño me agarraba fuerte de la mano, pero un buen día me dijo que ya no necesitaba ir de mi mano, que le daba vergüenza. Y yo lo veía caminar un paso delante de mí, con la cabeza bien alta, y me entraban ganas de decirle «Anda, ven, que luego te leo un libro», pero no tenía fuerzas para meterme en lo de su padre, y además, los libros, los había tirado. Al final me rendía, lo daba por perdido, y él caminaba cada vez más deprisa, hasta que una mañana me pidió por favor que le dejara salir solo.

Yo sabía adónde iba y lo dejaba ir. Pero no me movía de la ventana hasta que aquella camiseta de rayas y el pantalón corto azul daban la vuelta a la esquina, anticipando el sonido del interfono.

No conseguía hacer otra cosa que esperarle. Solo me quedaba él y eso era lo que yo quería que me quedara. Si le decía a las seis, a las seis se presentaba. «Compra leche», le decía, y él la compraba. Incluso cuando no me hacía falta nada, le encargaba algo, una rama de perejil o dos cebollas, empeñada en que, al menos una vez al día, hiciera algo por mí. En aquellos años tan rápidos y negros, sentía que estaba a punto de caerme encima aquella roca que las madres alejan del cuerpo con toda la fuerza de sus manos desnudas, hasta más no poder. Había llegado el momento en que te das perfecta cuenta de que las cosas están así: los hijos han crecido, son hombres hechos y derechos, y ya no necesitan nada. Y si te preguntan algo, o te piden un favor, una opinión, que les recuerdes un apellido que han olvidado, lo hacen más para que te sientas útil que por una necesidad real. Las madres saben cómo se sienten entonces: cerradas y apagadas para siempre.

Giordano ya era más alto que yo y solo me daba un beso al día, antes de irse a la cama. Me decía: «Que sueñes con los ángeles, mamá», y yo le contestaba que mis ángeles eran Camillo y él felices. Conmigo.

A Camillo le iba bien en el trabajo en el bar y volvía tarde por la noche. El Rojo estudiaba mucho, pero no le sacaba provecho. Los profesores me decían que era un chico aplicado, pero le faltaba entusiasmo, y si le pedía explicaciones, él me contestaba que se aburría. Cuando coincidían en casa, aquello parecía una pelea de gallos. Si uno pedía la carne hecha, el otro la quería cruda, y yo venga decir que no pelearan, que allí estaba yo, dispuesta a todo. Para poner paz. Camillo se bañaba en perfume como una fulana, y sé muy bien que a todas las frescas del barrio les hubiera encantado ir del bracete con él. Giordano, que de vez en cuando lo seguía a escondidas porque yo se lo pedía como favor, me contaba que su hermano, más que ir al trabajo, iba a lucirse. Se colocaba en la entrada del bar y miraba a los demás, solo para que lo mirasen a él. Me decía que llevaba en la cara ese gesto fiero de quien se sabe guapetón, pero luego añadía: «Pues... tarde o temprano alguien tendrá que decirle a mi hermano que de guapo no tiene nada, sino más bien todo lo contrario». Y mientras yo le explicaba al pequeño que su hermano mayor tenía carisma, que es lo que cuenta en la vida, este último se echó novia. Fue el mismo Giordano quien lo descubrió, un día en que, pasando por delante del bar, vio a Camillo cuchicheando con una chica escuchimizada que se llamaba Rosalba. El Rojo ya lo había visto con chicas montones de veces, pero Camillo nunca lo había llamado con un silbido, invitándole a acercarse, para luego soltar: «Niño, esa es mi novia, Rosalba. A ver si te comportas con ella». Pasaron los días, muchos, y al final les dije a mis hijos que, si no me lo contaban todo inmediatamente, me iba a dar un ataque al corazón y me moriría por su culpa. Entonces Camillo le hizo un gesto a Giordano, como si fuera un director de orquesta, y Giordano empezó: la novia de Camillo se llamaba Rosalba Carfuglia, era puro hueso, y parecería un hombre si no fuera por el pelo largo y liso. Resumiendo, era feúcha, pero al menos tenía la cara alegre y olía a cruasán caliente. Sería porque, desde que se había enamorado de mi hermano, pasaba demasiado tiempo dentro del bar.

No le di demasiada importancia. Camillo no era de los de ir en serio. Era un hombre, en algo tenía que entretenerse, y solo se divertía con las mujeres. Pero un día, a la hora de comer, no comió. Giordano levantó los brazos exclamando «¡Milagro!», porque aquel hijo mío nunca se había saltado una comida, y yo le regañé, que no fuera imbécil, que quién sabía qué le pasaba al hermano. Camillo de repente soltó que me quería presentar a la dichosa Rosalba, que quería arreglar las cosas, y yo le contesté que bueno, y me puse a llorar. Dije que lloraba de alegría, pero de alegría nada, yo tenía un coche fúnebre en el pecho. Y también en esa ocasión Giordano levantó la cabeza con aquel gesto tan suyo que cortaba el aire y soltó: «Yaaa... llámalo alegría».

## 3

En el piso nuevo, que era menos nuevo a medida que pasaba el tiempo, teníamos tres dormitorios. Había un baño con los sanitarios de color azul, que yo limpiaba con vinagre por la mañana y por la noche. También a primera hora de la tarde, si algo me rondaba la cabeza. La cocina era espaciosa, de techos altos, pero yo me empeñé en colocar ahí una mesa muy pequeña, cuadrada, que así no quitaba sitio y me parecía que así había más aire para respirar. Nosotros ocupábamos tres lados, y en el lugar que quedaba vacío disponía toda la comida, para no tener que levantarme una vez sentada. Cuando venía alguien usábamos el comedor, con la mesa grande y redonda que teníamos en el otro piso. De la otra casa echaba en falta la ventana justo encima del fregadero, por la que miraba afuera y lejos mientras lavaba los platos; el suelo color bronce, que si no lo fregaba una mañana lucía igual de limpio; los tres pasos escasos que había entre el horno y el frigorífico, de modo que todo se hacía en un santiamén. También echaba en falta, de la otra casa, a Gesualdo, porque era quien llegaba el último por la noche y, cuando cerraba la puerta a sus espaldas, yo dejaba de esperar. Porque lo peor de una mujer es esperar. Echaba en falta a Gesualdo porque, antes de que él desapareciera, mis hijos aún no tenían preocupaciones y el Rojo todavía pillaba aquellas rabietas que todos los críos tienen que pillar antes de hacerse mayores. Aquellas rabietas que se esfumaron bruscamente el mismo día en que el padre se fue. Como si de repente el padre fuera él y desde entonces su deber fuese llevarnos, a mí y a su hermano, cargados en sus hombros de cristal, cuidando de que no nos cayéramos. Echaba en falta las risas del Rojo, que también habían muerto junto con aquel padre que muerto no estaba, pero eso a fin de cuentas no cambiaba nada. A ver, no es que añorara a Gesualdo; lo que me faltaba era todo lo obvio de mi vida con él. Y, en medio de ese equilibrio que a trancas y barrancas intentábamos conquistar los tres, ¿qué papel tenía aquella chica que estaba a punto de llegar? ¿Tendríamos que comer en la cocina con ella o poner la mesa del comedor? Pero en la cocina no cabíamos, y en la cocina solo se come con los de confianza; además, si se sentaba también ella a la mesa, ¿dónde pondría yo la comida? Me iba a quitar un punto de apoyo indispensable, la bendita Rosalba.

Entonces me puse de aquella manera que me ponía yo cuando los niños invitaban a alguien a almorzar. Me fastidiaba la idea de tener a gente rondando por casa, pero me tranquilizaba mucho saber que a esa gente ellos la verían allí, en casa conmigo, comiendo lo que yo había cocinado. A los amigos de mis hijos siempre los tuve en casa. Giordano tenía dos o tres, siempre los mismos. Los de Camillo eran muchos, siempre distintos, y se los llevaba enseguida a su habitación. Yo me multiplicaba por cuatro: cocinaba, servía, limpiaba, ponía y quitaba la mesa, preguntaba si querían algo más, solo por tenerlos en casa. A mis hijos, claro, no a los amigos. Me mataba a trabajar con tal de no tener que imaginármelos en otro sitio y de no quedarme esperando detrás de la ventana. Así que cuando aquella poquita cosa me tendió la mano y dijo: «Mucho gusto, señora. Soy Rosalba», con una voz tímida y feliz que parecía estar a punto de apagarse de un momento a otro, yo me empeñé en llevarme bien con ella porque si estaba a gusto conmigo no tendría ganas de llevarse a mi hijo.

Giordano era distinto. Él, con esa manera tan reconcentrada y leal de mirar el mundo, siempre fue distinto. Por desgracia, había heredado del padre el don del silencio. Y a mí todo aquel vacío me hacía daño. Intentaba meterle algo de ruido y palabras, pero a mi hijo nunca le gustó lo que está de más. Él se contentaba con lo esencial. Y esencial es una palabra difícil. Esencial es lo necesario, nada más. Esencial es un concepto hipócrita: parece referirse a la escasez, pero lo abarca todo. Y en ese todo, tú estás o no estás. A mi hijo, que a los veinte años era alto como un palo y guapo como un Cristo pelirrojo, le bastaba con un libro y una hoja en blanco. Y yo, me desvivía en la cocina para llamar su atención: sopa, lasaña, pollo relleno y fritura de lo más variado, pero él miraba el plato, tragaba un bocado y luego me decía ingenuamente que para el día siguiente bastaría con algo más sencillo, que no quería que me cansara.

Pero yo en aquel entonces era como todas las madres: lo que me cansaba era quedarme quieta. Estarse quieta quería decir pensar, y eso sí que me agotaba. Yo limpiaba, lustraba, iba a hacer la compra, enseñaba a Rosalba cómo amasar, quitar una mancha o coser un botón. Me fatigaba de tanto trajinar, pero me agarraba con uñas y dientes a aquel presente que a fin de cuentas me convenía. Mi problema era el futuro. El miedo. Era Giordano que se escurría, que siempre nos llevaba diez años de ventaja. Con sus proyectos y sus planes, y aquel trabajo nuevo en la librería cerca de la iglesia de San Leonardo. Un local que al principio parecía un castigo, que olía a polvo y a aire viciado con solo pasar por delante, con cuatro libros mal puestos en un escaparate mugriento. El dueño le dijo que podía intentarlo, pero que diera la partida por perdida. Que los libros habían muerto, que la gente ahora tenía la tele para entretenerse. Y él pidió permiso para organizarse a su manera. Hizo un montón de pedidos para llenar las estanterías y los pagó por adelantado con un dinero que tenía y que no sé de dónde había sacado. Un día le pregunté si podía echarle una mano con los gastos, si podía pagar al menos dos remesas de libros, y él me cortó a la velocidad del rayo. Me dijo: «A ver, ¿qué dices, mamá? ¿Los tiras primero para luego volverlos a comprar? Déjame, que ya me encargo yo. Es un asunto mío, a ti los libros te dan grima, ¿no?». Y esa fue la única vez que osó remover el pasado. Esas palabras las llevaba entre pecho y espalda desde hacía años, digo yo, y ahora me las echaba en cara con la misma maldad con que yo me había deshecho de todas aquellas cajas llenas.

Pero yo me empeñé en ser útil de todos modos, e iba cada mañana a la librería. Limpiaba y ponía los libros por orden de altura, y él detrás de mí, recolocándolos a su manera. Y mientras lo hacía, soltaba reproches en voz alta para que yo le oyera, y yo le decía que eso no estaba bien, que a una madre hay que respetarla. Entonces me preguntaba si no tenía otra cosa que hacer, y yo le decía que no, que podía quedarme allí con él hasta la hora de comer, que total en casa estaba todo listo. Pasaba el mocho, y empezaba a olerse un aire a limpio que daba gusto. Él esperaba que alguien entrara, que preguntara, que abriera un libro y se enamorara. Y a veces sucedía, pero no era lo habitual. Y entonces él se inventó eso de la lectura, que al principio a la gente le pareció una extravagancia, pero luego hubo quien empezó comprender. Cada lunes, de tres a cuatro de la tarde, él leía un libro. Página a página, en voz alta y sosegada. Al cabo de unos cuantos lunes lo terminaba. Entonces empezaba otro. Y la gente acudía, se colocaba aparte, pegada a la pared, pero todos callaban hasta saber cómo acababa. Y los había que tenían tantas ganas de saber el final que compraban el libro allí mismo para seguir leyendo en su casa y no tener que esperar al lunes siguiente. Giordano vivía como aquel que dice en su librería, que de suya no tenía nada. En la entrada había algo parecido a un escritorio con una caja registradora a un lado y una máquina de escribir al otro, y si ibas a echar un vistazo ahí lo encontrabas, acurrucado entre aquellas palabras que escribía a todo correr. Un día me contó que quería escribir un libro. Que quería contar la historia de su padre, de nuestra familia, y que tendría que hacerme algunas preguntas. Yo le contesté que no tenía nada que contarle, que para mí su padre solo era alguien que un buen día se había marchado, y asunto zanjado. Pero él se empeñó en escribirlo igualmente, y yo me volvía loca solo de pensar que, aun sin estar presente, Gesualdo estaba robando el tiempo y la cabeza de mi hijo.

Giordano fue un buen escritor, o al menos eso es lo que me cuentan, porque yo, la verdad sea dicha, sus dos libros nunca los leí. Me daban miedo, eso es. Incluso ahora. Miedo de leer algo que tiene que ver conmigo. Miedo de leer el amor por otra que no sea yo. Que por mucho que digan que en los libros solo hay historias inventadas, yo eso nunca me lo he creído.

Hubiera podido conseguir a alguien mejor, el Rojo, pero encontró a Lia. Y ella intentó retenerlo en Roma, pero solo fueron unos cuantos meses. Es verdad que yo lloraba cuando Giordano vivía lejos y me llamaba por la noche, pero que quede claro que nunca le pedí que volviera. Lo hizo por voluntad propia, e hizo bien, que la poca familia que uno tiene hay que mantenerla unida, cueste lo que cueste. Lia lo siguió, y volvió aquí con él.

Por aquel entonces, ella era justo lo contrario de la otra, la tal Rosalba. Y bien mirado, en la vida casi siempre pasan estas cosas: tienes a uno y a su contrario. Hay un Camillo y había un Giordano. Hay una Rosalba y una Lia. Aquí estoy yo, y estaba Gesualdo. Parece hecho adrede, aunque no sea así.

Lia es de las que meten ruido. Que se queda quieta un rato, pero luego tiene que moverse. Y va rondando a tu alrededor, arriba y abajo. A esa mujer siempre la tienes encima, incluso cuando no está. Tiene voz cantarina y manos nerviosas. Cuando se pone a lavar los platos para hacerte un favor, acaba inundando la casa, y cuando se ríe puedes reírte con ella u odiarla por lo inapropiado de tanta alegría. Lia Greco, que ese es su nombre, ha sido mi nuera. Nunca hizo nada para congraciarse conmigo, la verdad. Giordano la metió en nuestra vida con esa naturalidad suya tan detestable. Sin pedir permiso ni anunciar nada. Un sábado por la noche me dijo que al día siguiente vendría Lia a comer. Y yo, que algo sospechaba porque él ya no volvía a casa enseguida después de cerrar la librería y aparecía al cabo de mucho rato, empecé a pensar en qué pondría de comer, pues a aquel hijo mío tan rebelde no quería darle la satisfacción de pillarme desprevenida y enfadada. Sí, hay cosas de los hijos que se detestan. No es que los quieras menos, es solo que no apruebas todo lo que hacen y que te entran ganas de pegarles unas buenas bofetadas para que entiendan que los has parido desgañitándote de dolor como una cerda de camino al matadero y que por eso ahora te mereces algo más. Si de mí hubiera dependido, a su lado habría puesto una chica formal, tranquila y respetuosa como Rosalba. A Giordano había que cuidarle en silencio, que una madre sabe muy bien qué es lo mejor. Pero ella ni le cuidaba ni sabía qué era el silencio; le gustaba ver mundo, como si para coser un par de trajes hubiera que viajar sin falta, y cuando volvía le pedía que salieran, que pasaran la noche en otra ciudad, que fueran los dos a cenar a un restaurante lejos. Ya nadie le veía el pelo a aquel hijo mío... Yo le decía que aquella mujer no era para él, que nunca se estaba quieta, pero Giordano, que, desde que el padre se había ido, solo se reía frunciendo un poco la frente y apenas los ojos, con ella se reía a carcajadas, con la boca entera y la voz.

Yo, que a mi hijo no había conseguido arrancarle ni la

sombra de una risa, le tenía miedo a ella, como antes a Gesualdo. Así es.

Era como si Lia hubiera nacido para alborotar y crear el caos. Parecían la noche y el día, pero era igual que él. Era un Giordano en femenino, con una diferencia: todo lo que ella mostraba, metiendo bulla, él lo guardaba dentro en riguroso silencio. Desde hacía años. Quién sabe qué culpa tengo yo en todo eso. ¿Será que se puede enfermar de un mal feo porque uno se va guardando dentro todo el dolor que tiene?

Yo no lo sé, pero hay una cosa cierta: si me equivoqué en algo por culpa de ese amor a mis hijos que les he ido contando, lo he pagado caro.


Ahora Rosalba es como una hija para mí. Me prepara la cena y el almuerzo, lo mismo que hacía yo con ella cuando era una chiquilla. Siempre lleva puesta una sonrisa tan hermosa que casi parece de verdad. Y hace como si no pasara nada, como si Camillo aún la quisiera igual que el día en que se conocieron, envueltos en el aroma a cruasán caliente. A veces parece que seamos los de antes, sentados los tres a los tres lados de la mesita cuadrada de otra cocina. Con ella, Rosalba, en el lugar de Giordano, que lo importante es que no te falte un lado libre para colocar la comida, así te sientas y ya no tienes que levantarte. Pero yo igualmente me siento cansada, siempre, porque, créanme, solo una madre lo sabe: lo único que nunca se supera es la muerte de un hijo.

# Lia, Santa y la muerte de Giordano Lorenzini

Santa se había convencido de que tanto sufrimiento tenía que llevarla a algún sitio: imaginaba, por ejemplo, que en el paraíso le asignarían una habitación doble para uso individual. Un día vio por televisión una cama de tres plazas, y la pompa de tres almohadas alineadas en vez de dos le pareció muy adecuada para el más allá, aunque a decir verdad ella dormía encogida sobre el lado izquierdo —para no arrugar demasiado las sábanas— y las tres plazas no le habrían servido más que para contemplarlas y presumir por ahí.

Por la noche, cuando se miraba en el espejo durante un instante huidizo de verdad, se ofuscaba delante de tanta soledad. Su vida había sido un tormento puntualísimo, minucioso. No era el tormento de ver morir a un hijo; eso era morir con él, casi como cercenar el pensamiento. Ni más ni menos: cercenar el pensamiento. Librarse en un santiamén de lo peor que la vida puede reservarte. El verdadero tormento era el odio irracional que sentía hacia su nuera Lia, esa mujer deslenguada que se estaba haciendo cargo sola de los últimos días de su niño; la indiferencia que le suscitaba la mano de su nieta, eso era el tormento, pues aunque fuera pelirroja como Giordano, había heredado la impertinencia de la madre; y por último, estaba aquel marido muerto de mentira, muerto por nada: Gesualdo andaba por ahí, quién sabía dónde, y tan vivo como para enviarle todos los meses, durante tantos años, un sobre anónimo con dinero para los gastos. Ella nunca lo había buscado ni tampoco se había atrevido a renunciar a aquella contribución material que parecía llovida del cielo. A Santa le aterrorizaba la idea de encontrar a Gesualdo y tener que preguntarle por qué demonios se había ido.

Solo su comida seguía siendo la misma: sabrosa, abundante, aceitosa.

Antes de que Giordano empeorara, lo cual comportó estar constantemente a su lado, Santa preparaba comida y cena para ella y para Rosalba, y con el ánimo de ahorrarse unas cuantas manchas, ponía medio mantel, «total, solo estamos nosotras dos». A Camillo, que de vez en cuando se pasaba por casa a primera hora de la tarde, le dejaba algo preparado en un plato hondo tapado por otro igual.

Camillo se pasaba la vida en el bar, incluso después de la hora de cierre.

Antes de que Giordano enfermara, Lia pasaba a recoger a Rosalba al menos una vez por semana: iban juntas a ver a una amiga o a tomarse un café sentadas a la mesa de un bar cualquiera, y luego entraban y salían de todas las tiendas del centro, donde se probaban faldas, blusas y pantalones. Al final no compraban gran cosa: Lia ponía de los nervios a las dependientas soltando un «Me gusta, gracias. Voy a intentar hacérmelo yo». (Y era verdad: se cosía ella los vestidos, pero elegía colores más vistosos, que chirriaban junto a los infinitos matices de gris y marrón predominantes entre la clientela del lugar); Rosalba, en cambio, se quedaba como mucho con algún accesorio, pues no le parecía oportuno mostrarse demasiado vanidosa.

El destino las había emparejado a las mil maravillas gracias a los hermanos Lorenzini, pero luego la vida se encargó de distanciarlas, abriendo entre ellas una vistosa grieta.

Rosalba se había ido cerrando poco a poco como una hucha, dejando solo una pequeña ranura abierta para los días en que las cosas parecían ir mejor.

Su infelicidad suave, perenne y nunca bien explicada, se podía ver de cerca, posando en una foto que alguien había hecho a finales de un mes de abril, en la boda de Giordano y Lia. Se la veía grácil y elegante, con unos tímidos tacones que la mostraban más incierta e indefensa que de costumbre. Aunque en la boca se le dibujara un amago de sonrisa, sus ojos miraban hacia abajo, hacia la nada, mientras Camillo, con las manos rodeándole la cintura, sobre los pliegues de la falda, disfrutaba del objetivo de la máquina sin reparos, como si de aquel clic dependiera un glorioso futuro de actor.

Desde la marcha de Vera, el proceso de Giordano se había acelerado. Ahora se pasaba el día en la cama, devorado por los dolores de cabeza.

Su rostro iba desapareciendo tras una máscara de huesos, y todo él sabía a flores marchitas. Olía mal. Santa le decía a Lia que era por culpa de las sábanas, y Lia, que sabiendo próximo el final no le ahorraba ni una a la suegra, le soltaba que antes de hablar probara ella a dormir a su lado. Lia le ponía camiseta y calzoncillos limpios todas las mañanas. Lo metía en la bañera, lo enjabonaba y lo aclaraba mientras él iba susurrando «gracias» al sentir aquel poco de frescor. Era un verano despiadado, tórrido y terco, incluso en aquella parte del Molise, donde no era costumbre que hiciera tanto calor. Y cambiar las sábanas cada dos días no servía de mucho porque el sudor y el miedo a la muerte desprenden malos olores.

Lia ponía dos lavadoras todas las tardes, a noventa grados, y la ropa que no le cabía la llevaba a la señora Pina, la lavandera de San Giovanni, cerca de casa.

El blanco ondeaba al sol a todas horas y casi parecía traer suerte. Lia se quedaba despierta hasta tarde, se sentaba de un salto en la cama en cuanto Giordano se movía, y a primera hora de la mañana le abría la puerta a Marilena, la enfermera que a las siete ponía en marcha la transfusión y se ocupaba de controlar presión, corazón y ritmo respiratorio. Se tomaban un café juntas, Lia y Marilena.

—¿Uno?

—Gracias —acompañado de un gesto con la cabeza.

—¿Qué tal lo ha visto hoy? —poniéndose la mano alrededor del cuello, como si fuera una soga.

—Vuestro marido es un hombre fuerte y no tiene ganas de morir —con la cucharita revoloteando ruidosa en el café.

—Pero se va a morir… —un sorbo lento, como le gustaba a ella.

—Mejor tarde que temprano, señora.

—Yo ya no sé qué pensar —con la frente apoyada sobre la mano cerrada un puño.

Y hacia las nueve, puntual como un clavo, llegaba Santa, con una bolsa de fruta, la comida metida en contenedores de aluminio y la revista de crucigramas enrollada en el bolso. Se bajaba en la parada antes de San Giovanni para comprar una flor y llevarla al piso. Lo que menos aguantaba Lia de aquella mujer menuda y vieja con la cara hosca era la flor en la mano. Una sola, apocada, como un detalle en la tumba de un conocido. Ella iba a ver a Giordano, y guiñándole el ojo le decía: «Ha llegado la tocapelotas de tu madre», y él se reía un poco, lo justo para oxigenar el corazón de su joven mujer.

Como primera providencia, Santa abría las ventanas de par en par.

—Cierra, mamá, que me molesta la luz y tengo calor.

Le daba un masaje en los pies.

—Déjalo, que me duelen los huesos.

Entonces ella colocaba el ventilador en el lado sur de la habitación, cerca de la cómoda.

—Así no me llega nada, mamá.

Y ella lo devolvía al lugar de siempre, metiendo ruido para mostrar su disconformidad.

—Allá vosotros. Solo te falta pillar un resfriado.

Porque a Santa Pallàdi, en medio de aquel caos de hedor y sudor, le preocupaba el resfriado. Aquello al menos era algo que se podía evitar o curar. Por eso Lia tenía que salir de la habitación y morderse la lengua para no enviar a la suegra a tomar por culo, por eso y por un montón de razones más.

Los lunes, Santa agarraba la revista de crucigramas de toda la vida y unía los números con trazos temblorosos, luego coloreaba los espacios con puntitos; los martes echaba una hojeada a los chistes y se enganchaba a los crucigramas más fáciles, los que tenían algunas letras ya escritas. A mediados de semana se concentraba en los crucigramas en blanco, a los que dedicaba el resto del tiempo, hasta el sábado. Había ratos en que Giordano dormía y otros en que no. Leía un poco, pero la vista también empezaba a fallarle. Así que Lia leía para él, en un intercambio de roles a la vez dulce y desgarrador. Ella no sabía entonar como lo hacía él, no sabía dónde colocar ciertos acentos, ni siquiera sabía qué querían decir algunas palabras y por eso se equivocaba en el tono.

Y cuando Santa los veía en aquella postura (Lia sentada a la altura de la almohada y Giordano con la cabeza pegada a sus caderas), se quejaba a gusto, en voz alta, de lo mucho que eso podía cansarle a él. Santa estaba confundida y confundía las cosas: por un lado, fingía que el hijo estaba en cama para echarse una siestecita —aunque ella nada sabía de la canción de John Lennon— y por otro se excedía en los cuidados, como cuando era niño. Así que esperaba hasta verlo dormido para ponerle la mano en el pecho, una vez más. Cuando era un bebé le daba miedo la posibilidad de que aquellos pequeños pulmones fueran demasiado enclenques para cumplir su cometido. Ahora, en cambio, rezaba para que aguantaran un poco más, porque a lo mejor mientras tanto alguien encontraba la cura y con una tanda de inyecciones el chaval se reponía. Porque una madre no tiene que enterrar a un hijo, nunca. Santa hacía lo que había hecho siempre: le controlaba la respiración con la palma de la mano apoyada en el corazón. Y debajo de aquella mano de mujer, era evidente, Giordano volvía a ser el pequeño Rojo. Tanto que casi parecía que de un momento a otro tuviera que volver a crecer y hacerlo todo de nuevo desde el principio.

Luego, a primera hora de la tarde, Santa volvía a su casa. De vez en cuando era Camillo quien pasaba a recogerla, en el descanso que tenía a las tres. Subía a la velocidad del rayo, entraba en la habitación del hermano y se quedaba apoyado en el quicio de la puerta, como quien ha llegado tarde y no encuentra sitio para sentarse. No tenía valor para acercarse demasiado a aquel tormento.

—¿Qué tal hoy, chaval?

—Igual que ayer, Camillo.

—Nunca a peor, y eso es lo que cuenta.

—Nunca a peor, sí. Llévate a mamá, que está tocando las narices como solo ella sabe hacerlo —y le guiñaba un ojo.

—Nos vemos mañana. Cuídate... —y le hacía un gesto con el puño: lo movía un momento en el aire, como diciendo «¡ánimo!».


Marilena se quedaba casi todo el día, todos los días. Se iba a las seis de la tarde, después de preparar a Giordano para la noche, darle los calmantes y controlar la fiebre. El único día en que pasaba solo por la mañana, media hora como máximo, era el jueves.

Marilena era una mujer fornida. Baja y bien plantada como una mesita de centro en la que uno deja caer los pies cuando está cansado. Tenía labios finos, ojos redondos, llenos, y el pelo gris cortado estilo paje, siempre limpio y bien peinado. Se ponía medias elásticas, donde embutía kilos de piernas y varices, y llevaba una cadenita de oro de la que colgaba la foto minúscula de un hombre al que había amado y que murió una mañana de primavera.

Al llegar ella, Lia se relajaba: estaba segura de que nada malo podía pasar con aquella mujer que olía a espliego en casa.

—Señora, ¿por qué no os animáis a dar un buen paseo?

De nada había servido que Lia la animara a tutearla todos los días de la primera semana. En Campobasso se usa el vos, un compromiso razonable entre la demasiada confianza y el desapego. Solo quien está acostumbrado a otras ciudades sabe de la existencia del usted. De manera que Lia, que no sabía utilizar el vos, se había quedado sola con el tuteo.

—Gracias, Marilena. Eres muy amable, pero mejor me quedo, ¿eh?

—A ver si os pensáis que vuestro marido está esperando a que salgáis para morirse… Hacedme caso: este no se muere. Id a respirar un poco de aire fresco, como un favor que le hacéis a él.

De vez en cuando Lia le tomaba la palabra y se animaba a salir. Daba la vuelta al edificio, miraba los precios del kilo de verdura (se lo había enseñado Giordano, que lo había aprendido de su madre) y pensaba en qué cocinar para la cena. Luego compraba un poco de helado, limón y fresa, pedía que se lo pusieran en un contenedor de poliestireno y lo subía al piso.

Ya en casa, al pasar por delante de la puerta abierta de la habitación de matrimonio, Giordano notaba su olor a fresco, y el ruido de la bolsa le provocaba la misma curiosidad que en los tiempos de recién casados, cuando él, encerrado en el estudio escribiendo, le preguntaba chillando:

—¿Qué hay para cenar esta noche?

—Hola, cariño. Yo también estoy encantada de estar en casa... ¿Qué piensas hacer? ¿Vas a salir ya de ese nicho o para cenar esperamos a que acabes el nuevo *Guerra y paz*? —contestaba ella irónica.

—Un momento, que acabo el párrafo —y pasaba más de media hora.

De verdad parecía que estuvieran hablándose desde dos mundos lejanos. Porque lo que nunca había hecho Lia era inmiscuirse en sus libros. Cuando Giordano escribía, no existía. Y por la noche, cuando volvía a ser él, llevaba a la mesa el humor de sus personajes y de su historia. La cosa se ponía peor cuando el día no había producido páginas: entonces se quedaba sentado haciendo bolitas con las migas de pan y diciendo que todo estaba muy bueno, pero que tenía el estómago cerrado.

Oía que la nevera se abría, que ella intercambiaba unas palabras con Marilena, y luego sus pasos, aún enfundados en los zapatos, que se acercaban.

Entraba, y siempre se repetía la misma historia: era como abrir de par en par una ventana que diera al mar. No era una mujer que quitase el hipo, Lia, pero era luminosa y llenaba todos los espacios posibles. Era grácil, estirada hacia arriba como una jirafa hambrienta, rubia en cada pelo de su cuerpo y con dos ojos castaños que le ocupaban media cara. Cuando hablaba, las manos la acompañaban metiendo bulla, y en cualquier lugar donde estuviera, ella era el centro: envuelta en camisetas apretadas de mil colores, cómoda con sus bailarinas que llevaba sin medias aunque hubiera nieve en el suelo porque ella nunca tenía frío, nunca. Giordano la había visto cuando arrastraba un perchero lleno de vestidos. Había pasado frente a él en la platea aterciopelada de un teatro romano, y Giordano reconoció a la chiquilla arrogante de su misma ciudad, que un buen día había decidido marcharse sin más, aquella rubita que iba de boca en boca por todo Campobasso, pues eso no se hace. Pensó que con una mujer como ella podía pasar todo y todo pasaría. Cuando le tocó una mano, un pecho, un rincón de cuello, supo que con aquel perfume en la nariz se atrevería a tener un hijo, diez hijos, y acabar viviendo en cualquier casa del mundo. Y con el pasar del tiempo se había acostumbrado a ella, que estaba allí, a su lado, toda entera, pero que de vez en cuando se daba el gusto de desaparecer de su campo visual. Lia lo hacía para dejarle espacio, porque sabía que él estaba hecho así y lo necesitaba, pero tan bien lo hacía, como solo una mujer con su temperamento hubiera podido hacerlo, que junto al aire le concedía también la duda excitante de que, más que concederle a él ese espacio, ella se lo reservaba para sí misma, para llenarlo quién sabía de qué. Giordano tenía plena conciencia del amor que ella le daba, y con el andar de los años aprendió a mostrarle también el suyo, que era más arisco, complicado. Pese a la certidumbre de aquel vínculo, sabía que no se puede amar siempre, y nunca de la misma manera, y en eso consistía su juego: zigzaguear entre los días en que amas de verdad y aquellos en que recuerdas haber amado tanto que intentas amar de nuevo.

Lia era la única mitad que casaba bien con sus aristas. Directa, ligera, divertida, persuasiva, sensual, tan quisquillosa como él, con toda la memoria que él no tenía, temerosa del futuro y sin embargo resuelta a plantarle cara a pecho descubierto.

Un día intentó perderla, pero ella lo había retenido a su lado de la manera más dulce: liberándolo.

Lia entró y se acostó a su lado.

—¿Mi amor...? —No es que se llamaran mi amor cada día, solo en los ratos en que se querían mucho.

—Mi amor.

—Te he comprado helado.

—¿Gustos?

—¡Los tuyos, de hombre banal!

—Piensa en la belleza de ser banal, fíjate en cuánto tiempo se ahorra uno.

—Vergüenza tendría que darte: ni siquiera eliges el color del cepillo de dientes en el supermercado. ¿Cómo te las arreglas?

—Ojo, que tú eres aún peor: parece que eliges, pero luego siempre te quedas con el verde. Incluso has convencido a Vera de que este es el color más bonito. ¡A esa niña la has contaminado!

—Pero ¡mucho cuidado!, siempre es un verde distinto.

—¿Mucho cuidado? Vaya manera de hablar…

—Hablo con propiedad, como mujer de escritor que soy.

—¡Mucho cuidado! ¿Sabes en qué estaba pensando hace un rato?

—¿En qué?

—Me acordaba de cuando mi madre me decía que si me tragaba el chiclette, se me pegaría a las tripas.

—¿Chiclette?

—Eso… ¿A ti no te decían que tuvieras cuidado?

—¿El chi-cle-tte?

—Chiclette, chiclette.

—Sería el chicle, digo.

—Valeee… eso. En mi casa siempre lo llamamos chiclette.

Lia se reía estrepitosamente.

—Pues si quieres que te diga la verdad, yo creo que es cierto.

—¿Qué se pega a las tripas?

—Yo creo que sí.

Se reían los dos y él se agarraba la frente.

—Déjalo ya. No puedo reír, que entonces me duele todo el cuerpo.

—Pues has empezado tú, y si lo piensas bien, no puede ser de otra manera.

—Basta ya...

—¿Tú sabes de alguien que se haya tragado una goma de mascar y no tenga las tripas pegadas?

—¡Me las he tragado a puñados, tonta! Mi madre me decía que no lo hiciera y yo lo hacía expresamente. Obvio...

—Pues yo creo que alguna tripa pegada tendrás.

—Basta ya. Eres demasiado tonta para mí. ¡Tendría que haberme quedado con alguien que estuviera a mi altura! —Venga reír—. ¿No te das cuenta de que estoy sufriendo? A lo mejor resulta que me muero por lo de las tripas pegadas.

Aunque el chiste objetivamente tenía su gracia, ella cambió de registro con la plasticidad de un actor experimentado y empezó a llorar en su cara. Él la agarró fuerte contra su pecho, frotándole la cara con la mano. Haciendo todo lo que podía por no llorar, porque mientras estuviera vivo solo quería que se sintiera segura. Entonces ella, abanicándose con la mano delante de la nariz, dijo:

—¿Sabes que hueles fatal?

—Serás tonta... Lia

—¿Qué?

Y querría decirle que no ha habido nada mejor en su vida que encontrarla a ella.

Que siempre la ha querido con locura, incluso cuando no lo parecía.

Que cuando la ve riendo, siente que se encuentra un poco mejor.

Que la echará en falta, ella no sabe bien cuánto.

Y que un día encontrará a alguien que volverá a quererla, y todo volverá a comenzar desde el principio. Y que espera que en el más allá no haya ventanas que se asomen a la vida de quien se queda porque eso él no lo quiere ver.

Y en cambio dijo:

—Anda, tráeme un poco de helado.

Al cabo de unos días, por la mañana Giordano se despertó gritando. Lia pensó que eran los dolores de siempre y lo acercó a su pecho, friccionándole con fuerza la espalda, pero él agarró su cara entre las manos, presa del pánico. Antes de conseguirlo, la buscó como si fuera de noche. Porque de repente se hizo de noche. Desaparecieron los rostros, los muebles, las luces. Y Lia dejó de echarse atrás el pelo, como le gustaba a él. Dejó de llevar el pintalabios rosa, que él amaba porque era ligero pero se notaba, y ella dejó de fingir; total, él ya no podía verla.

# SEGUNDA PARTE

El tiempo moría y él se quedaba.

LUIGI PIRANDELLO

Querida Lia:

Te escribo esperando que el temblor de estas manos me conceda el tiempo de una canción, el que me hace falta para contártelo todo.

Será por culpa de los años, que son muchos, o del miedo que me da rebuscar en el pasado, pero he empezado a escribir esta carta un montón de veces, y un montón de veces ha acabado en la papelera, convirtiendo esta misión en un puñado de pelotas de papel que solo sirven para encender el fuego.

He guardado estas páginas en un rincón de mi casa, una encima de otra. Las he visto amarillear. He vuelto a leerlas en numerosas ocasiones, con la esperanza de que tarde o temprano, en algún punto de la historia, pasara algo distinto.

Hubiera querido que las tuvieras hace muchos años, pero siempre pensé que era pronto. Tenía miedo de que Santa pudiera reclamarlas, dañarlas. Ahora que el tiempo ha resuelto algunas de las cuestiones, te envío este legajo de recuerdos para que hagas con él lo que desees.

Aproximadamente un mes antes de morir, Giordano vino aquí. Me lo encontré en la puerta de casa, el cuerpo largo y desastrado. No llevaba nada consigo; había salido de casa de repente, y se quedó conmigo dos días.

Me dijo que yo tenía que leer algo; que si aquello me gustaba, tendría que guardarlo hasta su muerte, y si lo consideraba oportuno, hasta mucho después. Me obligó a jurar que un buen día me encargaría de enviártelo.

De manera que, después de veinticinco años, aquí tienes este centenar de páginas inconclusas.

Aquella noche, cuando en la puerta de casa me dijo que estaba a punto de morir, solo fui capaz de pensar: mi hijo no envejecerá. Y desde entonces mi propia vejez, que hoy es profunda y absoluta, adquirió otro valor.

El sobre me llegó a casa por correo una semana después de aquel último encuentro. Desde entonces, ni siquiera volvimos a hablar.

Fue a través de un sueño como me enteré de su muerte: sentado en un banco de madera, en medio de un prado, mi hijo levantaba un momento la vista de la novela que estaba leyendo para despedirse de mí con un gesto de la mano y con aquella sonrisa de soslayo que siempre se quedaba a medias.

Lloré por él, en silencio y a escondidas, enfrentándome a aquel dolor tan inmenso en mi fiel soledad.

Mi querida Lia, me alegro de que estés bien, y lo mismo digo de Vera, la nieta que no he conocido.

Mi esperanza algo sentimental es que Vera continúe la historia de nuestra familia que empezó su padre. He desgastado los ojos entre páginas de libros y la idea de este relevo de pluma, de este abrazo póstumo entre padre e hija, me aclara la vista, y me rejuvenece.

Quisiera añadir algo más, antes de acabar: cuando Giordano estuvo aquí conmigo, hablamos largo y tendido. Estaba seguro de que tú pensarías que se había escapado a casa de aquella mujer. Sé que te reconforto, imagino tu sonrisa, y al imaginarla sonrío yo también.

También sobre este asunto lo tranquilicé, como hice siempre que tuve ocasión.

Los padres aparentan animar a los hijos, y nunca se dan cuenta de todo el valor que les da el simple hecho de poder hacerlo.

Siempre he vivido aquí, en Frosinone, en una casa de piedra que linda con la carretera provincial. Nadie me buscó nunca, excepto Giordano.

Lo esencial que se volvió abundancia.

No sé cuánta vida me queda por delante, y las matemáticas me dan a entender que no puedo pedir mucho más, pero siento que esta carta es la pieza que faltaba para hacer de la mía una existencia cumplida.

Lo he tenido todo: el amor de un hijo, mis lecturas, mi dignidad.

Con mucho cariño,

GESUALDO LORENZINI

Querido Gesualdo:

Soy Lia. Quisiera decir «encantada de conocerte», pero espero que llegue de verdad ese momento.

Tienes una nuera y una nieta, y cuando estemos preparadas irrumpiremos en tu casa. No es una amenaza, y me disculpo por la osadía, pero desde que recibí tu carta y el manuscrito de Giordano, mi vida ha cambiado. Saber que estás vivo es algo increíblemente bueno, y releer mi vida de entonces ha sido un maravilloso tormento.

Le hablaré a Vera del manuscrito de su padre y le pediré que lo lea; te doy mi palabra, Gesualdo. Pero antes, deja que encuentre el valor para volver a aquel capítulo tan lejano y oscuro de nuestra vida.

Tengo algo más que agradecerte: los dos días de los que me has hablado, los que, ahora lo sé, Giordano pasó en tu casa, fueron de los peores de mi vida. A veces me enojo con mi marido, esté donde esté, porque creo que no le hubiera costado nada contarme la verdad. Pero luego pienso que a mí tampoco me hubiera costado tanto preguntarle dónde había ido, y entonces me doy cuenta de que los errores siempre son cosa de dos.

Lo que Giordano escribió de nosotros no hace más que recordarme lo orgullosos que éramos, acostumbrados a cortejarnos, a perseguirnos y a huir de vez en cuando el uno del otro. Nuestro amor siempre fue eso: un complicado paso a dos, que a veces rozaba la perfección y otras acababa en el suelo, desmoronado.

¿Te acuerdas de la historia de aquella mujer que en aquella fiesta se enganchó al bolsillo de sus pantalones? Yo creía que él no se había dado cuenta de que lo había visto. Creía que espiando le había pillado con otra, y en cambio era él quien me espiaba a mí.

Querido Gesualdo, yo era tal como mi marido me ha descrito: poco formal, directa, a veces demasiado, excéntrica y de mil colores, pero ya no lo soy. Si Giordano aún viviera, pensaría que me he vuelto aburrida, prudente, hipocondríaca y paranoica, y a lo mejor ya no estaríamos juntos. Quién sabe. Quizá sí, porque si él viviera, yo no sería tan aburrida, prudente, hipocondríaca y paranoica.

Me estoy enrollando, discúlpame. De verdad espero conocerte pronto.

Has cometido la imprudencia de dejar tu dirección en el sobre.

Un gran abrazo.

Con todo mi cariño,

LIA

El verano en que mi padre volvió fue el peor de mi vida.

Un día de agosto abro la puerta y me lo encuentro ahí en la mesa: un montón de hojas en un sobre amarillo desgarrado por un lado. Pegado al sobre, hay un posit rosa en el que pone «Para Vera», con esa letra ancha y prometedora que solo puede ser de mi madre, Lia, y de nadie más.

Quiero creer que es un sobre cualquiera, pero tengo un don abrumador: presiento las cosas. Me concentro en la mesa de la cocina, que de repente se vuelve enclenque y parece crujir bajo el peso de aquella cantidad de papel, y me veo en la obligación de aliviarla. Me siento, pongo los folios sobre mis muslos. Me tiro dos horas y media hojeándolos, hasta quedarme exhausta. Y los miro, pero no los leo. Me fijo en unas cuantas palabras, en una frase, en algún nombre que reconozco. Pero no leo. Al final, los dejo apilados boca abajo, y me desmorono abatida en la mesa; primero los brazos, luego la cabeza. No los he leído. Y duermo.

Me llamo Vera Lorenzini.

Pasé los primeros cinco años de mi vida en Campobasso. Luego mi madre empezó a huir, y yo con ella.

Huíamos de mi padre de esa manera idiota en que la gente que cree evitar el dolor. Cambiábamos de ciudad y cambiábamos de casa, y las mudanzas se iban haciendo más livianas por las cosas que abandonábamos en la calle, convencidas de que todo era inútil, todo excepto ella y yo. Alquilábamos pisos amueblados, colocábamos algunas fotos aquí y allí, tapábamos el sofá con una funda estampada de flores y fingíamos estar listas para volver a empezar.

Pero si te empeñas en evitar las cosas, ten por seguro que vuelven para estamparse en tu cara. Es como escupir hacia arriba.

Finalmente nos quedamos en Roma: al principio juntas, luego cada una por nuestra cuenta.

Acabamos siendo una familia como las demás.

Felices.

Dispuestas.

Adecuadas.

Pero siempre fuimos unas mentirosas, y nada más.

Mi padre murió hace exactamente veinticinco años. Era verano, como ahora, e incluso eso me parece feo, porque si te mueres cuando refresca hay más probabilidades de conservar intacto el recuerdo, mientras que el calor lo marchita todo.

Murió en el verano asfixiante de mis cinco años. Tan

rápido que este puñado de imágenes que conservo de él me parece un sueño apresurado de justo el momento antes de despertar; tan pronto que ni siquiera consigo recordar su voz.

En mi mente, es mudo. No hay grabaciones ni sonidos. De él no me quedan ruidos. Y sus fotos son como un carrillón inútil, sin música. Mi padre es un recuerdo roto, y nadie lo puede arreglar.


Sin embargo, un día de mediados de agosto, es como si todo volviera a empezar.

Mi padre mecanografiado en estas cien páginas amarilleadas por el tiempo. Mi padre, que nunca acabó un libro, ni siquiera este. Mi padre, que se muere cuando llega lo mejor, como una maldita estrella de rock.

Cuando vuelvo a abrir los ojos, vislumbro las caderas de mi madre que se alejan, dejando una taza de café a un palmo de mi nariz. Huelo. Me repongo. Suelto un golpe de tos, soplo para enfriar el café y le digo que no sé si podré hacer eso. Y quiero decir que realmente no estoy dispuesta a hacerlo. Pero mi madre y yo nunca hablamos claro. Siempre encontramos la manera de herirnos lo mínimo posible, pero al final en esta tarea de anestesia continuada nos hacemos más daño, con sumo cuidado.

Hace diez años que no vivimos juntas.

Nos preocupamos la una de la vida de la otra con discreción. Ella tiene mis llaves de casa, yo las suyas. Ella las usa, yo no. De vez en cuando se encarga de traerme la compra porque si hay algo que nos falta a nosotros, los de mi generación, es una nevera llena. Conste que nosotros también compramos, cocinamos, tenemos invitados, pero, a saber por qué, siempre tenemos la nevera vacía.

—¿Quién te ha dado eso? —y le indico con un gesto del mentón el montón de folios.

—Tu abuelo Gesualdo.

—¿El abuelo Gesualdo? ¿Ese que se esfumó hace un siglo?

—De hecho vive en el mismo lugar desde hace cincuenta años. Mira, aquí está la dirección. Ha adjuntado esta carta al manuscrito de Giordano. Lee.

Agarro el sobre amarillo y en el lugar del remitente descubro una letra de otros tiempos. Podría ser de un amanuense, si no fuera de

Gesualdo Lorenzini
Via Recife, 13
Frosinone

No me había fijado, pero ahora me parece la cosa que más destaca de toda la habitación. Más que la litografía de Picasso que cuelga delante de la mesa, más que la batidora de color naranja junto a la nevera, más que la foto enmarcada de Massimo Troisi dirigiendo *El amor no es lo que parece*. Y sin embargo me retengo, clavada a una pregunta obvia.

—¿Frosinone… Frosinone? ¿Este hombre vivía en Frosinone desde siempre y nadie en Campobasso lo sabía? Venga, mamá, que eso es pura ciencia ficción.

—Hay un montón de cosas de las que nadie nunca se ha enterado en Campobasso, cariño. ¿Y sabes qué era lo que más me divertía cuando vivíamos allí? Que nadie sabía, pero todos sabían. Daba igual, era lo mismo: los dos conceptos coincidían a la perfección.

—¿O sea?

—Pues que así era, y punto. No había otra. Las cosas se hacían de esa manera y se vivía de esa manera. Había reglas sociales. Alguien podía andar con el agua al cuello, pero en el bar invitaba a una ronda, como para disimular. Todos sabían que estaba vendiéndose incluso los calzones, pero aceptaban la cervecita y le daban las gracias. Y de esa manera tan aparente, el tipo daba a entender: «Os he invitado a una ronda, ¿veis? Eso es lo único real».

—Vale, pero ¿tú? ¿Cómo es que no sabías que Gesualdo no se había esfumado y vivía en Frosinone?

—¿Y quién te dice que no lo sabía? Aun antes de que Giordano y yo fuéramos pareja, había oído de todo a propósito del tal Gesualdo que había dejado mujer e hijos y se había marchado. A decir verdad, siempre pensé que ese hombre merecía una medalla al valor. E incluso cabe que me liara con su hijo por este motivo. En aquellos tiempos, la gente no se largaba, hija mía. Ahora resulta de lo más corriente, pero antes no. ¡Y menos aún en Campobasso! Y él en cambio se fue, ¿te das cuenta? Dijo basta y cambió de vida para intentar ser menos infeliz. Un hombre de una modernidad desconcertante. ¡Un revolucionario! Por ahí se decía que había rehecho su vida en Canadá; la versión más políticamente correcta lo situaba en un convento. La verdad circulaba entre la gente como en el juego del teléfono. Quien estaba más atento la recomponía y quien quería pasárselo bien la distorsionaba. Yo había oído decir que vivía en otra ciudad, no demasiado lejos. Y que las cosas le iban bien. Luego me lié con Giordano y ya no se habló del tema.

—¿Por qué?

—Porque él no quería hablar de eso por nada del mundo. Probablemente porque Santa siempre lo había hecho así y le había enseñado a hacer lo mismo que ella. Nunca oí a Giordano contar nada de su padre. Nunca oí a nadie, en aquella familia, hablar de Gesualdo. Lo poco que sé de él lo acabo de descubrir ahora, leyendo este libro a medio acabar que nos ha dejado Giordano. Me llegó a casa el otro día por la mañana y por poco me da un soponcio.

No aguanto el modo en que mi madre ha aprendido a sufrir con el pasar de los años. Con enorme compostura, de una manera discreta, que nada tiene que ver con su forma de ser. Detesto esta compostura. Me parece un detalle concedido a los demás, una excusa para callar, cuando a veces la única manera de salvarse es gritar y pedir ayuda. Mi madre siempre tuvo un toque teatral, pero eso se acabó.

Sea como sea, aclaro las cosas porque quizá antes no había pillado el tema:

—Yo no he leído ni una línea, mamá, y no sé si quiero.

—No lo entiendo —dice Lia.

149

—No hace falta que lo entiendas —contesto yo con ese aire insolente que se me da bien cuando me empeño.

—Esos folios son para ti.

—¿Y dónde lo pone? ¿Hay alguna indicación expresa de mi padre? ¿Dice en algún momento que quiere que YO lea esto o que lo ha escrito para MÍ?

—No, pero entonces ¿para quién lo escribió, según tú? Anda, Vera, estás rabiosa, no seas tan terca. Yo estaba y lo sé todo. A mí no me hace falta más, y quizá Giordano lo sabía. ¿No te parece?


No aguanto la manera en que mi madre me levanta la voz, ahora. Es como si estuviera compitiendo, cuando habla: se le infla la garganta, se pone colorada y suelta saliva, y yo creo que de eso tiene la culpa aquella inútil compostura que ha lucido durante años.

Me callo unos minutos y no pienso en nada. A veces fingir que estoy pensando cuando lo que hago es medir el tiempo para entrar por sorpresa me sale bien.

También mi madre piensa, o eso parece.


—Entonces hagámoslo así: yo me leo eso; lo leo por encima y asunto concluido para siempre.

—Igualita que tu abuela.

—¿La abuela Clelia?

—No, no, ¡tu abuela Santa!

—No, ¡la abuela Santa no!

—Sí, hija. Igualita que la abuela Santa. Con ese arte

para amontonar mierda debajo de la alfombra y echar desodorante en el aire para tapar la peste. Haz lo que te dé la gana. Léelo o no lo leas. Escribe la continuación o no la escribas. Yo lo sé todo, Vera. Tú no. Me voy a mi casa. Hablamos mañana.


Da un portazo un poco más fuerte de lo normal, pero sin perder esa odiosa elegancia tan teatral. Mi padre está muerto. Escribiera lo que escribiese, ya me sé el final.

# Miércoles

## Vera, del signo de piscis

Decía Emilio Flaviano: «las mujeres escriben para vengarse». Vuestra vida es así, enrarecidos, huidizos, incompletos amigos piscis: poneos a escribir, si sois mujeres, y procurad que nadie escriba hablando de vosotros, si sois hombres. Porque las palabras son piedras, pensáis vosotros, como reza aquella hermosa canción que escucháis una y otra vez, y vosotros las afiláis y las usáis, o las esquiváis con habilidad, según convenga. Sin embargo, ahora los astros os ordenan poner el capuchón a la pluma, cerrar el Word, apagar el móvil, meter vuestras manos neuróticas en los bolsillos y daros un paseo por la verdadera vida. Limitaos a escuchar, callando aunque solo sea un rato, los espléndidos relatos que el futuro os tiene reservados.

Mi madre me llama a la mañana siguiente, como si ya lo supiera. Me he quedado despierta toda la noche. He llorado toda la noche. Este libro inconcluso que mi padre escribió no me ha servido más que para darles vueltas a las cosas.

Dice que una amiga suya, actriz, le ha dejado las llaves de su casa de la playa. En Puglia. Que salimos hacia Torre Mozza a primera hora de la tarde, que esté lista. Un timbrazo y tengo que bajar.

Lia solo tiene dos modos:

el directo, cuando intuye la fragilidad del otro,

el pasivo, cuando está harta de pelear.

Lo más absurdo es que el timbre suena de verdad y yo bajo de verdad. Con una bolsa grande colgada del hombro y el look desaliñado de quien hace las cosas a regañadientes.

No aguanto la manera en que mi madre se pone dulce, y siempre lo hace cuando yo, en cambio, me siento cruel. Luce como un escaparate del centro. Me suelta eufórica que nos vamos, y yo me doy una semana de tiempo, máximo dos, para poner punto final a este asunto inútil que no ayuda a nadie, ni siquiera a mí.

De Roma a Torre Mozza hay cinco horas de viaje. Mi madre conduce como un hombre, frena en el último momento, suelta tacos mirando el espejo retrovisor, adelanta donde no puede y envía a tomar por culo a cualquiera. Habla un italiano perfecto, Lia, sin acento, sin palabras en dialecto, excepto algún souvenir lingüístico traído de lugares distintos. De Roma eligió el «por culo», y de Campobasso solo se quedó con la manía de «¿Todo bien?» en vez de preguntar «¿Qué tal?».

Por lo demás, silencio. Nos pasamos cinco horas así. Yo no quiero ser la primera en hablar, y a Lia le trae sin cuidado ese silencio. Pone un CD de Battisti, escucha las noticias por la radio, vuelve a Battisti, habla de trabajo por teléfono, sin auriculares, controla el WhatsApp, escribe mensajes de WhatsApp, envía mensajes de voz por Whatsapp, pero los que le llegan, si llegan, no los escucha; no, estando yo delante. Saca un pañuelo del bolso que está en el asiento trasero. Conduce un rato sin manos mientras se suena la nariz, perfectamente autónoma, cómoda, completa. Yo miro por la ventanilla, nada más. Y si de vez en cuando la miro es para echarle la bronca: porque no usa los auriculares, porque escribe mensajes mientras conduce, porque al querer sacar el pañuelo casi nos estampamos contra una camioneta, y además Battisti me recuerda a Fabrizio, que me cantaba «Una giornata uggiosa» mientras conducía con una mano en el volante y la otra apoyada en mi pierna. Battisti me recuerda que con él era feliz y ahora no lo soy.

Llegamos a la casa de la playa cuando el sol casi se da por vencido. Se ha vuelto naranja, harto de esa masacre veraniega. Pienso que la única persona que yo querría tener aquí conmigo no está.

La casa es minúscula. Me pregunto qué sentido tiene estar forrada de dinero como la amiga de mi madre si luego lo gastas tan mal. Tanto que tendremos que dormir juntas, en la misma cama de matrimonio. Bajamos a comprar algo, el de la tienda me reconoce y me da la bienvenida al pueblo. Y yo, tan arisca, como de costumbre. Entre los míos tengo fama de soberbia, y razón no les falta.

Subimos a casa, mamá cocina en un periquete pasta con calabacín. Comemos. Preparo el café. Me dice que ella no va a tomar.

Pienso en la compostura, una vez más.

Levanto el telón.

—Era como lo imaginaba.

—¿Qué?

—El manuscrito.

—¿Y qué te imaginabas?

—Que no sirve para nada.

—A ver: ¿cien páginas escritas por tu padre, que dedicó los últimos días que le quedaban a contar su vida, y a ti eso no te afecta? Pero ¿de dónde has salido, hija mía? Pareces un témpano de hielo. ¿Cómo puedes ser tan cínica y… tan gilipollas?

Me paro a pensar. En serio. Porque si estoy tan cabreada por algo será. Y le doy, le doy, le doy, le doy, le doy…

—Mi padre no habla de él, ¡habla de ti! ¡No habla de su vida, sino de su vida contigo! ¡Y cuenta cosas de la abuela Santa y de mí, pero nada de sí mismo! ¿Cómo puede ser que no lo entiendas? Me vas a volver loca. Esta mierda de libro no me sirve de nada. Antes no tenía padre, y sigo sin tener padre. Y ahora voy yo y lo acabo, de acuerdo. Hago lo que me ha pedido Gesualdo, pero no entiendo qué coño significa acabar un libro donde no falta absolutamente nada. Ok, papá deja de escribir cuando cree haber perdido la vista y ya no puede ver tu cara. A mí, mientras tanto, me habéis enviado de viaje con el abuelo, y perdona que te diga pero yo nunca me subí al camión del abuelo, y está claro que dentro de poco Giordano Lorenzini morirá. Ya está. Y ahora contaremos tu vida sin él, la vida de la abuela Santa sin él, mi vida sin él, pero resulta, y perdóname otra vez si te digo que yo de él no recuerdo una puta mierda, así que mi parte nos la podemos saltar y volvemos a casa con un libro cursi que habla de dos mujeres que han perdido al hombre de su vida. ¡Viva! Es justo lo que necesitaba.

—TRES mujeres.

—DOS, mamá. Dos. Yo tenía cinco años y no entendía nada de lo que pasaba. Solo recuerdo que siempre estaba en casa de los abuelos, y que un buen día me agarraste y me llevaste a Turín, diciéndome que aquella era nuestra nueva ciudad. ¡De Campobasso a Turín, por el amor de Dios!

He gritado. Me he puesto como un tomate. Se me ha hinchado la garganta y he soltado saliva por la boca.

Ahora las dos volvemos a callar.

Yo me levanto metiendo ruido. Agarro mi agenda, la tiro encima de la mesa y empiezo.

Apuntes para continuar el libro.
Paridas escritas por mi padre:
– Giordano Lorenzini no era escritor
– trabajaba en una librería, pero no era escritor
– yo nunca me fui con mi abuelo
– nunca me despedí de mi padre como es debido

Mientras tanto, mi madre se ha asentado en el sofá que está a mis espaldas. La voz que ahora me llega parece no tener cuerpo. La escucho así, sin darme la vuelta.

—Las cosas nunca son lo que parecen.

Suelto la agenda, cuelgo los brazos en el vacío y apoyo toda la columna vertebral en el respaldo de la silla. Espero a que continúe, pero sigo sin darme la vuelta.

—Tú no sabes nada, Vera. ¿Y sabes por qué no sabes nada? Porque lo que sabes te lo conté yo. Tarde o temprano deberías tener un hijo, y solo entonces lo entenderás. Las madres nunca son solo madres. Son actrices, escritoras, guionistas, correctoras, cuentacuentos, cabareteras y escenógrafas espléndidas: saben convertir una cloaca en un spa. Ahora estoy cansada. Me voy a acostar. Ten cuidado cuando vengas a la cama, ya sabes que, si me despierto durante las tres primeras horas de sueño, luego no vuelvo a dormirme.

Preguntas que hay que hacerle a mamá para el libro:
 – ¿Es verdad que papá te traicionó?
 – ¿Por qué os quedasteis a vivir en Campobasso?
 – ¿Qué significa eso de que las cosas nunca son lo que parecen?

# Jueves

### Lia, del signo de leo

Tenéis la piel curtida, el tamaño, el empuje, el bramido y también la elegancia dorada de quien nace líder y no tiene que esforzarse más. Seríais dueños de una vida ejemplar, si no fuera porque vosotros sois un enorme, deslumbrante y muy amargo desperdicio de talento y de energías. Sois la personificación de ese refrán que dice que entre el dicho y el hecho hay un gran trecho. Sois un premio millonario nunca cobrado, sois Miles Davis que se olvida la trompeta en casa, sois Marilyn antes de optar por el rubio y sois una novela espléndida que nunca tenéis tiempo de escribir. Así las cosas, mis faustos leo, rastread en el espejo, antes de que los años os marchiten para siempre, los deseos de cuando erais niños. Desempolvad vuestro corazón valiente e id solos al bosque para conquistar, minuto a minuto, el tiempo que hasta ahora habéis perdido. Las estrellas me dicen que esos deseos aparecerán ante vuestros ojos: entonces solo tendréis que esperar a que cada uno de ellos se cumpla.

Cuando me despierto mi madre no está.

Me muevo a cámara lenta, como si tuviera que alargar la distancia entre lo que soy y lo que vendrá.

Preparo el café

Me sirvo el café.

Tomo el café.

Digiero el café.

Y dejo el móvil apagado; no quiero hablar, no quiero explicar, no quiero fotografiar, no quiero postear nada, no quiero recibir mails. Bajo a la playa con lo puesto, algo parecido a un camisón. Porque, ahora me doy cuenta, vale la pena gastarse el dinero en una casa de playa muy pequeña, con un solo dormitorio, pero con acceso privado al mar. Para no tener que lavarte, untarte, vestirte. Das cuatro pasos y ya estás nadando.

Mi madre me acosa en cuanto pongo un pie en la arena. Me pregunta si he comido algo, si me he lavado la cara, si quiero pescado para comer, si he hablado con la abuela Clelia, si luego me apetece dar una vuelta por Santa Maria di Leuca.

La respuesta es fácil: no, no, no, no y no.

Luego me siento en la orilla y, después de trazar rápidamente un plan de trabajo, se lo comento con una calma diabólica. Es evidente que pretendo que haga lo que le digo:

—Quisiera cerrar el tema del libro esta tarde. O sea: tú esta tarde me cuentas todo lo de su muerte, yo tomo notas, aunque me parece que podría recordarlo todo de memoria, y luego en un par de días lo transcribo. Pongamos que haga falta una semana para releer y corregir…Vamos, digo yo que en quince días lo tenemos todo listo. Incluso tengo amigos que trabajan en editoriales y puedo ver la manera de publicarlo, y todos contentos.

—Me parece una espléndida idea. ¿Cuándo vuelves al programa?

—Grabo los nuevos episodios dentro de veinte días.

—Vale. Pero ahora me voy a dar un paseo. Comeré fuera, en un chiringuito de la playa, pasados los dos primeros. Tú te las arreglas como quieras o nos vemos allí. Comeré temprano, que he desayunado a las seis de la mañana.


Mi madre arranca a caminar con el andar de mujer adulta. Hay una diferencia entre sus pasos y los míos: ella siempre sabe adónde va, yo nunca. Ella mira de frente, yo ando con la mirada en el suelo; la gente se piensa que lo hago porque no quiero que me reconozcan, cuando es solo por miedo a mirar.

Lo hago desde que nací: sorteo bien los baches, pero me pierdo todo lo hermoso que tengo delante.

Vuelvo a la casa. Entro, me preparo otro café. Fabrizio decía que tomaba demasiados, yo le decía que no me incordiara, que preparar café me relajaba. Luego le daba un beso con cara de culpa y le preguntaba si le apetecía tomar uno, pero él se iba a la otra habitación a tocar, repitiendo en voz alta: «¡Eso es puro veneno!».

Doy un sorbo y lo dejo casi todo en la taza, ahora. En mi cabeza resuena la voz de Fabrizio: «¡ve-ne-no!», y echo lo que queda en el fregadero. Me vacío yo también de ese recuerdo. Uno dice adiós un día de octubre que aún parece verano, y luego se pasa unos meses muy largos echando cuentas de todo lo que ha aprendido del otro. Al rato hurgo en la bolsa y recupero el manuscrito de mi padre.

Intento encontrar el valor para olvidar al hombre que amo leyendo más y mejor cómo se amaron Giordano y Lia.


¿Cuántas veces lo dejamos, aun siguiendo junto al otro? ¿Cuántas veces volvemos a empezar, aunque lo hayamos dejado? ¿Y cuánto tiempo dedicamos a la espera?

Qué hermosa es Lia en boca de Giordano.

Qué impagable maravilla para mí haber nacido de esos dos. Mi padre tenía la imaginación avezada de quien hubiera querido inventar historias por oficio. Puso una pizca de hermosura de más en cada uno de nosotros. Incluso consiguió que su madre quedara espléndida, aun mostrándola de aquel modo tan despiadado. Me dio una historia mejor que la que tuve, confiándome al abuelo durante los días feos en que él se murió. Y sin embargo se olvidó de hablarme de él y de imaginar cómo sería de verdad nuestra vida sin él. No contó que todos somos impotentes delante del abandono, y que nos preparamos y creemos ser fuertes, pero luego desfallecemos, trastornados por un sitio vacío en la mesa, por una almohada que pierde olor, por la mejor heladería de la ciudad donde ya no tendremos el valor de entrar solos.

Lo cierto es que esa falta que sentimos, y a veces la

sentimos tanto que casi ni podemos respirar, arranca en un lugar muy lejano, del que a menudo no conservamos ningún recuerdo.

¿Echaría tanto de menos a Fabrizio si no me hubiera faltado mi padre?

El psicoterapeuta me ha enseñado a respirar con el diafragma, contando mil uno, mil dos, mil tres después de inspirar, y mil uno, mil dos, mil tres después de espirar. Lo hago ahora, para que se me vaya esta angustia que acelera las ideas volviéndolas malvadas. Pienso otra vez en Fabrizio, que monda la manzana con tanto cuidado, que pasa la hoja del cuchillo por la rodaja, como queriendo limpiarle el jugo, y luego mastica despacio y me pregunta si quiero un pedazo. Mil dos, mil tres, Fabrizio, que para hacerme reír monta un torpe numerito de baile en el cuarto de estar. Mil uno, mil dos, yo que me levanto siempre más tarde que él y cuando llego a la cocina le doy un abrazo de buenos días al pillarlo a la altura del fregadero. Mil tres, un primerísimo plano de él aquí, a un centímetro de mi nariz. Porque cuando alguien se marcha, nunca es la figura entera lo que te falta, sino el detalle. Y del detalle, su cercanía.


Sé que llega Lia al oír su voz al teléfono. Siempre llega la voz antes que ella. Está hablando con su amiga, contándole que estamos estupendamente, que de nuevo muchas gracias, que la casa es encantadora, como siempre. Entra con el chisme encajado entre la oreja y el hombro, se quita el bolso, lo deja en el suelo, saca las gafas de sol, las coloca en un lugar del que mañana por la mañana se habrá olvidado, y se quita ese sombrero muy *femme fatale* con el que parece una sombrilla. Luego coge el teléfono con la mano, le envía un beso a su amiga y se sienta delante de mí, exhausta después de tanto trajín.

Me pregunta el porqué de esa canción. Le digo que no hay un porqué, que a veces en la vida no hay porqués. La canción es «Ritorno», de Bruno Lauzi.

Lo cierto es que me siento sola con toda esa inútil libertad, y copio el link, lo envío en un mail vacío, sin texto, sin asunto...

Cierro el YouTube, cierro el Gmail.

Miro a mi madre a la cara.

Ahora que estoy preparada, le pido que me cuente con detalle la muerte de mi padre.

Me contesta: «Un momento».

Le cuesta. Ahora apenas me mira, y vuelvo a ver en su cara aquella compostura austera de cuando yo era pequeña y ella no quería mostrarme su dolor. Sigo fingiendo que se trata de un asunto que hay que resolver en el menor tiempo posible, pero no aguanto sus ojos oscuros tan dolientes. Entonces miro el mantel, le quito las arrugas con una mano, chasqueo los dedos hasta que ya no chasquean. Cuando sus labios se rinden a la primera palabra, soy yo quien la interrumpe, poniendo la palma de la mano delante de su cara: «Me lo cuentas luego, que tengo que ir al baño», le digo, y no es verdad. Le estoy haciendo daño, pero empezar también es difícil para mí. En el baño no hago nada. Me apoyo toda yo en el lavabo, me miro en el espejo, me encuentro triste, fea; luego dejo caer el agua de la cisterna del váter para demostrarle que no estaba mintiendo.

Ni siquiera me concede tiempo para volver a ambientarme, cuando ataca:

—Tú estabas en casa de los abuelos y yo había salido para hacer la compra y unos recados. Dejaba solo a Giordano unas dos horas por semana, los jueves.

Stop. Mi madre siempre lo ha llamado por su nombre y eso también me ha privado de un padre. Los padres hablan con sus hijos en un idioma universal: «Pregúntaselo a tu padre», «Tu madre no quiere…», pero yo no he conocido esta lengua. Mi madre nunca me ha dicho: «A tu padre le gustaban mucho más los Beatles que Pink Floyd», sino que a Giordano le gustaban más los Beatles que Pink Floyd, siempre, y si dejamos de lado el criterio musical, con el que coincido absolutamente, esta frase siempre me ha resultado ajena a lo que yo soy. Como si Giordano fuera un nombre propio de persona, de una persona cualquiera, y punto. Entonces me enfado y hago lo de siempre: disimular.

—Era el único día de la semana que Marilena venía a casa solo para las curas, muy temprano por la mañana. Yo salía cuando ella llegaba; en media hora lo tenía todo hecho y se iba. Y yo intentaba apresurarme para no dejar demasiado tiempo solo a Giordano.

Ahora la pausa es enorme, durísima. No sé qué va a decirme, pero me imagino a mi madre que vuelve y se lo encuentra muerto, un jueves. Me la imagino soltando las bolsas de la compra, y un montón de manzanas que se escapan rodando risueñas, ajenas a todo este sufrimiento. La imagino a ella gritando sobre el pecho inerme de mi padre. E intuyo el final del libro, abrupto, justo como yo lo quería.

—Cuando volví, tu padre ya no estaba.

Y así, tan de repente como ha llegado hace unos minutos, Lia se marcha. Se levanta de la mesa, calla y se marcha.

Y se marcha sin gafas —que de todas maneras no habría encontrado—, sin bolso y sin sombrero. Observo su espalda, total, en este último año de mi vida tengo la sensación de no haber hecho otra cosa que mirar la espalda de quien se va. Y esta vez también, lo mismo que con Fabrizio, me callo.

Salgo a la terraza, a tiempo para verla caminar por la playa, ensimismada.

Ni siquiera me he puesto el traje de baño este primer día de vacaciones, pero ya me parece indispensable volver a ordenar mi bolsa y tenerlo todo listo para la vuelta. Me lavo, me pongo unos leggins y encima la camiseta con la cara de Miles Davis, que era de Fabrizio, y me dispongo a esperarla. Volverá, porque la diferencia entre ella y todos los demás es que ella es mi madre.

Efectivamente vuelve, más o menos al cabo de una hora. Con la piel enrojecida y llena de manchas de quien ha pasado su primer día en la playa o ha llorado a mares. O las dos cosas, tal vez.

De repente me acuerdo de una tarde en casa de los abuelos, quizá era justo aquel jueves por la tarde. El abuelo no me llevó de vuelta a casa. La abuela se encerró en el baño a llorar y yo pensé que papá había muerto y estaban buscando la manera de decírmelo. A saber por qué la gente siempre se encierra en el baño para llorar, y no va al dormitorio, a la cocina o al cuarto de estar. Le dije al abuelo que yo ya sabía que papá se iba a morir, que podía ser sincero, y le prometí que no lloraría. Me contestó que tenía que confiar en él, que no me contaría mentiras. Luego sacó la baraja de cartas y me preguntó: «¿Echamos una partida?», y estuvimos jugando hasta la noche. Hay dos cosas que recuerdo de mi abuelo: la manera en que me levantaba del suelo para cogerme en brazos (lo hacía agachándose por completo y poniendo un solo brazo debajo de mi trasero) y el hecho de que fuera el único que jugaba a las cartas conmigo de verdad, sin dejarme ganar a toda costa. Pienso continuamente en mi abuelo, y la cosa tiene guasa porque, mientras mi madre intenta contarme cosas de mi padre, yo pienso en el suyo, a quien añoro más que a nadie en el mundo.

De pronto siento unos retortijones muy fuertes de barriga. Tendría que ir corriendo al baño, pero intento aguantar porque mi madre quiere volver a contarme lo suyo y... y como una niña de parvulario a quien la maestra le ha prohibido ir al baño, me lo hago encima, líquido y caliente como un refresco dejado al sol. En la silla de paja, coño, el peor sitio donde podía pasar. Me quedo inmóvil, empapada. Destrozada, muerta de vergüenza. Mamá hace su papel de madre. No se ríe, como habría hecho yo en su lugar, se asusta. Me pasa la mano por la frente y me echa atrás el pelo, como si hubiera vomitado, luego coge una esponja del fregadero, quita lo que puede, y yo me pregunto cómo se lo montan las madres para no tener arcadas cuando limpian la porquería de sus hijos.

Abatida y angustiada, voy directa a la ducha. Pienso que me he cagado encima. La última vez que me pasó yo iba a las monjas, pero tenía tres años y eso no cuenta.

Mientras me lavo, mamá baja para tirar la silla, directa al contenedor, tapada de cualquier manera con una bolsa del supermercado abierta en dos. Le pregunto si había alguien fuera y me dice que eso no importa. Y comprendo que sí había alguien y que a lo mejor habrá intuido algo. Me pregunta qué me pasa. Digo que bueno, que últimamente ando un pelín estresada, que cago sangre a veces, y ella me hace preguntas del tipo: ¿dentro o fuera de las heces? ¿Oscura o de un color vivo? Bien viva, seguro, flamante. Pero no sé si dentro o fuera. La veo en el papel higiénico, no sé nada más. Me dice que tengo que descansar, y yo aplaudiría si no estuviera demasiado cansada. Exhausta. A los que te dicen que tienes que descansar, yo los mataría a todos.

Pero es así, tengo que echarme un rato, estoy cansada, o sea que duermo como es debido: cinco horas seguidas.

Cuando vuelvo a la cocina, mi madre está leyendo algo. Me siento a su lado. No es un gesto de dulzura, es que la que está al lado de Lia es la única silla que queda y me da asco trasladarla al lugar donde estaba la otra antes. Pero ella lo interpreta como un gesto cariñoso y deja caer una mano encima de mi pierna, la acaricia, y yo no puedo con eso, no puedo, y la aparto. Le digo que me encuentro mejor porque sé que está a punto de preguntármelo y me doy cuenta de que es hora de cenar. Tengo hambre y enseguida se lo dejo bien claro: nada de papillas. Ella dice que pensaba pedir dos pizzas y me sale una sonrisa que me extraña incluso a mí: en parte por lo de la pizza y en parte por ella, que nunca dice lo que una espera oír. Después de tamaña descarga, cualquier madre le hubiera enchufado a su hijo un arroz cadavérico. Lia no.

Me como la pizza empezando por los bordes. Primero todo lo de alrededor y luego poco a poco hacia el centro, porque lo bueno me lo guardo para el final y no porque no me guste enfrentarme a las cosas, como dice una amiga mía que lee las cartas.

Y es justo en el corazón de la pizza, entre la mozzarella de búfala y la berenjena a la plancha, donde mi madre me da la estocada.

—Giordano se comía la pizza así, como tú. Y lo mismo cuando cocinaba arroz; lo aplastaba, lo untaba en el plato, y luego empezaba a comérselo por el borde.


Esta es la primera vez en que siento que pertenezco a algo.

Esta es la primera frase que quisiera que continuase para siempre.

Mi padre hacía lo mismo que yo. Y ahora quiero saber

más. No de su muerte, sino de él. Dime, mamá, ¿qué más hago como él? Porque nunca nadie me ha dicho si esta costumbre tonta de frotarme la muñeca para relajarme se la debo a él, si estos pies largos y torcidos se los debo a él, si esta cara siempre tan triste es como la suya. Porque resulta, mamá, que conozco a gente que ha construido monumentos imaginarios a sus muertos, gente que los ha celebrado como héroes, aunque no fueran nadie. Aunque solo lo hicieran para no perder el recuerdo, para que nadie los olvidara. Pero nosotras, mamá, no hemos hecho otra cosa que olvidar. Tú la primera. Tú en mi nombre. Enrolándome en esta batalla inútil contra la memoria de aquel hombre que era mi padre y de quien no sé nada. ¿Por qué todos habéis callado, mamá? ¿Qué hizo Giordano Lorenzini para merecer vuestro silencio? ¿Qué pasó que fuera tan grave, mamá?

Pero no me sale la voz.

Fabrizio siempre me preguntaba por qué me comía la pizza de esta manera tan absurda. Ahora lo sé, amor mío, pero es demasiado largo para contártelo. Y aunque quisiera contártelo, tú ya no estás.

—¿Tienes la regla? —pregunta Lia, dejando el cuchillo y el tenedor en la caja de la pizza.

—No —refunfuño mientras me lamo el dedo índice para que se peguen a la yema húmeda las últimas migajas que quedan en la caja.

—¿Estás enferma? ¿No será que tienes cáncer y has aceptado escribir el libro como acto final de tu vida? —Y dispone los cubiertos en X como si estuviera a punto de llegar un camarero de librea para llevárselo todo.

—No. —Cierro el cartón doblándolo por la mitad.

—Y entonces ¿por qué te has cagado encima? Además, ¿qué es eso de la sangre?

—Por el amor de Dios, ¿según tú una se caga encima cuando tiene la regla o está a punto de morir? Lo que me pasa es que estoy angustiada, mamá. Tú me angustias, toda la historia esa del libro me angustia, estar aquí me angustia. Eso es lo que pasa. Cago sangre porque estoy estresada y algo deprimida. Estrés y hemorroides: un cóctel mortífero, ¿vale? Incluso me hicieron una colonoscopia: me metieron un tubo de los largos, me hincharon como un globo y asunto resuelto, ¿de acuerdo? Y deja ya de pensar siempre en catástrofes, en el fin del mundo, en anatemas apocalípticos y en chorradas por el estilo. Era un bebé y ya me llevabas al médico por cualquier tontería. Anda, déjalo. Por esta noche ya hemos tenido bastante.

# Viernes

## Giordano, del signo de aries

Todo el mundo compraría sin pensárselo dos veces un coche vuestro de segunda mano. Lo que el resto del zodíaco predica a propósito de la mesura y el equilibrio, vosotros lo ignoráis olímpicamente. Porque sois seres absolutos, mis cristalinos aries, con ese don tan vuestro de poseer, como las cuerdas, un extremo y otro. Así que, cumpliendo con mi tarea de predecir, ahí va lo que sois y siempre seréis: perfidia y misericordia; punk y música clásica; blanco, pero también negro; diversión y depresión; rezos y tacos. La sinceridad seguirá brillando en vuestra mirada cruel y muy bondadosa, y detrás de vosotros siempre dejaréis el rastro de alguna canción de Paolo Conte para mostrar, a quien quiera comprenderlo, el contraste. Porque siempre parece imposible que esa voz tan cascada cante tan bien, pero no, no es imposible. Me lo han contado las estrellas (del jazz).

Me he levantado antes que Lia.

Me he puesto el traje de baño.

He ido a caminar por la playa.

No consigo pensar en otra cosa.

En mi padre que se come los bordes y luego llega al centro de la pizza.

Me he pasado la vida pensado que esa era MI manera de comer la pizza, y resulta que no. Cabe que viera un montón de veces a mi padre haciendo eso, pero no lo recuerdo.

Me pinto las uñas como lo hacía la abuela Clelia, por ejemplo. Una capa encima de otra, sin quitar nunca el esmalte viejo, sino tapándolo con el nuevo. Así que la abuela Clelia y yo tenemos unas uñas gruesas, parecidas a esas paredes de Berlín donde colocan un póster encima de otro, hasta formar un muro de papel más grueso que el mismísimo muro. Pero a la abuela Clelia yo la miraba y remiraba cuando era pequeña, mientras ella se pintaba las uñas con una mano apoyada en una revista abierta y la otra intentando mantenerse firme al pasar el pincel. A partir de un momento dado, yo le copié a la abuela Clelia ese gesto que resultaba tan fascinante a mis ojos de niña presumida. A mi padre, en cambio, no.


Es mucha la gente que se pasea por la playa de madrugada, y todos tienen sus motivos. La piel muy delicada, un hijo recién nacido, la vejez que avanza rápido, la familia que aún duerme, la circulación de la sangre, un secreto que exige caminar antes de que los demás lo descubran.

Y yo me cruzo con otros pies, absortos como los míos.

El camino de regreso parece más corto, siempre es así. Y desde lejos asoma ese sombrero que parece una sombrilla y que viene hacia mí como una fiesta de guardar. Inevitable.

—¿A qué hora te has despertado?

—La verdad es que no he pegado ojo.

—¿Y eso? Ayer te quedaste callada de repente. Estabas enfadada. Teníamos que acabar, ¿no?

—¿Acabar qué?

—La historia de Giordano.


Ahora me sobreviene un cansancio terrible. No consigo articular las palabras, pero esta vez sé que tengo que hacerlo. Me parece la pregunta más difícil de toda mi vida, y quizá lo sea.

—Mamá…

Y ella se limita a darse la vuelta y mirarme.

—¿Tan complicado te resulta decir «tu padre»?

—¿En qué sentido?

—Cuando hablas de la abuela Clelia, dices «tu abuela», cuando hablas del tío Carlo, dices «tu tío». Cuando hablas de papá, dices Giordano.


La vida es así, hecha de cosas pequeñísimas que conforman un montón en apariencia compacto, sólido, pero resulta que quitas una y todas se vienen abajo.

—Tienes razón, discúlpame. Nunca lo había pensado. Lo siento, tienes razón. No sabría decirte porqué. Perdóname, por favor.


Pero yo estoy segura de que no es así. Mi madre esconde, detrás de todo ese caos, una lógica impecable. Así que ella sabe muy bien por qué. Todos sabemos el porqué. Sin embargo, nos da demasiado miedo y pereza meternos ahí y encontrarlo en una vida llena de fruslerías.

Le contesto que vale, que solo quería que se diera cuenta. Pero las dos sabemos que no es verdad. Que no vale, sino todo lo contrario.


Caminamos despacio hacia la playa particular que tenemos delante de casa. No decimos nada.

Al llegar, metemos los tobillos en el agua, que ahora está más caliente. Y es mamá quien vuelve a empezar, con ese valor de las madres que saben ir más allá del orgullo mudo de los hijos.

—¿Quieres acabar la historia, sí o no?

—Que sí, que la acabo. Hoy me cuentas algún detalle de después de su muerte, el entierro y esas cosas. Lo siento, imagino que no va a ser fácil para ti, pero quédate tranquila, que eso lo despachamos rápido.

—Yo estoy muy tranquila, Vera. Quien me preocupa eres tú.

—¿Y eso?

—Estás tonteando para no entrar en el campo de batalla, o es que de verdad eres tonta y no te enteras. Me inclino por la primera hipótesis, hija mía.

Ahora lo suyo sería preguntarle: «Mamá, ¿qué coño quieres decir con eso?».

Pero lo que hago es salir del agua y volver a casa. Soy una cobarde. A Fabrizio tampoco le decía nunca «Te quiero» por miedo a que me contestara «Yo no» o, peor aún, que se quedara callado.

Saco la agenda del bolso y escribo:

Otras preguntas para mamá:
– ¿Qué me estás escondiendo?
– ¿Dónde quieres ir a parar?

Lia vuelve enseguida. Apoya la espalda en el fregadero y se pasa las manos por el pelo, como queriendo recogerlo en una coleta. Pero luego lo suelta. Se enciende un pitillo, ella, que fuma de higos a brevas, y pienso que no hay nada que inmortalice mejor la tensión que una mujer que se enciende un pitillo con las manos así de temblorosas.

Tengo la sensación desoladora de que no va a servir de nada tomar notas. Porque en la vida a todos nos llegan momentos como este, en que lo que hace falta es hablar.

Le pregunto si le apetece un café, me dice que no.

Trastear con la cafetera me habría permitido mantenerme ocupada, aparentemente distraída, tapando con el ruido las palabras de Lia, que están a punto de llegar. Siento que voy a llorar, pero no puedo, porque si llorara yo, ella también lloraría, y yo no quiero ver a mi madre llorar.

Pasa un rato, luego ella empieza a hablar.

# Viernes

## Marilena, del signo de tauro

Sois tan recios como aquella vieja cómoda que había en el dormitorio de vuestros abuelos. Infundís respeto, sostenéis, sugerís estabilidad, pero luego os desmoronáis —literalmente, os caéis a pedazos— viendo *Tal como éramos*, justo en el momento en que Redford y Streisand se dicen adiós. Sois tan duros y poderosos, altivos amigos del signo tauro, que os creéis capaces de pelear, herir y acabar fácilmente. Pero ¿os habéis dado cuenta de que os equivocáis una y otra vez de víctima? El cielo os pide este pequeño esfuerzo en los meses que vendrán: para empezar, deshaceos en un mar de lágrimas, luego recobrad la compostura y rendíos a lo que tenéis: dos hermosos cuernos, ideales para usarlos como perchas o para rascarle la espalda a quien tenéis sentado delante.

Es cierto que nunca te marchaste en el camión. No te ahorramos la muerte de Giordano, lo siento. Pero aquel verano el abuelo venía a recogerte todas las mañanas y te llevaba a su casa, por suerte. Yo le decía que también estaba abierto el parvulario, pero él me contestaba que no le daba la gana de dejarte con aquellas monjas tontorronas. Más tarde, después de comer, el abuelo volvía a traerte a casa. Pero en aquel período a ti no te gustaba nada quedarte con nosotros. Yo estaba de mal humor y Giordano no salía de la cama, consumido por los últimos estragos de la enfermedad. En cuanto entrabas por la puerta, corrías a darle un beso en la mejilla y él hacía un gesto, como intentando abrazarte. Al final ya no lo conseguía, y su brazo caía vencido. Tú te quedabas un rato a su lado, arrodillada en el suelo y apoyada en la cama como si estuvieras rezando delante de un Cristo maltrecho. Y así todos los días. Cuando os miraba, apoyada en el quicio de la puerta, pensaba que Giordano y tú teníais muchas cosas en común, pero sobre todo una: a los dos se os daba tan bien estar en silencio que yo, a vuestro lado, siempre parecía un ruido molesto. Nunca he conocido a nadie tan silencioso como Giordano.

Perdón, como tu padre.

Un día volviste a casa, y te comportaste como siempre, pero luego viniste a verme a la cocina con los ojos abiertos como platos. ¿Sabes esa cara que pone uno cuando una película está a punto de acabar y de repente se da cuenta de cómo van a ir las cosas? Pues así estabas tú. Me preguntaste: «Mamá, y luego ¿qué haremos con la cama? ¿La cortamos o voy a dormir yo contigo?».

Ya estabas más allá, Vera. Yo, más atea que una piedra, hablaba con el cielo pidiendo la gracia de la curación para mi marido y tú, que no levantabas un palmo del suelo, ya estabas pensando en lo que vendría después. No sabía qué decir.

Giordano y tú: los únicos en el mundo capaces de dejarme con la palabra en la boca.

Te fuiste sin más a tu habitación, quizá decepcionada por no haber recibido una respuesta.

Pero tu pregunta era de una precisión terrorífica. Y yo no tenía una respuesta. Qué haría yo con aquella cama tan grande, que además iba ensanchándose a medida que Giordano menguaba por culpa de la enfermedad. Lo veía minúsculo, a mi marido, encogido en una esquina del colchón, sepultado por las sábanas y casi calvo. Perdía el pelo, se le iba el color, mientras que tu pelo era cada vez más largo, más rojo. Me entretenía pensando que aquello era como una herencia, que él te iba dejando a ti todos aquellos rizos, aquel color, para darte fuerzas y que salieras adelante en la vida. En su lugar. Lo mismo que este libro, si lo piensas.

Aun así.

Trataré de no divagar.

Era el día en que Marilena pasaba solo para las curas, eso ya te lo conté ayer.

Volví a casa y él ya no estaba.

Marilena era una mujer peculiar: voluminosa físicamente, trabajaba con mucha eficacia, y al mismo tiempo era tan discreta que parecía invisible.

Se quedaba en casa todos los días menos los jueves, de la mañana a la noche. ¡Cómo no vas a acordarte de Marilena! Te traía tofes y te daba un puñado para Ringo Starr. Tú te los comías de tres en tres y luego venías para que yo te los despegara de las muelas, maldita glotona...

Yo quería que Giordano muriera en casa, no en un sórdido hospital, y Marilena era la alternativa al ingreso, aunque nos costara un dineral. Recurrí a ella cuando nos dijeron que ya no se podía hacer nada, solo esperar.

Hija, créeme si te digo que esto es algo que no le deseo a nadie en la vida. Créeme. Ni siquiera al peor enemigo: esperar la muerte sabiendo que dentro de nada llegará. Verás, no se trata solo de la muerte. Me refiero a otra cosa, Vera. A ese montón de días que la preceden y que pasan muy lentos y demasiado rápidos a la vez, y no sabes bien si los querrías aún más lentos o más rápidos.

Es la angustia, el insomnio, el sueño atrasado, el mal olor, el silencio, el dolor, el miedo. Sí, el miedo.

Y la cuenta atrás.

Verás, esperar la muerte es como vivir un fin de año al revés. Es una cuenta atrás, pero al final no empieza nada, no se brinda, no se esperan días mejores, sino que todo se acaba.

Había algo que me obsesionaba en particular: el hecho de que en mi cabeza Giordano Lorenzini fuera cada vez más aquel cuerpo tan martirizado y cada vez menos el hombre apuesto que me había fascinado un día en Roma.

Es como cuando lees un libro con un final tan hermoso que te quedas solo con ese recuerdo, ¿sabes?

Giordano me hacía una prueba continuamente. Cuando acababa de leer un libro, me preguntaba por el nombre de los personajes y por otros detalles secundarios. Yo le soltaba: «¿Y a ti qué narices te importa?». Y él me contestaba que era para saber si el libro valía la pena o no. Me decía que las cosas buenas se recuerdan de principio a fin, las malas se recuerdan sin más; el problema lo tienes cuando algo es así así. Eso es lo que resulta terrible y verdaderamente olvidable. Tu padre nunca consiguió escribir un libro entero porque le aterrorizaba la mediocridad. Le espantaba la idea de escribir algo de lo que la gente no recordara los detalles.

Yo no tenía miedo de olvidar algo, pues tu padre nunca fue un hombre así así, sino de transformar una cosa hermosísima, lo que él era a mis ojos, en aquel cuerpo enfermo, es decir, en algo feo y nada más. Así que todos los días, cuando él dormía, y en el último período dormía prácticamente siempre (tú de vez en cuando te sentabas a su lado y le cantabas «I Am Only Sleeping» al oído. Era la primera frase que habías aprendido a traducir: significaba «Solo estoy durmiendo», y la pronunciabas en tu inglés chapurreado, como si fuera una nana), yo cogía nuestras fotos, sus fotos, para acordarme de nosotros, y sobre todo de él, antes de la enfermedad. Mirar cómo habíamos sido me refrescaba el recuerdo de nuestra magnífica hermosura... ¿Sabes cuándo murió?

El día en que nos hicieron esta foto... espera.

Te la enseño.

La llevo en el monedero desde hace veinticinco años.

Dios mío, está hecha polvo.

Aquí está, mira.

Ya sé, parece que solo estemos tú y yo.

Pero mírala bien.

¿Qué?

¡Vamos!

Igual que tu padre... de una inteligencia asombrosa, pero enseguida te distraes. Mira mejor la foto, abajo, a la izquierda.

¿Ves esa mano que apenas asoma?

Esta es la última foto que tengo de Giordano. Y no es que no me guste vernos juntas, todo lo contrario. Estás guapísima, con esa cara de listilla y las coletas, que te quedaban preciosas. Para hacértelas, cada vez había que llamar a un exorcista.

Pero a lo que íbamos. Ese asomo de su mano es desgarrador. Y yo esta foto la llevo siempre conmigo porque para mí Giordano murió ese día.

Era el cumpleaños del abuelo Antonio. La abuela Clelia, el tío Carlo y él habían venido a casa a comer porque a Giordano ya le costaba demasiado esfuerzo salir. En un momento dado, el tío Carlo nos preguntó si queríamos una foto. ¿Te acuerdas de cuando el tío Carlo se empeñaba en hacer fotos y nos quedábamos veinte minutos posando antes del clic? ¡Dios mío, era cansadísimo! Para morirse de la risa. Todos le tomábamos el pelo. Bueno, pues aquel día, un poco antes de prepararnos, Giordano dijo que él no quería salir.

Yo nunca he sido tan inteligente como vosotros, pero siempre he tenido más intuición. Aquel día Giordano se rindió a la enfermedad. Se apartó, de la foto, de la vida. Ya no quería mostrarse. No tenía la misma cara, el mismo cuerpo, el mismo pelo. Y si era horrible para mí ver aquellos mínimos y constantes cambios asesinos, imagínate para él.

La foto se hizo igualmente, y salimos tú y yo juntas porque a ti te gustaba presumir, como a mí, y no perdías ninguna ocasión de posar. Pero fíjate: yo aparentaba sonreír, y mientras tanto pensaba en Giordano, tan cerca de nosotras y sin embargo tan distante que no cabía ya en el encuadre.

En aquel momento yo no pensaba en la muerte. Pensaba que nunca más tendría una foto con mi marido.

Mi marido se estaba muriendo de un modo rápido y ostentoso, y en las fotos que a partir de entonces nos haríamos tú y yo, él ya no estaría. Ni siquiera ese pedazo de mano asomando.

# Viernes

## Fabrizio, del signo de escorpión

Doléis igual que el borde de un mueble contra un pie ador-
milado. Diría que incluso más: como «Celeste nostalgia»
de Riccardo Cocciante, cuando arranca en el final de la
película *Sapore di mare*. Porque resulta que veinte años
antes Jerry Calà le dijo a Marina Suma que le escribiría, y
no, nunca lo hizo. Y por lo que sé de vosotros, mis sofis-
ticados escorpio, imagino que os estaréis preguntando por
qué, de todas las referencias posibles, os ha tocado la más
hortera. Pues resulta que los astros os tienen reservadas
algunas sorpresas que os cambiarán la vida: tomaréis el
camino equivocado, comeréis un mejunje asqueroso en
una fonda horrible, besaréis a la primera que pasa y bai-
laréis hasta la madrugada en un local de mala muerte del
centro. Todos estos imprevistos os dejarán exhaustos,
pero os embargará una vulgar alegría de vivir. Porque resulta que el corazón, cuando aprende a andar algo ligero,
se quita de encima el dolor, tanto el que inflige como el

que padece. Y entonces os sentiréis como nuevos. Prometido.


Stop. Vale. No quisiera interrumpir, pero debo hacerlo. Por Dios, claro que debo.

Entre otras cosas, porque ya casi es de noche. Aunque cueste creerlo, en agosto el verano ya va de capa caída y se hace de noche demasiado temprano para ser verano. El verano de verdad es cuando son las nueve y el sol aún no se ha ido, pero en agosto ya tienes un pie metido en el otoño, de nada sirve ignorarlo. Y no se entiende por qué todo el mundo se da prisa en reservar las vacaciones para agosto y no para finales de junio. De verdad que no lo entiendo.

Fabrizio y yo las tomábamos en septiembre, por ejemplo. Porque salía mejor de precio, y aunque en la televisión me pagaban asquerosamente bien, él ponía mucho cuidado en no malgastarlo. Pero no se nos ocurría llamarlas vacaciones de verano. Eran vacaciones casi otoñales, esas que si te pilla una tarde de lluvia, luego por la noche hace frío. Y sin embargo las vacaciones con Fabrizio eran perfectas. Se ve si dos forman de verdad buena pareja por cómo pasan las vacaciones. Los dos quieren ver los mismos sitios y ponen el despertador para ir a cuantos más mejor. Y mientras uno estudia el mapa, las etapas, el otro aporta el sentido de la orientación, en el caso de que algo se tuerza. Y los dos tienen hambre y sueño a la misma hora. Y por la noche hacen el amor, y duermen felices y despreocupados. Y luego…

—Vera.

—Mamá.

—¿Todo bien?

—...

—Lo siento. Sé que estoy removiendo muchas cosas con esta historia. Pero a lo mejor vale la pena arrancarnos esa muela, ¿no? Me parece que estás en la luna de Valencia, deja que te lo diga. ¿Qué hago? ¿Sigo?

—No.

—¿Cómo que no?

—Mamá, Fabrizio y yo lo dejamos.

»Hace diez meses.

»Y no te lo dije porque pensé que volvería.

»Y luego, cuando vi que no volvía, tampoco te lo dije porque no quería que supieras que lo estoy pasando tan mal que me voy a morir, y así un día tras otro. Y cada día más. ¡La mujer más independiente, fuerte y valiente del mundo, que sin él ya no consigue reír, dormir ni comer! Vaya desastre... Lo que echo en falta es contarle las cosas, sobre todo eso. Echo en falta su opinión sobre las cosas. Y echo en falta tenerlo cerca, físicamente: en la cama, en el sofá, en la mesa, en el cine, en el coche y en la cola de la caja del supermercado. Hicimos la compra juntos miles de veces, y yo ahora daría un brazo y una pierna por volver a hacerlo. Esa compra, él y yo, él preguntándome qué cenaríamos y cogiendo el mínimo indispensable, que es el mejor mínimo indispensable de la historia. Tienes para una semana, con el mínimo indispensable de Fabrizio. Él preguntándome si me apetecen algunas golosinas cuando pasa por delante del frigorífico, que no eran más que yogures con sabores de lo más raro, que me comía después de cenar cuando me apetecía algo dulce y tenía que contentarme con un yogur, que, si no, en televisión parezco una ballena. Mamá, dejé marchar al hombre de mi vida.

»Y no se me pasa.

»Mira cómo estoy...

»Diez meses y no se me pasa.

»Y ahora te pido de rodillas, te lo suplico. No hagas que me arrepienta de habértelo dicho. No me digas lo que me da pánico que me digas.

—¿El qué?

—¡Que piense en cómo te quedaste tú cuando papá murió! No me vengas con esas comparaciones, mamá, por favor. No juguemos a quién sufre más, que no lo soporto.

—El momento en que lo pasé peor no fue cuando murió.

—¿Cuándo, entonces?

—Cuando me traicionó.


O sea que es verdad que mi padre traicionó a mi madre; no se trataba solo de un recurso narrativo.


—Cuando alguien muere, lo pasas fatal, Vera. Te desesperas, sufres, y piensas en morir también tú. Y es así, hija mía, tú también te mueres un poco, no hay vuelta de hoja. Pero luego de alguna manera lo superas, porque para eso no hay remedio. Lo que duele de verdad, en cambio, son siempre aquellas situaciones en las que creemos que tenemos un margen de intervención, aunque en el fondo no lo tengamos.

»Tú lo pasas fatal porque te falta Fabrizio, vale, pero también estás fatal porque te da miedo imaginar a Fabrizio sin ti. En el supermercado con otra, por decir algo, comprando tres botes de Nutella para ella en vez de los yogures para ti, porque si la otra engorda no pasa nada.

»Un escritor, uno de los buenos de cuyo nombre no me acuerdo, dijo algo así como que los peores sufrimientos de su vida los sintió por cosas que nunca habían pasado. Y tiene toda la razón el hombre, quienquiera que sea.

»Pero hay cosas feas que te pasan de verdad en la vida, y no son simples imaginaciones. Yo, por ejemplo, vi a tu padre con aquella mujer cuando aun éramos novios. Lo vi tal cual lo describe él en el manuscrito.

»Espera.

»Anda, toma.

»Ve a la página 84 y compruébalo.

»Ahí está escrito todo.

»En una fiesta en Roma, vi a esa mujer, una tía francamente ordinaria, aunque él no lo diga, colgada del bolsillo de sus pantalones. Así me di cuenta de que Giordano me traicionaba. Y lo que más me ha trastornado, leyendo el manuscrito, es que yo creía estar espiándolo a él y en cambio era él quien me espiaba a mí mientras yo lo espiaba, ya ves tú. Y entonces me pregunto: cuando él supo que yo lo sabía, ¿por qué se calló?, ¿por qué no me lo dijo? Pero, sobre todo, ¿por qué no hablé yo?, ¿por qué no le pregunté nada? Porque el amor nos vuelve cobardes. A todos. Sin distinción.

»Créeme si te digo, Vera, que no hay nada peor que descubrir que el hombre al que quieres, y lo quieres tanto como para pensar que es el mejor ser humano de este mundo, te traiciona con una que tiene cara de zorra. Te traiciona desde hace tiempo, con mucha calma, con gran soltura. Te traiciona con todas las de la ley, hasta poner en duda todo lo que tenéis.

»Puede que resulte banal, lo sé, pero para mí aquel fue el peor momento, y no su muerte. Cuando murió, yo ya era una mujer distinta. Había aprendido a amar sin ilusión, e incluso eso lo describió muy bien Giordano.

»Soy una miserable, ¿verdad? ¡Mira que comparar la traición con la muerte! Dilo, no te cortes, que ya estoy acostumbrada a que la gente opine barbaridades sobre mí.

—Anda, sigue, no pienso nada.

—Cuando tu padre... tu padre, ¿ves? Lo he soltado por instinto. ¿Estás contenta?

—Anda, mamá, continúa, por favor.

—Cuando tu padre me traicionó, me dejó para siempre. Por eso aquel fue el peor momento. El hombre que volvió a mí, mejor dicho, que se quedó conmigo, porque él y yo nunca nos dejamos, era otro. Solo en mi cabeza, claro, pero era otro. Lleno de debilidades, de cobardía, de ideas peregrinas que no eran menos peregrinas que las de todos los maridos y novios de mis amigas. ¿Y sabes qué? Todo fue a mejor entre nosotros porque yo por fin dejé de sentirme inferior a él. Reconozco que yo siempre me había sentido algo inferior a Giordano. Porque tenía una cultura extraordinaria, porque parecía que él nunca lo pasaba mal, porque sabía analizar los sueños mientras que yo solo sabía dormir, porque cuando me equivocaba en una palabra, él me corregía, y si se trataba de un simple error (ya sabes que en Campobasso trabucamos las palabras... yo tenía veinte años cuando descubrí que se dice «tiroteo» y no «tirotero»), se lo tomaba a risa, si no me acusaba de tener lapsus, y empezaban entonces largas discusiones sobre por qué en ciertos momentos se usan determinadas palabras en vez de otras, tirando de Freud, Jung y compañía. Pero luego me traicionó de aquella manera tan banal y... ¡puf! Desde entonces yo fui mejor que él. Mil veces mejor. Y no lo digo porque uno no pueda perder la cabeza por otra persona en esta vida, ¡faltaría más!, sino porque yo a él, a aquel hombre tan especial, se lo habría contado inmediatamente. No estoy hablando de mantener las formas, el mío no es un discurso moralista, nada que ver con eso, como comprenderás, sino del simple hecho de que yo no habría podido soportar la idea de hacerle sufrir a él como él lo hizo conmigo. Supo hacerme daño a las mil maravillas, durante mucho tiempo, hasta que decidió elegir con quién se quedaba. Y mientras yo vivía esta experiencia, comprendía una gran verdad: lo que estaba en juego era el amor. Yo no me sentía a la altura de Giordano, vale, pero en algo lo había superado, dejado atrás, vencido desde el primer día. En la cantidad de amor que sentía por él. Yo lo quería muchísimo más de lo que él me quería a mí, y aquella historia sirvió para que empatáramos. No sé si aumentó su amor o disminuyó el mío, pero lo cierto es que volvimos a querernos a partes iguales, la mitad cada uno. Que es la mejor manera de hacerlo, créeme. En fin, no sé por qué te cuento todo eso… Ah, sí.

»Nunca te diré que yo sufrí más de lo que tú estás sufriendo ahora solo porque mi marido está muerto y Fabrizio está vivito y coleando. Yo sufrí como tú cuando él quiso a otra. Ese es el dolor que podemos comparar, tú y yo.

»Creo justo lo contrario de lo que la gente suele decir, Vera: creo que es mejor saberlos muertos. Anda que, si llegaran a oírme… Seguro que me crucificarían colgándome del palo de la luz que hay aquí fuera. Pero la verdad, hija mía, es que a la muerte una se resigna. A eso de que el hombre de tu vida te deje y continúe comprándose zapatos sin pedir tu opinión, a eso no.

Mi madre es la mujer menos convencional que conozco.

Hay ocasiones en que la abrazaría durante horas y horas, y no la dejaría escapar. Pero nunca lo hago porque siempre hemos sido una la parte fuerte de la otra, y entre humanos es mejor evitar ciertas efusiones.

# Sábado

## Monica, del signo de géminis

Sois como unos calcetines separados en una lavadora, mis adorados géminis. ¿Y dónde se habrá metido esa pareja que os falta para ser enteros? ¿Acaso os habéis resignado a la idea de que esté en un lugar parecido al paraíso, como en la desgarradora canción de Capossela? Otra vez lo mismo, para variar: os hacía falta una historia hermosa que engañara el dolor, y la habéis encontrado. Pero la cosa es que sois dobles por definición, mis queridos géminis, y dobles os tenéis que quedar. Poniendo un poco de alegría, cuando la tristeza se os come vivos, y la crueldad suficiente para daros de bofetadas cuando volvéis a caer en el vicio de perdonaros demasiado. Pero ya es hora de coger del brazo a vuestro gemelo (si os fijáis, lo veréis ahí, en el filtro de la lavadora, junto con las emociones que os daba apuro sentir) y llevarlo a callejear con vosotros, a buscar, entre todas las mitades, la pareja que falta.

Me despierto en el sofá.

Quizá me quedé dormida mientras Lia hablaba no sé de qué. Noto una extraña levedad en el estómago, como si fuera una niña que aún no ha aprendido a pensar.

Lo asocio inmediatamente al hecho de no tener que contar más mentiras a propósito de Fabrizio: que se ha ido por trabajo, que va a estar lejos un par de meses, tocando, que no sé cuándo tendremos un hijo, si es que tenemos.

Pero el efímero alivio de mis intestinos se desvanece en cuanto veo el rostro de Lia, que está sentada delante de mí. Con una revista del corazón apoyada en los muslos. Me dice «¡Buenos días!» remarcando el acento en la i, como para subrayar, con la amable ayuda de la vocal, un implícito y sutilísimo «¡por Dios, hay que ver cuánto duermes, hija mía!».

Porque ella, mientras tanto, ha ido a la playa, ha dado un paseo, ha comprado mejillones para la hora de comer —yo odio los mejillones, pero hace años que no tengo ocasión de recordárselo— y querrá cocinar un plato típico del lugar a base de mejillones, pero yo, mamá, no puedo desayunar mejillones. Por favor, deja que me tome solo un café para comer.


Pero no digo nada, solo un «Buenos días» sin acentos especiales. Le digo que no me encuentro bien del estómago solo para ahorrarme los mejillones. Me contesta que no pensaba en eso para la comida, que no es tan tonta como para cocinar mejillones sabiendo que no me gustan.

—¿Para quién son, entonces?

—Tenemos invitados a cenar.

—¿Quién, mamá? No me apetece nada...

—Viene Monica, quiere que le hagas el horóscopo. Tiene función en Lecce mañana, y esta noche vendrá a vernos. Por favor, sé buena. Ya sabes que si le cuentas cosas feas le entra la paranoia y actúa fatal.


Ok. Yo hago horóscopos, así es como me gano la vida.

El asunto empezó en broma hará unos tres o cuatro años, pero luego se me fue de las manos.

Una tarde mamá me llamó para preguntarme si me apetecía cenar con ella y con Monica. Le dije que pasaría a tomar café, y ahí las encontré, elegantemente borrachas, con el Fernet presidiendo la mesa, contándose las anécdotas de la gira del '93. Esas historias son para mí lo mismo que *Caperucita roja* para los niños de todo el mundo. Ya sabes cómo acabará, pero dejas que te la cuenten una y otra vez con la misma curiosidad.

Aquella noche Monica me preguntó por mi trabajo. En aquel entonces yo hacía de portera porque acababa de abandonar la universidad y, con tal de no pedirle dinero a mi madre, enfurecida al saber que no me licenciaría, acepté el primer empleo que vi en un periódico de anuncios. Todos se horrorizaron al saber que yo, con tantos conocidos en el mundo del espectáculo por ser mi madre encargada del vestuario, trabajaba de portera. Le expliqué a Monica que aquel era de lejos el mejor empleo que había tenido nunca: lo único cansado era fregar las escaleras, pero todo lo demás me reconciliaba conmigo misma. Cuidar del jardín de la comunidad, meter los sobres en los buzones, uno por uno. Estar siempre disponible en caso de necesidad. Y por no hablar de la anciana del sexto piso, que cada vez que le llevaba a su casa una carta certificada, entregada en mano, me daba cinco euros. Cinco euros son muchísimo dinero por un trabajo que solo implica el gesto de tocar el timbre, entregar, saludar y marcharse. Sin embargo, Monica seguía horrorizándose. Con mucha gracia, desde luego, pero horrorizándose.

Cambiamos de conversación. Yo también me tomé un Fernet, en mi casa siempre había, porque a mi bisabuela, la madre de la abuela Clelia, le gustaba una barbaridad. Se ponía una gota en la taza del café después de comer y de cenar, y antes de bebérselo se empeñaba en darle un besito a la taza. Vivió casi cien años, besito va besito viene, y tan a gusto que cuando murió le metimos una botellita en el ataúd. Será por eso que en casa todos tomamos, porque tenemos cierta fe en su eficacia.

Volviendo a lo nuestro, Monica y Lia, que ya andaban bastante achispadas, me pidieron que les hiciera el horóscopo.

Mi madre es leo; Monica, géminis.

Yo hago horóscopos desde siempre, desde que era pequeña. Me lo invento todo, cuento historias bien aliñadas, y la gente se siente absurdamente tocada, apelada, desenmascarada. Se lo creen, y es que acierto, dicen. Y eso que es pura invención, queridas mías. Qué le vamos a hacer.

Y aquella noche también inventé; por decir algo, le solté a mi madre que ella era como una pizza muy buena, pero del día anterior. A Monica en cambio le revelé que de tanto pensar, programar y trabajar, pronto se transformaría en una elegantísima bolsa de Gucci, pero llena de trapitos comprados en el chino de la esquina. Y es probable que le tocara de lleno un nervio muy sensible, a juzgar por su gratitud: alguien por fin le había iluminado el camino.

En mi vida no habría sucedido nada especial si Monica no fuera una de aquellas actrices de teatro muy veneradas, que raramente acceden a trabajar en el cine y la televisión. Y que llevan siempre el pintalabios rojo tan brillante que parece que hayan nacido con el carmín puesto. Monica lleva la hermosura de sus sesenta y ocho años esparcida en el cuerpo con una ligereza que te deja sin habla. Solo las manos, llenas de arrugas, la traicionan. Y resulta que Monica, que concede una entrevista al año, una noche mira fijo la cámara en un telediario de muchísima audiencia y suelta por el micrófono que ella, escéptica por naturaleza, no cree en nada excepto en los horóscopos de su joven amiga Vera Lorenzini. O sea, yo. Un prodigio de la naturaleza. Yo. Y mi vida cambia. Parece absurdo, lo sé. Pero mi vida cambia de verdad. Empiezan a proponerme columnas de periódicos, cuñas de radio, intervenciones telefónicas en programas para amas de casa, blogs esponsorizados y artículos en revistas de moda. Solo falta que me ofrezcan el sueño de mi vida: presentar el festival de Sanremo, pero eso no me lo proponen.


Por eso ahora, cuando ya ha pasado un puñado de años desde aquella noche, la gente me reconoce por la calle y me pide un autógrafo. Incluso que nos hagamos un selfie juntos, lo que me parece la cosa más ridícula del mundo. Si estoy bien, accedo, pero si estoy mal digo que no. Últimamente siempre digo que no puede ser, por ejemplo. Y la gente se lo toma mal. Porque Fabrizio se ofrecía a hacerme las fotos con los fans cuando salíamos a pasear. Y cuando acabábamos me decía: «¡Eso es lo que pasa cuando uno va por ahí con una *star*!», y yo le soltaba un bofetón en broma porque no me considero una *star*, sino una estafadora rematada.

De todas formas, hago oídos sordos a la noticia de la cena con Monica. Me preparo un café. Luego enciendo el móvil, omito el montón de whatsapps y mensajes de Facebook, Instagram y mails que me llegan, y voy directa a YouTube. Busco «La collina dei ciliegi», de Lucio Battisti, también un piscis, como yo. Copio el link, abro Gmail y lo envío en un mail vacío. Porque ahora a mí también me apetecería darle a aquella piedra, residuo del infierno, una buena patada.

Cojo la revista de mi madre, la hojeo mecánicamente y me entero de que Ringo Starr ha venido a Italia, no sé por qué razón.

Mi madre está preparando una ensalada de mozzarella y tomate, pero nunca pierde el control de lo que la rodea. Me pregunta si sé algo de él.

—¿De Ringo?

—Eso...

—Mamá, si supiera algo de Ringo, distinto de lo que saben todos, sería amiga suya y ahora mismo estaría diciéndote: «Perdona, pero tengo que irme. He quedado con un amigo de Liverpool que ha venido a Italia unos días».

—Pues con eso de que trabajas en la tele... vete a saber.

—En los programas en los que yo trabajo hay tanta basura que dudo que alguien sepa relacionar el nombre de Ringo Starr con los Beatles.

—¡Te quedabas embobada! Cuando eras muy pequeña, te poníamos un vídeo con la historia de los Beatles y no había manera de distraerte.

—¡Anda, mamá!

—Pero si era tu amigo imaginario... ¿No te acuerdas?

# Sábado

## Ringo Starr, del signo de cáncer

¿Qué les pasa a los bailarines entre bastidores? ¿Y a los actores en los camerinos? ¿Y a los chefs en un cuarto cualquiera que no sea la cocina? Vosotros, los del signo de cáncer, tenéis la habilidad de pisar fuerte en el escenario, sin desvelar a nadie el misterio que escondéis. Sois devotos, incansables, y sin embargo parece que los astros se hayan alineado para que a nadie le sea permitido descubrir vuestra alma. Lástima que el alma, en alguna circunstancia un tanto especial, se vea bien incluso desde fuera. Así las cosas, me dictan las estrellas, ha llegado para vosotros el momento de no tenerle miedo al gesto torpe, a la entonación equivocada, a la bolsa de patatas rancias que devoráis con los pies apoyados en la mesita del cuarto de estar porque hoy no tenéis ganas de cocinar. Aquí estamos para perdonároslo todo, amigos de cáncer, porque la perfección es muy aburrida, y nosotros no vamos a ser tan tontos como para perdernos esa ternura vuestra por el simple hecho de que hayáis puesto a su alrededor una coraza.

Ringo y yo jugábamos al escondite, pero como él era imaginario, yo acababa pasando horas y horas encerrada en el armario, agachada bajo el escritorio de papá o entre la nevera y el horno, junto a la escoba y el recogedor. Estaba bien con él. Respetaba mis espacios, pero en cuanto lo llamaba venía sin falta. Yo estaba loca por su pelo (un casco que no quedaba pedante como el de Paul ni descarado como los de John y George. Era liso y voluminoso, y a medida que iba creciendo, él hacía un pequeño gesto para que no le tapara los ojos. Yo quería el pelo exactamente igual, pero no había forma de conseguirlo; aunque me alisara los rizos con agua, el efecto duraba muy poco. Obligaba a mamá a llevarme al barbero —le decía que Ringo nunca iría a una peluquería...— y le enseñaba una foto suya para que me peinara igual). Mi juego favorito era subirme a un avión rumbo a América. Fingía ser la fotógrafa de los Beatles; me habían regalado una máquina fotográfica de colores, una de esas que cuando miras y haces clic aparece un monumento de Italia, de modo que creía tener ya el equipo necesario para la profesión. Cuando por fin me bajaba del avión, y ese era mi momento preferido, saludaba a todo el mundo moviendo la mano, igual que los Beatles en los documentales en blanco y negro. Cuando tenía cuatro años, mamá y papá me regalaron una batería de plástico azul, pero a los cuatro años y medio yo ya era una exbatería. Pese al entusiasmo inicial por el instrumento de mi amigo de Liverpool, un día me di cuenta de que solo si tocaba otra cosa podría tener a Ringo como batería en mi grupo. Pero no me dio tiempo de pedir otro instrumento. Mi padre enfermó y yo lo supe también porque ya nadie ponía discos en casa. Se acabaron los Beatles y Endrigo, ya no hubo Tenco ni Battisti. Mi padre enfermó, y todos nos quedamos callados.

¿Qué tenía de especial Ringo que no tuvieran Paul, John y George?

Nada, nada de especial o sagrado. Solo que me resultaba fácil de alcanzar. Allí sentado, detrás de la batería como en un tiovivo, parecía que estuviera pensando en sus cosas, como una persona cualquiera que estuviera haciendo algo, pero tuviera la cabeza quién sabe dónde.

—Sí, me acuerdo.

Y miro a mi madre mientras come la ensalada caprese, y yo llevo demasiado poco tiempo despierta para poder decir que casi me vendría bien volver a la cama, que después de este viaje matinal al pasado ya tengo bastante.

—¿Quieres saber el resto de la historia, ahora que estás recién levantada?

Pausa larguísima. Ruido de tenedor, de bocado, de sorbo de agua. De Lia que mete bulla incluso cuando calla.

—Digamos que no quiero, pero debo. Habíamos llegado a la mañana en que papá murió. ¿Y luego?

—Un momento, Vera. Antes, ¿me preparas un café de los buenos?

Y yo pienso en la bondad aplicada al café.

—Pero si a ti no te gusta el café...

—Has vuelto a caer, ¿te das cuenta? Tienes opiniones precipitadas. El café me vuelve loca, y me lo bebería a litros, pero hace daño. Es veneno para el cuerpo y por lo tanto intento evitarlo. Y tú también tendrías que evitarlo.

—No habrás hablado con Fabrizio, ¿verdad?

Y estoy refiriéndome, con un sarcasmo muy mío, a la historia de que el café es veneno con que Fabrizio me tocaba las narices, y Lia va y lo convierte todo en atroz realidad.

—Sí, hemos hablado últimamente.


La emprendería a bastonazos con ella, lástima que eso no se hace. No es de buena educación emprenderla a bastonazos con tu propia madre.

Lia, siempre presente, con esa cara atenta que parece vacía y que en cambio contiene un montón de secretos.

Odio, literalmente odio, su capacidad de hacerme sentir una segundona. Porque la intuición se aprende quizá con el pasar de los años, pero con ella siempre tengo las de perder.

—Yo ahora te lo pregunto muy tranquila —le anticipo cortésmente, aunque sé que estoy a punto de chillar como una condenada— y ahora tú me dices qué COÑOOSCONTÁISTÚYFABRIZIOCUANDOHABLÁISSSSS —y a estas alturas ya estoy chillando muchísimo. Pero no se acaba aquí la cosa, porque añado—: ¡TÚERESMIMADREYMEESCONDESLASCOSASSSS! ¡MELOESCONDESTODOOO! ¡YONOAGUANTOESODEDESCUBRIR-

CADADÍAUNACOSANUEVADETI. Y DE MÍ. ESTOYHARTAAAAAA. Harta. Estoy harta de no saber nada de mí misma.

Y es verdad que estoy harta. Porque con mi madre nunca se sabe cómo acabará la cosa, cuando lo mejor de las madres, desde que el mundo es mundo, es que son reconfortantes, transparentes.

Me pongo a mirar por la ventana. La playa está prácticamente vacía porque a esas horas hace demasiado calor y la gente ha vuelto a casa para comer y echarse una siesta. No sé nada de mí misma. Y creo que si le preguntara a Lia por qué no me dijo nada de Fabrizio, ella me contestaría que intentaba protegerme.


Mi madre enciende un pitillo, el segundo en dos días.

—Fabrizio me ha estado llamando de vez en cuando para saber qué tal estás. Para contarme lo que pasó entre vosotros, porque sabía que tú no me hablarías del asunto y lo harías todo sola.

—¿Hacer qué?

—Pasarlo tan mal como lo estás pasando. Estuvo viviendo contigo durante ocho años, y te conoce como si te hubiera parido. Sabía que, con tal de no hacerme daño, fingirías estar bien. Pero finges fatal, hija. Hace diez meses que tienes cara de velatorio. Por eso me llamó Fabrizio, para saber cómo estás.

—Eso tendría que preguntármelo a mí.

—No puede. No es el momento. «¿Qué tal estás?» es la pregunta más falsa del mundo. Todo el mundo se lo pregunta a todo el mundo, y todo el mundo contesta con una mentira. Si él te lo preguntara, tú le mentirías con un «Estoy bien. ¿Y tú?». Y él tendría que decidir al momento qué contestar. Si te soltara un «Yo también, gracias», tú te volverías loca pensando que él está bien y tú no. Si te dijera «Mal», tú te pasarías el día entero feliz y empezarías a hacerte ilusiones, pensando que si está mal, tarde o temprano volvería contigo. Y por eso me pregunta a mí qué tal estás, y es mucho mejor.

—¿Y tú qué le cuentas?

—Que disimulas, pero lo estás pasando fatal. Y además le digo que en esta vida tiene sentido dejarlo, de vez en cuando; tarde o temprano tendría que hacerlo todo el mundo, para saber si vale la pena elegir de nuevo lo mismo o volver a empezar de cero, en otro lugar. Los dos habíais dejado de arreglaros el uno para el otro, ya no os esperabais para cenar juntos. Teníais que dejarlo, fue una decisión sabia.

—Pero yo le quiero.

—Y cabe que él también te quiera. Pero en algunos casos no sirve de mucho. Lo único que podéis hacer es quedaros quietos. Cada cual en su sitio, a ver qué pasa.

Nunca me he sentido tan hija como ahora, ahora que estoy a punto de hacer esta pregunta tan infantil, estúpida y necesaria:

—¿Crees que volverá?

—Nadie puede saberlo, ni siquiera él. Volver a empezar es muy difícil, Vera. Créeme. Mírame a mí. Tengo casi sesenta años y nunca he vuelto a empezar en serio, después de tu padre. Antes de volver a empezar en serio, vosotros también tendréis que dejar pasar el tiempo que haga falta. Y a menudo es muchísimo tiempo. Mil veces tendréis la sensación de volver a arrancar y mil veces os daréis cuenta de que en realidad no os habéis movido, de que estáis el uno en la vida del otro. Y probablemente conoceréis a otras mil personas, y mil veces más sentiréis el cansancio de no querer conocer a las madres de esas personas, ni sus historias, ni el sabor de helado que más les gusta. Dejarlo es lo más agotador que existe, créeme.

Mi madre a menudo tiene razón, pero en este caso no.

—Ya sale con otra, mamá. No sé qué te habrá contado, pero que sepas que Fabrizio se ligó a otra justo después de dejarme. Oí el ruido de esa mujer que entraba en nuestra vida y tuve que asistir al asqueroso espectáculo de verle a él dándole la bienvenida, sin proteger nuestra historia un instante siquiera.

Así que para mí ha llegado el momento de una pausa larga y durísima. El daño que siento se vuelve físico, se vuelve cabeza, barriga, estómago, sangre. Al rato, con las manos me seco de nuevo la cara, que a estas alturas está empapada.

—Durante todos estos años, yo no he hecho más que creer en él: en sus tristezas, en sus encantadoras ambiciones, en sus caprichos, en sus preciosos buenos momentos. Y él no ha hecho más que subir el nivel para comprobar hasta cuándo podía aguantar yo a su lado. ¿Y sabes qué, mamá? Yo aguantaba. Aguantaba porque sabía que el día en que todo ese desorden se resolviera sería el más hermoso de nuestra vida. E incluso cuando me dejó, me tiré meses excusándolo. Me decía a mí misma que él también estaba sufriendo, me enternecía ese corazón suyo tan torpe, ¡qué poco se podía hacer! Llegué incluso a culparme: pensaba que él quería llegar lejos, yo no, y que él se las apañaba bien solo, yo no. Pero luego me desmoroné, caí hecha pedazos cuando él me habló de ella, ella, que no era solo un temor mío, y que era cierto que vivían juntos. En aquel momento descubrí que Fabrizio no era más que un bluf, mamá. Un espléndido bluf al que querré el resto de mis días. Me ha sustituido por otra, sin más. Y no ha hecho nada de lo que me decía que le gustaría hacer, se han quedado en nada las magníficas iniciativas que al parecer yo estaba obstaculizando: se ha parado justo en el punto donde estaba cuando vivíamos juntos. Lo único distinto es que ahora tiene a otra mujer a quien esconder sus inseguridades porque conmigo había llegado demasiado lejos: yo ya me las sabía todas. Y me ha sentado bien todo eso, ¿sabes? He descubierto que yo puedo llegar lejos, y él no. Que yo sé vivir sola, y él no. Que yo le quería, y él no.

Callamos las dos, ahora. Estamos pensando al unísono, mi madre y yo, estoy segura. Porque más allá del hecho de habernos quedado solas, nos está uniendo el destino de haber tenido que redimensionar el amor de nuestra vida. Quitarle la luz, el trono, el olor a limpio, y otorgarle en cambio un cuerpo mísero, tan mísero como el cuerpo de todos nosotros.

La pregunta que estoy a punto de hacerle me parece la más lógica del mundo, aunque no lo sea en absoluto.

—¿Por qué nunca me contaste nada de papá? ¿Por qué te empeñaste tanto en tratar de olvidar?

—Y tú, para variar, ¿por qué no intentas ir un poco más

allá? A ver si consigues distinguir por un momento ese mar de diferencia que hay entre olvidar y no querer recordar...

—Francamente, no me parece que sea tan significativo. ¡Tú, mamá, eres esclava de tu oficio! Los detalles, los matices, un broche color naranja en el pelo que puede ser decisivo. Pero no lo es, mamá, en absoluto. El mundo anda distraído y despistado, y no hace caso de ese cinturón dorado que tú pones en un vestido con tanto esmero. Para el común de los mortales, con o sin es lo mismo, ¿entiendes? ¿Qué diferencia hay entre olvidar y no recordar? El resultado final para mí es el mismo. O sea, que no sé un carajo de mi padre.

—Si tú supieras cuánto te pierdes en esta vida mirando solo lo que se ve... Qué lástima, hija.

—Puede, pero, por favor, ¿seguimos o no?

Y Lia vuelve a descolocarme, invirtiendo de repente los roles de quien estira y quien afloja:

—¿Vas a hacerme ese café o me lo hago yo?

Porque todos tenemos los mismos miedos, madres e hijos, aunque parezca que no.

—Entonces me tomo uno yo también, y no quiero oírte decir que es el segundo en menos de dos horas.

—Prometido. Luego nos pondremos manos a la obra.

SEGUNDO MONÓLOGO DE LIA, MI MADRE,
A PROPÓSITO DE LA MUERTE DE MI PADRE

Aquel jueves me desmoroné como un viejo palacio.
Esa mañana sentí el mayor cansancio de mi vida, Vera.

No te estoy hablando de dolor o de angustia. Estaba realmente destrozada. Exhausta. Me dejé caer en el suelo y lloré, pero sin aspavientos, porque ni fuerzas para eso tenía. Sentía que debía conservar unas migajas de energía para lo que vendría después, que yo sabía que sería peor.

Si alguien hubiera entrado en casa a hurtadillas ese día, me habría confundido con un bodegón. Yo, un jarrón viejo, con las bolsas de la compra a mi alrededor, el tetrabrik de la leche asomando un poco, como queriendo dar movimiento al cuadro, y mi bolso aún colgando del hombro. Todo arrinconado en el suelo, no en la mesa, entre el dormitorio y el recibidor.

Respiré muy hondo. Me levanté, con la esperanza de aguantarme de pie. Me fui hacia el teléfono y primero llamé a Marilena.

Le conté lo que había pasado maullando como un gato herido. Noté cómo ella aguantaba un instante la respiración. Luego se puso a llorar y eso me descolocó, porque hay gente a la que no te imaginas llorando. Tenía un poder enorme sobre mí, aquella mujer. Era como un hada madrina. Si la veía tranquila, yo me tranquilizaba tanto como para pensar que quizá aún había esperanza y que Giordano se curaría. Pero si ella se ponía nerviosa, y esa fue la única vez en que realmente se puso nerviosa, entonces yo me volvía loca.

Me dijo que llegaría enseguida. Y yo no me opuse. Quizá te preguntes por qué la llamé a ella primero, y no a mi madre, a Santa o a Carlo.

Simplemente porque Marilena había sido la última que vio a Giordano.

Y creo que en mi mente yo estaba dándole vueltas a la idea loca de volver a colocar todas las cosas en el lugar donde se encontraba hacía unas pocas horas. Cuando Giordano aún estaba.

Tanto es así que no di un paso hasta que Marilena llamó por el interfono. No toqué nada. Me daba pánico desordenar, confundir, esconder. Me quedé lo más quieta posible. Solo se me movían los hombros, que temblaban de tanto sollozar sin que yo pudiera evitarlo.

Solo conseguí hacer una cosa: me fui hasta la cama, en nuestro dormitorio. Y empecé a mirar el lado de Giordano, que en los últimos meses había sido su cobijo de moribundo.


Marilena abrió la puerta de casa con su copia de las llaves.

Me dio un abrazo fortísimo, y nunca olvidaré ese olor frío de mujer sola. Pensé que pronto yo también desprendería aquella fragancia, y luego caí en la cuenta de que era la primera vez que tenía un verdadero contacto físico con Marilena. Me aparté un instante, la miré a los ojos; ella me alisó el pelo con las manos y me dijo que se había quedado de piedra, que no sabía qué había pasado, que al marcharse ella, Giordano se había despedido con un «Hasta mañana» e incluso había levantado un poco la mano para despedirse. A continuación me alcanzó un vaso de agua, con el talante de quien sabe muy bien lo que hay que hacer. O sea, todo lo contrario de lo que me pasaba a mí.

Espera. Me ha llegado un mensaje.

Tenemos que parar. Mónica está a punto de llegar, dice que está a la vuelta de la esquina. Quiero arreglarme un poco, aún llevo puesto el traje de baño.

Perdóname.

Perdóname, por favor.

Yo... de acuerdo, tenemos aún tantas cosas que contarnos...

Y va a darse una ducha.

Yo me quedo así, como debajo de un tren.

Porque mi madre, cuando habla, se convierte en mis ojos.

Porque la imagen de mi padre muerto, esa mañana, en la cama donde yo a veces también dormía cuando por fin me daban el capricho, me parece insoportable.

Porque sabía que al final se moriría, pero también esperaba que al final algo lo salvaría, como ocurre a veces en las novelas, pero no en esta.

Porque las palabras de Lia vuelven a poner los recuerdos en movimiento, malditas sean. Lo mismo que cuando pasa el efecto de la anestesia y el dolor vuelve con toda su desagradable vitalidad. Y me devuelven a mi padre arrodillado frente a mí, por poner un ejemplo, abrochándome el primer botón de la bata rosa del parvulario. Con aquel rostro tan hermoso a un palmo del mío y aquellos ojos avispados pegados a mi rostro como una oración.

Después de levantarme, ni siquiera me he lavado los dientes. Hay algo que nadie cuenta cuando se habla de una historia de amor que acaba: con la historia acaba también el cuidado personal. La higiene escasea cuando nos quedamos solos. Yo antes me lavaba los dientes cinco veces al día, ahora dos. Porque de noche, en Roma, me duermo en el sofá y ahí me quedo toda la noche, y los dientes no me los lavo ni de broma. Porque dormir en la cama duele un montón: me giro hacia la derecha y Fabrizio ya no está.

# Domingo

## Vinicio Capossela, del signo de sagitario

Si no tuviera tanto trabajo, os aseguro que el mundo entero se sentaría en una butaca para darse el gusto de ver cómo existís. ¿Tenéis una vaga idea del amor que podéis atraer hacia vosotros, allí quietos en vuestro metro cuadrado de vida? Os lo voy a decir: tenéis el poder de callar y contarlo todo, de hacer bailar al universo con solo chasquear los dedos, de preparar comida para cien personas solo con dos huevos y un poco de pan en la despensa. Sin embargo, los presagios astrales que asoman en el horizonte anuncian un cambio en la dirección del viento. Habrá que procurar que la banda sonora de vuestra vida no sustituya «A love Supreme», de John Coltrane por «Uomini soli» de los Pooh. Ánimo, pues, vigorosos y perezosos y seductores sagitario. Ya veréis como conseguís arrancar un aplauso a vuestro público. También en esta ocasión.

Anoche Mónica se comió los mejillones con las manos. Si yo trabajara para la prensa amarilla, hubiera podido sacarle una foto chupando la concha para arrancar el molusco y luego venderla a cualquier revista por un pastón. Es que, a alguien como Monica, la gente se la imagina ajena a las pulsiones carnales. Para que nos entendamos, a Monica no consigues visualizarla sentada en el váter. Las dos, ella y mi madre, habían bebido como Dios manda. Yo me mantuve algo apartada de su velada, comiendo muy modosita el plato de espaguetis con salsa de tomate preparados por Lia como cariñosa alternativa a los mejillones, y bebiendo cerveza en lugar de vino, porque desde que se manifestó el oculto problema de la sangre en las heces, me aconsejaron evitar el vino. Pensaba todo el rato en mi padre, muerto un jueves, y en mí misma, que de niña escuchaba a los Beatles y de mayor también, quizá porque era su grupo favorito, no el mío.

Acabada la cena, me puse con el horóscopo de Monica: le expliqué que en esta vida todos tenemos delante unos pistachos, duros por fuera pero exquisitos por dentro. Si las cosas salen bien, podemos comernos cientos de kilos sin parar, pero cabe que nos toque en suerte ese pistacho maldito sin fisura en la cáscara, imposible de abrir. Le dije que para ella había llegado el momento de dejar de empeñarse en abrir esa cáscara impenetrable, y que lo mejor sería dedicarse a uno más fácil para poder finalmente darse un buen atracón.

Monica me preguntó alarmada:

—¿A qué te refieres, Vera? No acabo de entenderte…

Y yo, con mi talante sibilino adiestrado en el curso de estos últimos años de estafar a la gente, le suelto:

—Piénsalo bien, Mo'. Ya verás como lo comprenderás. Ten paciencia y confía.

Y mi madre puso los ojos en blanco, desconsolada y segura de que, desde ese momento en adelante, Monica entraría en un círculo vicioso de hipótesis, interpretaciones, símbolos, extravagantes lecturas de la realidad que poco a poco la llevarían a encontrar lo que andaba buscando. Porque ahí está lo bueno de mi trabajo: aparento tener poder sobre el destino de la gente. Y ellos, que interpretan mis palabras según sus deseos, no se dan cuenta de que yo no tengo nada que ver, que solo me utilizan para encontrar las fuerzas.


Monica se quedó a dormir en casa, así que pasé una segunda noche en el sofá. Y ahora, mientras vuelvo a hojear el manuscrito de mi padre, tomando litros de café, ella y Lia están en la playa dando un paseo. Las dos llevan unas pamelas que se verían desde Júpiter y unas gafas de sol dignas de una estrella del cine. Monica va sin maquillar, lo declara cuando está a punto de salir, como para justificar el popurrí de accesorios, y no puede pasear por la calle con ese aspecto. Yo me quedo en casa, y me doy cuenta de que en cinco días me habré pasado unas tres horas mal contadas en la playa.

Yo, el mar, siempre lo he odiado. Y es por culpa de mi madre, que siempre ha tenido una angustiante fobia al agua. Cuando yo era una niña y papá ya había muerto, gracias a ella, yo era la criatura más libre e independiente del mundo, pero por su culpa también era una hija frustrada y reprimida cuando me daba de bruces contra la única aprensión de mi madre: el agua. No podía nadar demasiado lejos de la orilla y, sobre todo, no podía siquiera imaginar tener una colchoneta porque la corriente me hubiera arrastrado lejos, y de ahí a morir ahogada solo había un paso. La dichosa colchoneta se convirtió, como es de suponer, en mi sueño inalcanzable. Era lo único que sabía que no iba a tener, y la deseaba con todo mi ser.

Será por eso que pongo como arranque de mi vida adulta la fecha de una mañana de julio, en el verano de mis dieciséis años; ese día entré en una tienda para comprar una colchoneta fucsia. En las quince mil liras que valía, y que gasté con un entusiasmo que no he vuelto a sentir en la vida, iba incluido el miserable descubrimiento de que los sueños traen dos problemas: uno, son difíciles de hinchar; y dos, hay que cumplirlos en su momento. Porque cuando finalmente mi madre me contestó: «Yo nunca voy a comprarte ese trasto flotante; si te empeñas, cómpratelo tú», yo ya era demasiado mayor, de modo que la colchoneta se había convertido en una cuestión de principios, que es una prerrogativa de los adultos y no tiene nada que ver con los sueños de la infancia.


Deambulando entre las páginas de mi padre, a estas alturas arrugadas y manchadas de vida real, me detengo en la parte que dedica a su librería. Es la página 19, aquí está.

Leo.

Releo.

Otra vez, más despacio.

De repente me siento agredida porque de golpe vuelvo a verlo todo. Y la imagen es tan cruenta e intensa que me provoca un retortijón horroroso en la barriga. Me voy corriendo al baño y esta vez llego a tiempo. Me doblo encima de la taza, suelto lo que hay que soltar haciendo mucho ruido, pero por suerte estoy sola. Luego, completamente vacía, escondo la cabeza entre las manos y lo veo todo: la callejuela del centro histórico que lleva a la iglesia de San Leonardo, pero que para mí acababa antes, en la librería de papá. La puerta de madera, el arco iris deslumbrante hecho de cientos de libros juntos, el olor que había dentro. Todo sabía a café porque mi padre lo ofrecía a quienquiera que entrase, y de vez en cuando me lo ofrecía a mí también, cuando no iba al parvulario y me quedaba allí con él, y para mí era toda una fiesta: ponía una gota en la taza y le añadía agua caliente. Y al concederme esa pequeña cosa reservada a los adultos, se llevaba el dedo índice a la boca, formaba una cruz con los labios y soltaba un chsssss, porque ese era nuestro secreto.

Ahora lloro. Estoy llorando como aquella niña de hace tantos años, aquella niña que no quería ir al parvulario de las monjas sino a trabajar con su padre. Lloro porque el café es puro veneno, Fabrizio, tienes razón, pero ¿ahora entiendes por qué tomo tanto? ¿Entiendes por qué me relaja hacerlo? Yo sí, lo acabo de entender ahora mismo, coño. Es por el aroma, por la complicidad, por lo que significaba ese estar nosotros dos en la librería y tener cada cosa en su sitio. Una hija con su padre, compartiendo un secreto sin mancha.

Y el café… Eso también acabo de descubrirlo: a mí no me gusta, pero le gustaba a mi padre.


Después me lavo en el bidé.

Me cambio las bragas.

Me lavo las axilas, me pongo desodorante extraalgo, que Lia guarda en el pequeño mueble cerca de la ducha.

Me recojo el pelo, un peinado algo romántico; Jane Austen estaría orgullosa de mí.

Me lavo los dientes, y a conciencia. No me los lavaba así desde la época de Fabrizio, cuando él estaba a mi lado, delante del espejo del baño, y nos lavábamos los dientes juntos antes de irnos a la cama, y para hacerle reír, yo al final escupía en sus manos en vez de usar el lavamanos.


Me pongo ropa cómoda, enrollo mis cosas y las coloco en la bolsa.

Móvil. YouTube. Título de la canción: «Non è l'amore che va via». Nombre del artista: Vinicio Capossela. Porque si aguantara mejor el dolor, el arranque de esta canción me lo tatuaría en un brazo y luego esperaría a volver a ver a Fabrizio, para cenar juntos una noche, pongamos por caso, para hablar de quién se queda con las plantas y quién con la bicicleta, y antes de que nos sirvieran el plato principal pondría mi brazo lleno de palabras justo delante de sus narices, y él tendría que agachar un poco la cabeza, pero al final leería que puede irse a donde le dé la gana, porque da igual, el amor no se va.

Después me siento en la cocina, como si estuviera esperando turno para ver al médico.

Cuando Lia y Monica vuelven, parecen el carnaval de Río. Se ríen mientras hablan de sus cosas, y luego me ven ahí, y es como si el carnaval de Río se topara con el 2 de noviembre. O sea, yo. Obvio.

A mi madre se le cambia la cara, piensa en una mala noticia, viéndome tan gris. Pero la tranquilizo. No me pasa nada. Solo que he tomado una decisión. Y ella no dice nada, pero frunce la frente a modo de pregunta.

Monica hace de espectadora, por una vez en la vida.


—Quiero volver a Campobasso.

—Vaya por Dios.

—Quiero ver unas cuantas cosas.

—Pero si hemos vuelto mil veces a Campobasso, Vera. ¿Qué me estás contando ahora? Sigue siendo la misma de siempre.

—¿Ah, sí? ¿Mil veces? Vale, hemos ido mil veces, pero nunca nos hemos dado una vuelta por la ciudad, nunca. Siempre a casa de la abuela Clelia, luego al centro comercial, a casa del tío Carlo, al bar de la plaza, a la avenida principal, preferiblemente cuando no hay demasiado movimiento por ahí porque a ti te molesta volver a ver a la gente y a mí la gente me inquieta. Punto. ¿Y a eso tú lo llamas volver a una ciudad?

—No te entiendo, entonces ¿qué te gustaría visitar en Campobasso? ¿Sabes qué? Se me ocurre que podrías pasarte por una librería antes de ir y comprar la Lonely Planet de Campobasso... Así organizas mejor ese largo tour.

Y Lia ríe, pero ríe para no llorar. Ha soltado ese chiste malo con toda la intención. Porque sabe muy bien qué quiero ver en Campobasso. Quiero ver todo lo que ella no tiene el valor de volver a ver. Porque he decidido que tengo que recordar, de una vez por todas. Pero tengo que recordar estando cerca, mientras que ella, en todos estos largos años, no ha hecho más que distanciarse. De su marido, de su pasado. Incluso de mí.

—Puedes venir conmigo o quedarte. Decídelo con calma —le digo.

—Solo tenemos un coche. ¿Cómo narices voy a decidir?

—Monica tiene que estar en Lecce dentro de dos horas, ¿verdad? Puedo ir con ella y desde allí cojo el tren.

—Lo que faltaba... A Campobasso en tren. ¿Sabes que cuando intentas llegar a Campobasso en tren puede pasarte cualquier cosa? Y la mayoría de las veces, cuando estás a mitad de camino, alguien viene y te dice que tienes que bajarte y coger el servicio sustituto. Un autobús destartalado que, pasito a pasito, pueblo tras pueblo, con suerte te lleva a tu destino.

—Mamá, la última vez que cogiste un tren para ir a Campobasso tenías mi edad.

—Fíate de tu madre, chiquilla. Las cosas cambian, pero los trenes que van a Campobasso siempre son los mismos.

Literalmente hablando, en algunos casos. Hay gente que jura haber visto trenes que van a Campobasso con locomotora de vapor. Pero es cuestión de probar, faltaría más. Que no se diga que le corto las alas a mi hija.

—No seas cretina, mamá. ¿A qué viene tanto sarcasmo? Aquí la tenemos, la Lia que describe papá. Damas y caballeros, a petición del público, ¡ha vuelto a vuestras pantallas mi verdadera madreeee! —y suelto un aplauso insolente. Porque ahora estamos en guerra y hay que armarse.

Pero al ver a Monica tan incómoda trasteando delante del fregadero, moviendo tazas y vasos sin orden ni concierto, comprendo que me he pasado de la raya. Entonces freno. Y las tres nos quedamos calladas un buen rato. Luego pongo fin al asunto.

—Pase lo que pase, yo me voy a Campobasso. Y voy en tren. Tú haz lo que quieras.

—Pero antes tenemos que seguir.

—No, seguiremos mientras tanto. Cuando esté allí te llamo y me cuentas el resto.

—¿Estás segura, Vera?

—Mamá, deja que lo haga a mi manera. La historia casi la hemos acabado. Mañana te llamo y nos centramos en el tema. Mientras tanto, yo iré para ver de cerca algunos lugares. Y también para visitar al tío Carlo, que hace siglos que no lo veo, y... mamá, tengo la sensación de que este asunto se está saliendo de madre sin una razón. ¿Sabes qué pienso? Es como si tuviéramos entre manos un thriller y al comienzo de la historia aparece el muerto, ok. Lástima que haya muerto enfermo en la cama y por lo tanto no tengamos la base para construir una trama mínimamente interesante. Anda, descansa, disfruta de la playa y llámame mañana. Estaré en casa de la abuela Clelia.

—Vale. A fin de cuentas, la culpa es mía, solo mía.

—¡Por Dios, que me tienes harta! ¿Qué? ¿Culpa de qué?

—De esta maravilla de hija que he parido. Todos la quieren, la admiran, pero solo yo sé que no entiende un carajo.

—¡A tomar por culo!

—Eso...

—¿Eso quéééé? Me estás volviendo loca. ¿Qué de qué?

—Tengo que pedirte disculpas por muchas cosas, Vera. Porque la culpa es siempre y solo de los padres. Esa es la única razón por la que ahora mismo no le doy unas cuantas bofetadas a esa carita tuya, tan telegénica. Y ahora hazme el santo favor de mover el culo e irte a donde tienes que ir.

Y yo resisto la tentación de quedarme, de hacer eso que todos los hijos, incluso de adultos, hacen: justo lo contrario de lo que les ordenan.

Y Lia sabe muy bien que, si ahora volviera a hablar, ahora, ahora mismo, yo no me iría.

Reconozco en ese momento el gesto de amor más dulce de toda nuestra vida juntas: ella se va hacia el dormitorio.

Se quita el pareo, el traje de baño y, descalza, va a meterse debajo de la ducha. Donde sé que llorará, porque no hay lugar mejor para eso.

Preguntas para hacerle a mi madre:

– ¿Cómo puede hacerte tanto daño la idea de visitar como es debido tu ciudad?

– ¿Por qué motivo tendrías que pedirme perdón?

# Domingo

## La abuela Clelia, del signo de libra

Poco importa que no consigáis caminar con un libro en la cabeza o permanecer de puntillas para alcanzar el frasco que está en la estantería de arriba de todo. Vosotros, mis tambaleantes libra, tenéis el poder extraordinario de colocar en impecable equilibrio todo lo que camina a vuestro alrededor, aunque a vosotros os tiemblen los tobillos. Lleváis el amor en una mano y el odio en la otra; el miedo a un lado y el valor en el otro; la pregunta a la derecha y la respuesta a la izquierda. Y cada cosa, guiada por vuestra voz profética, pasa donde tiene que pasar y a la hora establecida. Los astros temen que sin vosotros se perderían los corazones calientes de chocolate, los agujeros de las rosquillas, las plazas de las ciudades y todo lo que es hermoso y está en el centro. Puestos a pedir, os pido que entrenéis un poco: poneos otra vez el libro encima de la cabeza. E intentad llegar al frasco que está en lo alto. Los planetas esperan maravillas de vuestra estabilidad.

El chófer que ha acompañado a Monica al teatro de Lecce me deja delante de la estación.

Cojo el tren que va a Termoli.

En Termoli, me cambio a otro que va a Campobasso.

El viaje dura alrededor de seis horas.

Estoy cansada pero no duermo. Paso todo el rato mirando por la ventanilla, la vista puesta en el Adriático. Una mujer joven con un hijo adolescente que la sigue me contempla y no hace más que mirarme, no encuentra el valor de dirigirme la palabra. Al cabo de un rato le pregunto si quiere un autógrafo y asunto concluido. Ella al principio parece extrañada, pero luego obviamente acepta. Pongo mi firma en una página de la agenda que lleva en el bolso. Escribo: «Feliz viaje, Vera Lorenzini».

Y ahora espero que me deje tranquila, pero ella me pregunta cuándo volveré a la televisión y si retomaré el programa en otoño. No sabía, dice, que yo era de esas tierras del Molise. Le contesto algunos sí con la cabeza y aparto rápidamente la mirada de esta conversación anodina, con la esperanza de que entienda.

El revisor del único vagón que va de Termoli a Campobasso, muy sucio y sin tomas de corriente, me suelta: «No hace falta...», refiriéndose a que no es necesario que le muestre el billete. Entonces yo me cabreo porque lo encuentro terriblemente injusto y él, torpe, me contesta que solo era porque daba por descontado que yo tenía billete.

Un señor muy mayor que va sentado a mi lado, pero separado por el minúsculo pasillo, ha apreciado mi gesto y me dice: «Esto no tiene remedio, señorita. Somos de provincias, y nos agachamos ante todos los que nos parecen más importantes que nosotros», y aunque yo le pido que por favor no generalice, él sigue: «Con este paisaje nuestro, un toscano se hubiera forrado. Nosotros, en cambio, tenemos que darle las gracias a la Virgen de los Montes si de casualidad nos citan en televisión cuando dan el parte meteorológico o si Tonino di Pietro mienta a su pueblo cuando le hacen una entrevista».

Me gusta escucharle, no sé bien por qué. Él nota mi interés y continúa:

—Se da usted cuenta del viaje interminable que hay que hacer para llegar hasta aquí, ¿verdad? El Molise, además de alardear de los trenes más desastrosos de Italia, solo tiene cinco minutos de autopista y nada más. Te pongas como te pongas, llegar hasta aquí es siempre una odisea.

Este hombre hace lo que solemos esperar de un anciano: cuenta historias. Yo lo animo entonces con la mirada, cuando él titubea por temor a resultar pesado. Le doy a entender que, al revés, el tema me interesa mucho, aunque en los últimos diez meses todo me importa un comino.

—Usted se preguntará por qué no piensan hacer una bendita autopista directa de Roma a Campobasso. Pues porque los negociantes que venden mozzarella de búfala en Venafro perderían dinero. La gente que viaja ya no pasaría por allí y eso no está bien. Provincianos, eso es lo que somos. Vamos, que si alguien, por la razón que sea, decide darse una vuelta por Campobasso, antes de emprender el viaje tiene que ponerle un cirio a la Virgen, y entonces se le van las ganas. En cambio puede comprar mozzarella. No hay punto de comparación...

—La verdad es que no conozco muy bien el Molise. Nací en Campobasso, pero me marché cuando era muy pequeña. Vuelvo muy de uvas a peras y siempre corriendo, cuando bajo a ver a mi abuela y a mi tío, a veces por Navidad.

—Tranquila. Del Molise, ni siquiera los del lugar saben mucho. No hay razón para que se preocupe usted.

—Pues esta vez me quedaré un poco más. —No sé muy bien por qué le cuento mi vida a este tío, será que me he cansado de estar siempre en la trinchera—. Me gustaría quedarme al menos una semana.

—¿En Campobasso?

—Sí, allí es donde vive mi abuela. Me quedaré un tiempo en su casa.

—Todos los que vienen a Campobasso pasan por dos fases: primero se maravillan porque piensan que, bien mirado, no es nada fea, pese a su nombre. Al cabo de unos días, se dan cuenta de que, aun siendo mucho más hermosa de lo que su nombre sugiere, es una ciudad enfermiza, sucia, chismosa y al final, por desgracia, digna de ese nombre.

Y yo pienso en la palabra «chismosa», la misma que usó mi madre al referirse a Campobasso, justo antes de que yo me fuera.

—Una ciudad llena de historia, de espléndidos palacios, de rincones encantadores, de restaurantes donde se come divinamente, pero donde todo es posible solo si se conoce a alguien, si se es hijo de alguien, pariente de alguien. Si alguien de Campobasso tiene éxito, a nadie se le ocurrirá felicitarle sin más: todos se preguntarán cómo lo consiguió y a través de quién.

Y el tren afloja la marcha, suponiendo que sea posible utilizar este verbo dada la velocidad de crucero, y se para. He llegado. Le estrecho la mano al caballero. Le digo que me llamo Vera y que ha sido un placer. Me contesta Alfredo, «el placer ha sido mío», y espera que volvamos a vernos en los próximos días, total, en Campobasso, en cuanto sales de casa te encuentras como mínimo con un rostro amigo, ¿verdad? Le sonrío abiertamente y él me devuelve la sonrisa gustoso.

Luego me dirijo a la casa de la abuela Clelia.


Voy andando, que es lo que más me gusta de Campobasso. Eso de poder verlo todo caminando y en un solo día no tiene precio. Y me pone histérica que, a pesar de eso, los de aquí cojan el coche para recorrer trescientos metros, mientras van quejándose del tráfico, de la contaminación y de la falta de aparcamientos.

La abuela Clelia vive en el centro. Llego en menos de un cuarto de hora. En Campobasso llegas casi a cualquier sitio en un cuarto de hora.

Hace poco que se ha puesto el sol, y la calle se está vaciando porque es la hora de la cena. Tengo un hambre tremenda: ahora que lo pienso, desde el desayuno no he probado bocado.

Siempre que camino por la acera rosa que lleva a casa de la abuela Clelia veo la misma imagen: mi abuelo, que, con la boina y el abrigo jaspeado, vuelve a casa despacio, con sus manos de jubilado cruzadas a la espalda. Pero el abuelo también murió. Hace quince años. Y la abuela Clelia ha aprendido a apañárselas sola. Y si, para tomarle el pelo, le dices que desde que no está el abuelo se la ve más vivaracha, te suelta indignada que tuvo que arremangarse, eso es todo, y que echa muchísimo de menos al abuelo, pero que, cuando hay un hombre en casa, él va primero, y en cambio ahora solo tiene que ocuparse de sí misma.

Llamo al portero automático, e incluso ese gesto tan tonto me remueve el universo entero a la altura del estómago. Porque de niña no llegaba a la altura del aparato, pero me empeñaba en tocar el timbre. Entonces el abuelo me cogía en brazos y yo pulsaba fuerte, la abuela contestaba «¿Sí?» desde el otro extremo y yo decía «¿Abuela?» y luego subía.

Y subo.

Me espera en la puerta, como siempre, envuelta en una de sus famosas batas de colorines.

—¡Hola, abuela! —y le doy un abrazo muy fuerte.

—A ver esa cara, niña de mis ojos. Estás destrozada, ¿no?

—Tengo hambre, abuelita, solo mucha hambre. Ni siquiera te avisé de que vendría. Perdona.

Y esta intimidad tan dulce dura el tiempo de recorrer el pasillo, ya que en el comedor, segunda puerta a la izquierda, está mi madre. Y la mesa está puesta para tres.

—Por el amor de Dios, ¿qué haces aquí?

—Quería demostrarte que el tren va más lento. ¿Qué tal ha ido el viaje?

—Estupendamente. Aquí me tienes: sana y salva. Podías haberte quedado en la playa algún día más. ¿No dices que te va bien para los huesos?

—Podía, pero no me apetecía. Quería disfrutar del aire fresco de Campobasso: la única ciudad de Italia donde en la noche del 21 agosto hay diecisiete grados.

—Por eso la abuela se conserva tan bien. ¡Mira qué maravilla! —Y vuelvo a abrazarla, respirando ese perfume que es y será siempre solo suyo.

Luego voy al baño, tengo que lavarme las manos; pienso que la última vez que estuve aquí fue con Fabrizio, pocos días antes de que me dejara, y que la abuela le dijo: «Que sepas que te quiero», y él le contestó: «Yo también te quiero, Clelia».

Pero esta vez no voy a permitir que su ausencia me hiera. Y por fin me siento a la mesa, sumida en un buen humor muy meloso y secreto porque estamos las tres juntas, porque mi abuela sería capaz de animar a una lápida de mármol y porque lo que tengo que hacer aquí, en Campobasso, podría haberlo hecho sola, ya lo sé, pero así es mucho mejor.

# Lunes

### Chet Baker, del signo de capricornio

Sois tan difíciles de encontrar como una aguja en un pajar. O cabe que nunca se os pueda pillar, como aquella angustiosa canción de Branduarti, la de la feria de atracciones del este, que empieza hablando de un ratoncito y solo Dios sabe dónde acabará. De todas formas, si de vosotros dependiera, el mundo cabría en dos habitaciones, un baño y una cocina. Tendríais bastante con una manta para el invierno y un zumo de naranja frío para el verano. Sin embargo, solitarios capricornio, si habéis sido catapultados hacia este cosmos abarrotado y bien abastecido, por algo será. Los astros os aconsejan por lo tanto que intentéis adaptaros. Empezad por una buena conexión. Luego, con el tiempo, todo se andará.

Me despierto en casa.
Nos pasamos la vida cambiando de ciudad, de cama y

de sofá, pero siempre hay un lugar, uno solo, que llamamos casa. El mío es este: la casa de la abuela Clelia y el abuelo Antonio.

Ando por el pasillo y las oigo hablar en voz baja. No es un gesto de cortesía dirigido a mí, que duermo en la otra habitación, aunque podría y debería serlo. No. Hay siempre un único motivo por el cual Lia y la abuela Clelia bajan el tono de voz: para contarse cosas que los demás no deben saber.

Y como, desde que era pequeña, si alguien está contando un secreto, siempre temo que el secreto me traiga malas noticias, pues hago ruido para anunciar mi llegada y así dar a entender a quien está hablando que podría oírlo (y que no quiero oírlo), sugiriendo implícitamente que lo dejen ya.

En esta ocasión me exhibo tosiendo más de la cuenta. El ronroneo de las voces de mi madre y de la abuela cesa de inmediato, así que mi aparición en la cocina es una actuación de primera, pero al menos por ahora, cuando la mañana acaba de empezar, no corro el riesgo de llevarme sorpresas indeseadas.

En casa de la abuela Clelia las cosas son bien distintas: el café me lo prepara ella, sin que haga falta siquiera que se lo pida. Lo trae a la mesa en una bandejita de cerámica que es la misma desde hace treinta años, los mismos que tengo yo. La bandejita, que lleva pintados limones de Amalfi, tiene otra peculiaridad: es biplaza. Tiene espacio para dos tazas, así que la abuela Clelia siempre aprovecha y, cuando prepara un café para alguien, añade otro para ella. Nos lo tomamos con calma, sentadas, con el azucarero a mitad de camino entre las dos, aunque desde hace un tiempo ha empezado a comprar sobrecitos de azúcar, porque dice que así se hace la ilusión de tomarlo en el bar. La abuela comprende mejor que nadie que primero va el café y luego todo lo demás. Así que solo vencido el tiempo adecuado de descompresión, empieza con las preguntas:

¿Cuántos kilos has perdido?

¿Qué planes tienes para hoy?

¿Podrías pasar por casa del tío Carlo, que quiere verte?

¿Te hace falta dinero? (Y esta pregunta concreta merece un apunte especial, porque la abuela me lo pregunta, usando exactamente las mismas palabras, «te hace falta dinero», de siempre. Y me lo pregunta aunque sepa que, entre los muchos problemas del momento, el único que no tengo es el del dinero.)

¿Preparo algo de comer?

¿Qué vas a querer para cenar?

¿Y tú qué haces, Lia?

Y mi madre se oprime las sienes con los dedos, como si tuviera dolor de cabeza, pero no dice nada por decencia, porque sabe que ella se comporta exactamente igual conmigo.


Contesto que desde que Fabrizio me dejó he perdido tres kilos, que no son muchos, en diez meses.

Que aún no he hecho planes para hoy.

Que desde luego voy a ir ver al tío Carlo, faltaría más.

Que dinero tengo de sobra, ojalá fuera ese el problema.

Que al mediodía me gustaría comer albóndigas viudas,

que son albóndigas hechas con pan, sin carne, y cuando las cocinaba para Fabrizio él me decía «exquisitas» y me daba un beso.

Que no sé si cenaré en casa, a lo mejor me voy a ver al tío Camillo y la tía Rosalba.

Mientras tanto Lia se queda callada, sin nada que contestar, dado que sus planes dependen de mí.


Me voy volando al baño, para el típico vaciado de heces y sangre, y luego me preparo para salir.

Ya en la calle, mi madre y yo parecemos dos turistas americanas. En Campobasso, la gente sale para hacer recados, para ir a trabajar o para recorrer la avenida principal paseando arriba y abajo, pero nosotras la tomamos al asalto y no sé dónde acabaremos.


La gente no para de mirarnos, más a mí que a mi madre, creo. Y lo que me inquieta, pero luego me gusta mucho, es que nadie, o casi nadie, me para con la intención de darme la mano, hacer selfies o pedir autógrafos. Es como si esta ciudad de cuando era niña quisiera concederme la tranquilidad de quien está en su propia casa, gracias a Dios, y quiere andar por ahí en bragas, sin maquillar y con una pinza amarilla en la cabeza, sin tener que preocuparse. Le pido a Lia que siga contándome cosas, mientras el camino sube cuesta arriba y trepa hacia el castillo Monforte, que es el punto más alto desde donde mirar.

—¿Ves aquel callejón? —y yo espero que continúe la

historia de la muerte de mi padre, aunque eso tiene toda la pinta de ser un comienzo—. Tu padre de niño vivía allí. En el portal de madera a la izquierda, ahí mismo. En el tercer piso. Aquel es el ventanuco de la cocina, que estaba justo encima del fregadero, y aquel es el balcón del cuarto de Giordano y Camillo. Hay algo en las páginas de tu padre a propósito de la noche en que Gesualdo desapareció. Dice por boca de Santa que él se quedó mirando sentado delante del balcón, sabiendo que aquello no era una espera sino un adiós. Pues que sepas que ese era el balcón.

—Luego se mudaron, ¿verdad? O sea que tú nunca estuviste en esta casa.

—No, nunca. Esta casa me la señalaba de vez en cuando Giordano, cuando pasábamos por delante y le daba por contarme algo, pero cuando él y yo empezamos a salir, ellos ya vivían en otro sitio. Al quedarse sola con los hijos, tu abuela Santa se fue corriendo del centro. Hace años esto no era más que un pueblucho, y todo el mundo lo sabía todo de todo el mundo. Imagino que ahora algo habrá cambiado. Santa creía que al mudarse se libraría de las malas lenguas. Pero ¿sabes qué pasa en estos casos? Que huir no sirve de mucho.

Y yo recorro mentalmente, por instinto, el dolorosísimo vía crucis de mis mudanzas con mamá, y quisiera aprovechar para reprocharle toda la inseguridad que me dejó aquel continuo volver a empezar, pero no me ensaño, no me siento con ganas. Me limito a preguntarle:

—¿Y dónde se fueron a vivir luego? Porque el piso donde viven ahora tío Camillo y tía Rosalba, el que yo conozco, es otro distinto, ¿verdad?

—Sí. Después de la muerte de Giordano volvieron a mudarse. Se fueron al piso que conoces tú, el que está en la carretera de Ferrazzano donde aún viven Camillo y Rosalba, y donde vivió también tu abuela Santa hasta la mañana en que Rosalba se la encontró muerta en la cama. En cambio, después de la desaparición de Gesualdo se fueron, pero no tan lejos de aquí. Hacia la zona industrial, justo al arrancar la cuesta. Entonces aquello era plena periferia, pero hoy casi forma parte del centro. Prácticamente fueron los primeros bloques de pisos que se construyeron en aquella zona cuando la ciudad empezó a ensancharse.

—¿Y se llega andando?

—No.

—¿Ese «no» quiere decir que no quieres o es «no» porque el recorrido es tan largo, accidentado, oscuro y pantanoso que podríamos jugarnos la vida en el camino y es más prudente no aventurarse? —Lo digo con ironía y hago aspavientos con los brazos, como si estuviera actuando y contando a unos niños una historia de terror.

—No en el sentido de que no me apetece. A lo mejor por la tarde, o quizá mañana. Y, si no, vas tú sola en coche. Total, yo no lo uso, aquí no me hace falta.

Y mi madre ha puesto ya el primer palo en las ruedas.

Tras un rato de silencio a modo de ajuste, le digo que al menos me gustaría pasar por la iglesia de San Leonardo, que cae cerca. Quisiera volver a ver la librería, pero eso me lo callo, aunque sea el motivo principal por el que estoy aquí.

—La librería ya no está, es inútil que vayamos hasta

allí. Han puesto una tienda horrible de ropa para mujer y niño. Un chino.

—¿Y tú cómo lo sabes?

—Me lo ha dicho la abuela Clelia.

Callamos otra vez.

Querida mamá, ¿cómo te cuento yo que las razones por las que tú no quieres volver a ciertos lugares son justo las que me empujan a mí a ir? ¿Cómo te digo, sin hacerte demasiado daño, que no puedes pasarte la vida huyendo porque yo soy el testimonio de que Giordano Lorenzini existió y que no puedes borrarlo? Y además, mamá, ¿por qué lo quisiste tanto y sin embargo te empeñas en olvidarlo, mientras que yo no hago otra cosa que vivir aterrorizada por el miedo de olvidarme de algún detalle de Fabrizio?

En vez de eso, le digo que entonces iré sola, pero que, para el caso, se habría podido quedar en la playa.

—Demos un paseo, que así de paso te cuento más cosas, luego yo me vuelvo a casa y tú haces lo que quieras.


TERCER MONÓLOGO DE MI MADRE
MIENTRAS CAMINAMOS SIN RUMBO FIJO
POR CAMPOBASSO

Marilena me dijo que habría que llamar a tu abuela Santa, que tenía derecho a saberlo. La llamé inmediatamente e incluso me sentí muy culpable por no haberlo hecho antes.

Santa empezó a gritar, a llorar. Yo no supe hacer más que callar y llorar con ella. Nunca estuvimos tan unidas, tu abuela Santa y yo, como aquel día, colgadas del teléfono y llorando por el mismo motivo. Fue una especie de reconciliación. Era inútil y llegaba tarde, pero mejor eso que nada. Me dijo que llamaría a Camillo para que la acompañara a verme. Le contesté que la esperaba, claro, y al decir eso sentí una piedad infinita. Yo te tenía a ti, a salvo en casa de mis padres, y sabía que, mientras tú estuvieras ahí, vivita y coleando, para mí nada sería completa y realmente malo. Pero ella, que acababa de perder a un hijo, estaba en la peor situación imaginable. Una situación en la que no hay esperanza. En la que sabes que lo peor que le puede pasar a un ser humano te está pasando a ti.

En el rato que tardaron Camillo y Santa en llegar, yo hice otras llamadas. Todas desgarradoras. Cuando llamé a casa de mis padres, le pedí a la abuela Clelia que te pusieras al teléfono. Tú me apabullaste con un montón de preguntas, una detrás de otra, sin parar: si iría a recogerte, si podías comerte un Kinder Fiesta, si podías tomar un poco de Coca-Cola, si iba a comprarte la piscina de Barbie, que era verano y tus muñecas también tenían calor, y yo me escondí de maravilla detrás de toda aquella cháchara tuya. Me las apañé diciendo que sí a todo. A ti, que desde el otro lado te volvías loca de alegría y me regalabas un poco de impagable alivio entre aquel desastre.

Tu abuela Santa y Camillo llegaron jadeantes y con la cara traspuesta.

Querían conocer los detalles, pero la verdad es que no había detalles que contar. Marilena, que se había quedado con él hasta un rato antes de que pasara, les repitió lo que me había contado a mí.

## AHÍ LA TIENEN,
### AL FINAL DE LA CUESTA ESTÁ LA LIBRERÍA
#### DE MI PADRE

Y Lia se para, porque ha comprendido que me estoy aprovechando descaradamente de su relato para llevarla engañada a donde yo quiero ir.

Así que me suelta que ella de tonta no tiene ni un pelo, que se da la vuelta y me espera en casa.

—Anda, mamá. ¡No puede ser que te escabullas de esta manera! No puedo creerme que no hayas vuelto nunca a pasar por ahí delante.

—Aunque no te lo creas, hace veinticinco años que no paso por ahí. Te digo yo que cuando quieres evitar un lugar, encuentras la manera de hacerlo. No tengo esa necesidad que tienes tú, Vera, y discúlpame por no estar a tus órdenes.

»Tuve que vérmelas con un montón de papeleo burocrático cuando tu padre murió. Y fue sobre todo por culpa de la librería. Fui yo la que colgué de la persiana el cartel de «Cerrado hasta nuevo aviso» cuando Giordano empeoró y no se sabía bien qué sería del local. Y vi cómo volvían a abrirlo, convertido en un bar de mierda para viejos borrachos. Y antes de eso, tuve que resolver el tema de la devolución de todos los libros en stock. Resumiendo, piensa lo que quieras si te digo que volví a ese sitio hace muchísimos años y que gracias pero no pienso volver a hacerlo.

»La librería de Giordano ya no es la librería de Giordano. Es una tienda inútil de ropa barata y dentro de un mes va a cerrar porque hoy en día todas las tiendas cierran. Y cambian de nombre y de mercancía de la noche a la mañana. Ni siquiera puedes usarlas ya como referencia cuando quedas con alguien porque siempre son distintas. Ya eres mayor, hija, haz lo que quieras, pero no insistas. Tú, a mí, no tienes que insistirme. ¿Estamos?

Así es Lia, que antes quizá no me lo había explicado bien, y en cambio ahora sí que entiendo perfectamente la diferencia entre olvidar y no querer recordar. Lia, que cuando me topaba con tía Rosalba y tío Camillo y ella estaba conmigo, me animaba a correr a saludarlos, ¡anda!, aunque ella se mantenía a una distancia prudente y giraba un poco los hombros.

Intento tenerlo muy presente mientras recorro lo que queda de la cuesta y llego sola a donde empieza el callejón que lleva a la iglesia de San Leonardo. Me paro antes, como cuando era niña. Ahí está la librería de mi padre.

Me quedo delante del escaparate. Pone «Todo al 70 %» porque estamos a finales de agosto y ya no hay ni saldos.

Dentro de dos meses volveremos a estar en octubre y la ausencia de Fabrizio me duele como el primer día. Mi amiga Laura insiste, dice que no es a él a quien echo en falta, sino la idea que tengo de él. Y yo quisiera tener esa seguridad que tiene la gente cuando mete las narices en los sentimientos ajenos: que si tú te mereces más, que si cuando se cierra una puerta se abre una ventana, que si lo divino, lo humano y todo lo demás. «Si tú lo dices...», contesto yo a mi amiga, pero lo que creo es que a mí me falta él. Él:

– Su manera de llamar por el interfono, dos timbrazos muy seguidos.

– Su manera de mirarme cuando me había arreglado para salir y él daba el visto bueno con un: «muy guaaaa-apa...».

– Su manera de echar aceite en la comida, como si estuviera pintando.

– Su manera de dormir, con los ojos siempre un poco abiertos, que al principio me daba grima.

– Su manera de escribir, sin comas.

– Su manera de hablar, con una mano delante de la boca cuando se sentía incómodo.

– Su manera de llevarse el pelo hacia atrás, con un gesto de zigzag que siempre era el mismo.

– Su manera de rascarse la espalda antes de ponerse el pijama.

– Su manera de hablar por teléfono, caminando rápido por toda la casa.

– Su manera de comer helado, dejando para el final una punta afilada en el centro de la tarrina.

– Su manera de cortar los calabacines y las zanahorias en rodajas, con calma y mucha precisión.

– Su manera de mezclar el café con la leche, no a partes iguales sino según una proporción muy suya.

– Su manera de conducir, que hasta el último momento no sabía yo si frenaría o no.

Sus cosas aún están en mi casa, y pronto seré yo quien le pida que se las lleve de una vez para no verlas; o será él quien me llame, y mi corazón dará un vuelco, para decirme que ya puede venir a recogerlas porque ya ha comprendido dónde quiere estar. Yo estaba convencida de que ninguno de los dos sabría salir adelante sin el otro, pero luego comprendí que era solo yo quien no sabía. Y de repente, mientras siento en el cuerpo la punzada más violenta de los últimos meses, es como si viera a Fabrizio en una cama, echado de lado y abrazando a la otra, lo mismo que hizo conmigo en las noches de casi ocho años. Se me ocurre que también lo de ellos dos muy pronto será pura rutina, como era lo nuestro antes de decirnos adiós. Y que, ya que no puedo dejar de quererle, al menos voy a dejar de esperarlo: ahora, en este preciso momento, justo delante de este escaparate, mientras reúno valor para ver de nuevo a mi padre absorto en sus libros.

Y entro a echar un vistazo. Me falta el aire porque me topo con la NADA. No veo absolutamente nada. Solo un amasijo desordenado de ropa barata. Y una dependienta metida en carnes, halagada por mi presencia, que me dice que todo está rebajado en un setenta por ciento, y por qué no aprovechar. Le doy las gracias y sigo mirando a mi alrededor. En el lugar de la caja, donde mi padre extendía recibos o se quedaba leyendo cuando los clientes no le pedían ayuda, hay un maniquí con ropa de playa. Unas bermudas blancas y una camiseta de tirantes a rayas muy tupidas. Y la trastienda con el camping gas para el café ahora es un probador, y las butacas de terciopelo verde ya no están. Todo sustituido por una mezcla de algodón y acrílico.

Digo adiós y salgo deprisa.

Respiro hondo, como cuando se juega a quién se queda más tiempo en apnea.

Siento que este viaje ha sido inútil. Que las cosas solo son cosas, y los lugares nada más que lugares. Que la gente muerta, muerta está, y que lo que tenían se lo llevaron, aunque no lo parezca, y que la habitación donde estaban pierde su olor y su ruido y se convierte en un cuarto cualquiera, donde a fin de cuentas no hay nada que nos llame la atención.


Camino a buen paso hacia la casa de la abuela Clelia.

Miro el móvil, un montón de mensajes. Los ignoro. Abro YouTube.

Busco a Chet Baker, «My Funny Valentine», que, aunque no me llame Valentina, Fabrizio me la dedicaba igual, ciertas noches del mes de marzo en que parecía que desde aquel balcón del séptimo piso veríamos pasar lenta y feliz toda nuestra vida. Copio el link, Gmail, pego, envío. La cuestión es que quiero volver a ser la que era: MI alegre Valentina.

Voy bajando, tuerzo por via Garibaldi, bebo en la fuente la mejor agua del mundo.

Me mojo también las muñecas. Y la nuca.

Sigo caminando a buen paso.

Llamo al portero automático.

Imagen fugaz del abuelo que me sostiene en brazos, la abuela que dice «¿Sí?», yo que digo «¿Abuela?» y luego subo.

La abuela Clelia en la puerta.
En lo alto de la escalera.
Bata de colores.
Pasillo.
Segunda puerta a la izquierda.
Lia que lee echada en el sofá.
Una revista de moda.
Por trabajo, dice.
Yo que me siento a su lado y le suplico:
—Mamá, por favor, acaba. Por favor te lo pido.
Ella tiene el detalle de no preguntarme nada, de empezar sin más.
—Volvamos al punto donde nos habíamos quedado. Ese dichoso jueves por la mañana. Pero, Vera, tengo la sensación de que no lo has comprendido. Tú sabes cuando murió tu padre, ¿verdad?
—Claro que sí: el 1 de septiembre. Lo pone en la lápida.
—Deja que te enseñe algo. ¡Bendita tecnología!
»Espera un momento; eso de la pantalla táctil no se me da muy bien, que tengo los dedos grandes.
»Un instante.
»Hay una web específica para eso. Virgen santa, qué lenta va la conexión. Venga…
»Ya. Mira: 1 de septiembre de 1990.

»¿Lo ves? ¿Entiendes ahora?

—No. ¿Qué tengo que entender?

—¡Anda, hija! ¿Qué pone aquí?

—Sábado, 1 de septiembre de 1990.

—Por lo tanto...

—Por Dios, era un jueves. Se han equivocado, mamá. Eso de internet hay que cogerlo con pinzas.

—¿Te parece que no voy a saber yo en qué día murió mi marido? Y te aseguro que no fue un jueves. Fue un sábado. Y ahora te quedas ahí quieta y haz lo que quieras, pero si te levantas te corto las piernas.

—Pero entonces ¿por qué hasta ahora me has venido con la historia de que murió en jueves? ¿A qué coño estás jugando?

—¿Acaso me has oído decir que tu padre murió aquella mañana?

—¡Y tanto que lo he oído, joder! ¡Hace dos días que no hablamos de otra cosa! De la mañana en que volviste y él había muerto.

—No. De la mañana que volví y él ya no estaba. O sea, que había desaparecido. Que la cama estaba vacía. Que las habitaciones estaban vacías. DE-SA-PA-RE-CI-DO.


Me esfuerzo por no sonreír. Hago todo lo que puedo, pero al final la suelto. Incluso se me escapa una carcajada. Y mi madre, angustiada, me pregunta a qué viene esa risa, y yo no puedo hacer otra cosa que encogerme de hombros: tendría que decirle que me río porque mi padre aún no ha muerto y a mí aún me quedan esperanzas.

Resumo:

—¿Me estás diciendo que papá desapareció una vez, cuando tú pensabas que se había ido con la otra mujer y él estaba en casa de Gesualdo, y luego volvió a desaparecer por segunda vez?

—Eso es. ¡El moribundo más escurridizo de la historia! Con el agravante de que esta vez estaba realmente en el estadio terminal de la enfermedad. A duras penas nos reconocía a ti y a mí. Ya casi no podía hablar y daba pena ver cuánto le costaba juntar dos palabras con sentido.

—Entonces ¿cómo consiguió irse?

—¿Cómo...? Se lo llevaron. Lo raptaron.

—¿Qué coño dices? No me lo puedo creer. ¿Quién le haría algo así a un enfermo terminal?

—Si te esperas un poco, te lo cuento.

# Lunes

## Toni Riccio, del signo de virgo

Si es cierto que «todos los errores son iniciales», como escribe Cesare Pavese, entonces vosotros no tendréis más remedio que poner punto final y volver a empezar. Sois una larga cadena de desastres, mis graciosos habitantes del signo de virgo, algunos de ellos tremendos, otros cargados de poesía. Sois ese tipo de personas a quienes un listillo podría vender la Fontana di Trevi: ni de lejos se os ocurriría pensar que os están engañando, llevados por el entusiasmo de poder regalar un monumento de Roma a la persona que duerme a vuestro lado.

Y eso es lo que una y otra vez os salva el trasero, tiernos generadores humanos de catástrofes: esa descarada buena fe que lleváis impresa en la cara. Así que ¿qué pueden hacer los astros paternos sino garantizaros que una vez más pondrán un parche de colores a la catástrofe que os espera a la vuelta de la esquina?

CUARTO MONÓLOGO DE MI MADRE
SOBRE CÓMO ACABÓ LO DE MI PADRE.
ANDANDO, QUE ES GERUNDIO

Cuando estuvimos juntos los cuatro, Marilena, Santa, Camillo y yo, llamé a la policía. Me dijeron que desde luego se ocuparían inmediatamente del caso, pero que de todos modos convendría esperar unas horas antes de alarmarnos. Les expliqué que se trataba de un enfermo terminal, que no podía haberse ido por su propio pie, y ellos me contestaron que hacía un par de meses les había contado lo mismo. Intenté convencerles de que esta vez era distinto, pero en realidad ellos no podían saber hasta qué punto. Me aconsejaron que no saliéramos, por si volvía. Entonces me empeñé en que Santa se fuera a su casa. Porque también cabía la posibilidad de que tu padre volviera allí, quién sabía. Tu abuela y tu tío se marcharon a regañadientes, y solo después de hacerme jurar que nos mantendríamos en contacto constante.

Cuando me quedé sola con Marilena, empecé a reír de alegría y a preguntarle: «Dios mío, ¿por qué no se me ha ocurrido antes?».

Ella me miraba perpleja mientras yo marcaba el número del hospital, el único que había en Campobasso. Tardé un rato en conseguir que me atendiera alguien de urgencias. Estaba segura de que Giordano se había encontrado mal cuando yo no estaba en casa y Marilena ya se había marchado, y obviamente había marcado el 118 utilizando el teléfono que tenía en la mesilla de noche, que yo le dejaba cerca para usarlo en caso de eventuales emergencias.

Me sentí aliviada, Dios sabe cuánto. Nunca voy a olvidar aquella sensación, pero no era más que la calma que precede la tormenta. Porque Giordano no estaba en el hospital. Pedí que lo miraran una y otra vez, pero no aparecía en los registros, no estaba. Entonces hice una cosa de locos. Empecé a llamar a todos los hospitales de la provincia, y luego de la región. Y estaba dispuesta a llamar a cualquier hospital, en Turquía o Escocia, si no fuera porque entonces no existía internet y yo no sabía cómo encontrar rápido los números.

Marilena me arrancó el auricular de las manos. Se había dado cuenta de que se me estaban llevando los demonios, y no era para tanto. Me apretó las mejillas, las dos, y me pidió que me calmara hablándome a un centímetro de la cara. Luego abrió la puerta y tocó el timbre de nuestros vecinos, los Necci, preguntó si ellos habían visto u oído algo raro un par de horas antes. Tú los llamabas tío y tía, ¿te acuerdas?

De vez en cuando te dejábamos con ellos, cuando Giordano y yo íbamos al cine o a cenar fuera. Tú eras la hija que hubieran querido tener si él no hubiese sufrido el accidente. No es que un hombre sin piernas no pueda tener hijos, pero a ellos les pareció mejor así. No querían traer al mundo a un niño que de mayor acabaría empujando una silla de ruedas. Era maravilloso ver cómo tú encarabas el asunto. Ibas a ver a Pino y le soltabas: «Tío, ¿dónde has metido las piernas?», y él te contestaba que estaban justo detrás de la puerta del dormitorio. Entonces tú ibas a mirar y querías saber cuándo se las pondría para ir a dar una vuelta. Pero él siempre te contestaba:

«Más tarde», porque la verdad es que prefería quedarse sentado antes que ponerse aquellas horribles prótesis de madera.


Si hay algo agradable en el sufrimiento, Vera, es que te vacuna contra la superficialidad y el prejuicio. Tú has salido tan bien porque de pequeña lo viste todo: de mayor, nada te ha consternado. ¿Te dejé ver demasiado? No lo sé, puede.

Lo único que lamento es haber callado todas las veces que no supe mentirte. Así que te viste obligada a comprender tú sola. Y Dios sabe cuántas cosas comprendiste mal. Y tengo que pedirte perdón por eso, Vera: porque nunca te he mentido. Y porque al mismo tiempo y de la misma manera, nunca te he contado la verdad.

Pero ahora tienes que saberlo todo.

Y aunque, al final de esta historia, me dirás: «¿Por qué no me lo contaste? ¡No hay derecho!», quiero que sepas que volvería a hacerlo, no te contaría lo que no te conté. Tú, Vera, tenías todo el derecho a no estar metida en esta historia. Y yo tenía el deber de mantenerte al margen. Ahora finalmente incluso vas a entender por qué quise alejarte de esta ciudad. De la gente que habla. Aquí los secretos no existen, Vera. Y esta historia solo tenía una posibilidad de salvarse, al menos en parte: permaneciendo oculta.

Pero ahora estoy cansada de tanto callar. No lo encuentro justo. Ya eres una mujer hecha y derecha, y tendrás que buscar la manera de vértelas con los desastres de nuestro pasado. Y entiendo muy bien que te enojes conmigo, ¿sabes? Y tienes razón cuando dices que de tu padre no sabes casi nada. Yo siempre tuve miedo, y cambiaba de conversación o la cortaba. Fue solo porque siempre temía que, después de decirte que Giordano cogía el tenedor como lo coges tú, o que odiaba los mejillones lo mismo que tú, o que cuando reía casi cerraba los ojos como lo haces tú, acabaría contándote todo lo demás.

Que se lo llevó Toni Riccio, por ejemplo.
Sí, no pongas esa cara. Ya sé que es absurdo.
Toni, el de la tienda de ultramarinos donde todo el mundo iba a comprar.

### BREVE EXCURSO SOBRE TONI RICCIO

Le llamaban también Tonimperfecto, por culpa de unos tics que le quebraban el cuerpo como unas descargas eléctricas.

Desde siempre, perdidamente enamorado de mi abuela Santa, o eso era lo que me contaba Lia cada vez en que nos cruzábamos con él por la calle, en Campobasso. Resulta que Toni Riccio empezó a cortejar a mi abuela Santa en los años en que ella se había quedado sola, cuando también mi padre, casado ya, estaba fuera de casa. Era mucho más joven que ella en una época en que un hombre más joven no podía ser más que tu hijo, tu sobrino o un amigo de tu hijo o tu sobrino. Tratándose de la edad, había reglas estrictas, y mi abuela Santa, que con el abuelo Gesualdo ya las había transgredido, por nada del mundo estaba dispuesta a volver a infringirlas. Y eso sin contar que quería seguir siendo fiel a ese hombre que la había abandonado. Así que lo rechazó. Lo ignoró. Él la quiso aún más por ese carácter suyo tan arisco. Cada día más, hasta que se le acabó la paciencia y le dijo que ya basta, que entre ellos las cosas no podían funcionar. De esa historia de amor que nunca llegó a empezar, mi abuela aceptó encantada solo la conclusión. Toni Riccio, por su parte, selló el adiós retirándole el saludo, borrándola de su corazón y, en un gesto sorprendente, dejando de entregarle la compra a domicilio.

Tenía una tienda de ultramarinos en el centro histórico, justo detrás, pared con pared, de la librería de Giordano. Un agujero de cinco metros cuadrados que, casualidades de la vida, vendía el mejor pan y la mejor mozzarella ahumada de todo el pueblo. A Toni íbamos a por bocadillos. Todos los momentos de ocio llevaban su firma, pero había que tener suerte para encontrar la tienda abierta. Cerraba los jueves, incluidas las mañanas, porque era el día en que todas las tiendas de comestibles cerraban, y también los sábados, porque él se iba a las carreras de go-kart. Cuando se quedaba dormido abría más tarde, si es que abría, y si había partido de Champions o jugaba el equipo nacional, bajaba la persiana a las seis, para concentrarse. Pero lo mejor de lo mejor eran los martes: cerrado por festividad. Nadie sabía a qué festividad se refería.

Su apellido era Pistillo, pero todos lo llamaban Riccio por un tatuaje que le cubría por completo la espalda: el primer tatuaje de la ciudad, y yo diría que de todo el Molise. La gente le pedía que se lo enseñara, como si fuera un cromo imposible de encontrar, pero a su gesto orgulloso con el que mostraba la espalda, siempre seguía la misma pregunta: ¿es un erizo? Y él, venga a soltar tacos, que si hijo de puta por aquí e hijo de puta por allá, porque él, a Gaetano, el tatuador, le había pedido que le dibujara en la piel un dinosaurio y no aquella mierda de rata con espinas.

El pobre no podía quedarse quieto. Cada dos pasos, tenía que batir palmas o levantar una rodilla y hacerla girar hacia fuera. Alargaba el cuello, parpadeaba todo el rato, y además de vez en cuando soltaba una pedorreta, como si quisiera enviarte a tomar por culo. Sin embargo, era uno de los pilares del pueblo: estaban él y San Antonio, el único vagabundo del lugar, que se te paraba delante y soltaba: «Oh, San Antonio, reza por nosotros». Recitado así: «oh-san-anto-nio-reza-por-nos», omitiendo el «otros» final por razones de métrica. Todos cuentan historias a propósito de Toni: hay dos de las que fui testigo presencial. La de Navidad, cuando lo vi con estos ojos durmiendo hecho un ovillo en el belén gigante que montaban delante de la catedral (había dejado al niño Jesús en el suelo para tener más espacio en la cuna); y la de los *carabinieri*, porque mientras ellos controlaban mi carnet de conducir y el permiso de circulación, una tarde de hace muchos años en que el tío Carlo me había prestado su coche, él se paró a preguntar si podían dejarle su vehículo oficial para ir a comprar tabaco al bar de la estación: «Solo un momento —dijo—. Voy y vuelvo».

A fin de cuentas, un hombre inocuo. Tan inocuo que pienso que mi madre también me está dando por culo, como Toni con sus pedorretas. Entonces insisto:

—Pero... ¿Toni Riccio, Riccio? —porque quisiera haber entendido mal.

—Toni Riccio, Toni Riccio —me contesta. Lisa y llanamente.

Y sigue con la historia, después de una pausa para respirar más hondo: como quien está arriba en un trampolín y no le queda otro remedio que tirarse.


CUARTO MONÓLOGO (BIS) DE MI MADRE


Habían pasado un par de días desde la desaparición. Yo le echaba horas al teléfono, con amigos y parientes que pedían noticias, con tu tío Carlo que no hacía más que repetirme que mantuviera la calma; con Santa, desesperada, que pedía que la mantuviera al tanto cada media hora de lo que me decía la policía. Y contigo, en casa de los abuelos, día y noche, que me preguntabas por teléfono cuándo iría a recogerte.


Salía, iba dando vueltas por la ciudad con los ojos bien abiertos de quien busca indicios, pero luego volvía corriendo a casa porque en aquel entonces no había móviles y yo siempre tenía miedo de que alguien llamara mientras yo no estaba, o de que Giordano volviera mientras yo andaba por ahí.

Me ponía de los nervios comprobar que incluso las ciudades más chismosas saben muy bien cómo callar cuando se lo proponen. ¡Uno no puede esfumarse de la noche a la mañana en Campobasso!, pensaba y volvía a pensar, pero sí podía.


El asunto dio un giro crucial gracias a Marilena.

Ella también iba a la tienda de Toni a por la dichosa mozzarella ahumada y el mejor pan del mundo.

Fue también el viernes, a la mañana siguiente de la desaparición de tu padre, para hacer la compra. Lo absurdo, pensándolo ahora, es que me comentó que aprovecharía y se llevaría algo de embutido para mí, así me haría un bocadillo y al menos no me quedaría sin comer.

Marilena me dijo que aquella mañana Toni tenía un moretón en la mejilla, como si le hubieran dado un mordisco. Eso podía significar mucho y nada, teniendo en cuenta que la vida social de ese hombre siempre había estado rodeada de misterio, pero a eso se añadía el hecho insólito de verle mustio y quejándose de un gran dolor de espalda. Pero eso tampoco significaba nada, y que quede claro que Marilena y yo solo a posteriori asociamos estos indicios.

Lo que intrigó a Marilena fue que, mientras Toni Riccio estaba en la trastienda y ella hacía cola para la compra, sonó el teléfono. Y saltó el contestador automático, un aparato de una modernidad desconcertante en aquellos tiempos… Típico de Toni, quien, aunque costara creerlo, iba a la vanguardia en todo, empezando por el tatuaje.

Sigamos.

Después del bip se oyó la voz bastante cabreada de un tipo de una empresa de Isernia, que decía que ellos alquilaban ambulancias, no furgonetas, y que por lo tanto aquellos vehículos eran INDISPENSABLES, de VITAL importancia, que el día antes le habían esperado hasta las tantas de la noche, que le habían llamado pero nadie contestaba, y que tenía que apurarse en devolver el vehículo, porque de no ser así, además de añadir un recargo a la tarifa acordada, le denunciarían. Ahora tú me dirás que era fácil atar cabos, y tienes razón, pero Marilena y yo tardamos otro día entero antes de comprender. Porque ver la realidad, cuando es tan abominable, te duele en el alma. A ver si me entiendes, confieso que yo, en lo más profundo de mi corazón, aún esperaba que tu padre volviera por su propio pie. Y quería creer con todas mis fuerzas que se había ido solo. Aun sabiendo que era prácticamente imposible que un hombre en su estado pudiera moverse sin ayuda, no conseguía admitir lo contrario porque eso sería tanto como reconocer que alguien nos odiaba hasta el punto de cometer aquella atrocidad. ¡Raptar a un moribundo, por Dios, y arriesgarse a que la palmara lejos de su familia! Y además ¿por qué? ¿Qué malditas razones podía haber tras un hecho tan macabro? Y qué mente tan enfermiza, por todos los santos, qué…


Al principio Marilena no me contó nada. Me trajo el jamón serrano y me preparó dos bocadillos, pidiéndome por favor que al menos me comiera uno. Y a la mañana siguiente, el sábado, volvió, a primera hora, con un cruasán relleno de mermelada. Qué mujer tan estupenda, Marilena. Tendría que volver a llamarla un día de estos. Vive en Colle dell'Orso, cerca de la casa del tío Carlo.

Bueno, pues mientras Marilena y yo estábamos en la cocina esperando y desesperando, la señora Necci tocó el timbre y se presentó con un termo lleno de café, como muestra de su compasión. Y a Marilena se le encendió la luz. Vio a nuestra vecina y ató todos los cabos que había que atar. Se quedó callada unos diez minutos, y yo la veía concentrada y hosca, como quien, tras acordarse por fin de dónde ha metido aquel viejo jersey que tanto le gustaba, lo encuentra apelmazado y lleno de polilla.

Marilena parecía hincharse por momentos, pero aguantó hasta que la señora Necci volvió a su casa. Luego me dijo que mejor nos sentáramos las dos un momento, que quizá se había vuelto loca, pero tenía una teoría. Y me contó lo del mensaje del contestador automático que había oído sin querer en la tienda de Toni. Y lo del moretón reciente en la mejilla de Toni, y lo del dolor de espalda. Y yo le dije que no entendía qué tenía que ver una cosa con otra, y que aquel pobre hombre era incapaz de hacerle daño a nadie, vamos, que estaba delirando.

Pero ya te he dicho que Marilena era muy resolutiva, ¿verdad?

Así que me explicó cuál era, según ella, el eslabón que faltaba para aclarar el asunto. Cuando Giordano había desaparecido y ella había llamado a la puerta de los Necci para preguntar si habían visto algo sospechoso u oído algún ruido, ellos habían contestado que no, nada, solo una luz rara que se filtraba intermitentemente por las rendijas de las persianas medio bajadas, como de costumbre cuando es verano y no quieres que entre el calor.

Yo seguía sin entender, y le pedía que por favor se explicara mejor. Y ella: «Señora, puede que me equivoque, pero mejor si salimos de dudas. Anteayer Toni alquiló una ambulancia, y anteayer alguien se llevó a su marido, que estaba débil pero tonto no era, y digo yo que intentaría rebelarse y de ahí que le diera un mordisco en la cara a aquel desgraciado con las pocas fuerzas que le quedaban. Puede que el moretón en la cara de Toni no tenga nada que ver con vuestro marido, pero hay que averiguarlo».

Ok. Tengo que admitir que pensé que aquella reconstrucción de los hechos me pareció una auténtica locura. Giordano se quedaba en casa sin nadie solo una vez por semana, los jueves, y una hora como mucho. Y además eso solo lo sabíamos nosotros. Venir y llevárselo hubiera supuesto un riesgo enorme para Toni Riccio. Pero luego caí en la cuenta de que estábamos en agosto, de que en nuestro edificio de cinco familias no quedaba nadie excepto nosotros, que prácticamente estábamos de luto, y los Necci, que nunca se iban de vacaciones. Y que, fuera Toni o no, alguien había corrido ese riesgo y además la operación había sido un éxito. Y mientras yo, aún sorprendida por esta hipótesis, pensaba en qué hacer, Marilena ya estaba en la puerta de casa, con su bolso en una mano y el mío en la otra, que era tanto como decir: «Andando, señora».

# Lunes

### Tío Carlo, del signo de acuario

El hecho de ocuparos de las cosas con calma y educación no os ayudará a pasar una mala noche. Vendría muy bien que de vez en cuando os quitarais el traje —que por cierto os sienta de maravilla— de contorsionistas zen que se enfrentan a la variedad de acrobacias de la vida con serenidad oriental y emprendierais una sana acción destructora. Qué demonios, ¿no habéis aprendido nada viendo *La gran comilona*? ¿Sabéis o no sabéis que de tanto tragar uno la palma? No cabe duda de que os coméis la rabia y las penas con demasiadas ganas, y nunca las digerís. Así pues, fluctuantes acuarios, empuñad la espada y apuñalad sin más a cualquiera que estorbe en el camino que las estrellas os están allanando: vuestra piel empezará a brillar y vuestro hígado a cantar.

Suena mi teléfono. Solo hay una persona a la que siempre contesto, y es el tío Carlo. No nos llamamos a menudo, pero lo hacemos a conciencia y siempre que es necesario. Me alejo de mamá y de la abuela, avanzo por el pasillo, entro en la habitación de la izquierda, la suya, y me siento en su cama de cuando era joven; comprendo que también esta llamada es necesaria.

El tío Carlo me pregunta qué tal estoy. Le contesto que no lo sé. Por su voz entrecortada intuyo que está sondeando el terreno, intentando comprender si Lia ya me lo ha contado o no.

—Tío, tengo miedo. —Es lo único que consigo decirle desde la poca altura de estos treinta años míos tan frágiles, que ahora me parecen diez.

—¿Y yo no pinto nada, según tú? —Es lo único que consigue decirme desde la mucha altura de sus años, casi cincuenta, que ahora están todos concentrados en mí.

Luego cuelgo, sin despedirme, segura de que él ha comprendido que falta poco y que su hermana está a punto de contarlo todo.

Me quedo sentada en la cama de mi tío un rato más. El móvil en una mano y la otra apoyada en la rodilla. Espiro, mil uno, mil dos, mil tres. Inspiro, mil uno, mil dos, mil tres. Todo lo que pase ahora será para siempre.

Y justo ahora me llega un SMS que dice: «He leído los textos del programa, Lorenzini. Mordaces como de costumbre, y fenomenales. ¡Eres un genio! Hasta el lunes».

Es del productor del programa de televisión que está a punto de arrancar. Después del éxito de ventas de mi manual de los signos del zodíaco entre noviembre y enero, tenerme en pantalla le pareció una manera fenomenal de volver a darle vida al programa. «Fenomenales.»

«Genio.» ¿Cuántas palabras impropias se usan en esta vida?

¿Y mi padre? Mi padre nunca hubiera pedido un manual como el mío para su librería. Él, que cuando yo levantaba un palmo del suelo y quería ser escritora porque me gustaba inventar historias, y también camionera como el abuelo, y asistente personal de Ringo Starr, nunca se cansaba de repetirme que escribir es como correr: una cuestión de disciplina y resistencia. Y de concentración, sobre todo. Me lo decía él, que nunca consiguió acabar un libro, ni siquiera el que me envió Gesualdo. Ni correr más de una vez al mes. Mi padre vendía las novelas de los demás, y como aquel a quien le gusta la cocina sin ser cocinero, reservaba a los libros de los demás los cuidados de un artesano. Les sacaba el polvo, los olía, los ordenaba en las estanterías según un criterio divino del que solo él tenía conocimiento. Yo no lo entendía, obviamente. No eran más que libros, creía yo, pero luego veía a mi padre tratarlos de esa manera tan exquisita y, sentada en las rodillas mientras me leía, acariciar la página con la delicadeza que merecen las cosas raras. Mi madre siempre dice que el negocio le iba mal porque lo último que pensaba mi padre era en vender aquellos libros. Y para más inri, había colocado dos sillones en la librería. Dos enormes sillones de terciopelo verde en los que a mí me colgaban las piernas sin tocar el suelo: uno podía ir allí y leer. Y la gente que iba y leía, al final casi nunca compraba. Entonces mi padre estaba de verdad contento: no tenía que separarse de ninguno de sus libros. Y si alguien se animaba a comprar, él intentaba que cambiara de idea. No es que lo hiciera adrede, pero si ese alguien escogía a Moravia, él le decía que era mejor leer unas páginas antes, cómodamente sentado en el sillón, para ver si se sentía con ánimo, que Moravia pide una lectura por capas, que parece fácil y no lo es. Cuando llegaba a lo de la lectura por capas, el pobre cliente ya se había marchado.

La única gran mentira que hay en el manuscrito que nos dejó, mi padre se la reservó para él, para su sueño de escritor nunca realizado.

Y yo he escrito una mierda de manual sobre el zodíaco en un mes… Menuda disciplina, resistencia, concentración. Él, mi padre, en cambio, se sentaba en su estudio para reescribir el final de los libros que amaba. Daba a las historias otra posibilidad, ponía en aquel gesto de escritor aficionado la pasión inútil de un demiurgo.

Y los muertos no morían.

Y los amores no acababan.


Bueno, ahora mismo dejo esta vieja cama individual donde dormía tío Carlo. Me levanto, lo prometo. Pero antes de volver al comedor, mamá, tengo que decirte algo que no te diré nunca: ahora he comprendido muy bien la diferencia entre olvidar y no querer recordar. Y ahora voy, y tú puedes acabar.


Vuelvo al comedor, me siento para comer la comida que casi me pierdo (mi abuela es tan inflexible con los horarios que en Suiza tendrían que nombrarla presidenta).

Tengo hambre.

Devoro las albóndigas viudas.

Mi madre, por su parte, está comiéndose a mordiscos un melocotón aterciopelado.

—Anda, date prisa —me dice Lia de repente.

—¿Y eso? Aquí estoy. Cuenta, que yo te escucho.

—No, tenemos que salir. Esta parte de la historia la tienes que ver. Y yo tengo que olvidarla para siempre.


Mi curiosidad es tanta que dejo un pedazo de albóndiga en el plato, algo que no había hecho en mi vida.

—¿Te apetece andar?

—Te lo pedí esta mañana, mamá, y eras tú la que ponía pegas. Por mí encantada. Vamos.

Y en cuanto salimos del portal, parecemos otra vez dos americanas de vacaciones.

—¿Te acuerdas de dónde quedaba la tienda de Toni? Íbamos a comprar allí la merienda para el parvulario.

—He pasado por ahí esta mañana. Cómo no voy a acordarme. Ahora hay una ferretería.

—Vamos.

—Ok. Caramba, espera. Mira allá.

—¿Dónde?

—El póster, allá.

—Ah… Un concierto en homenaje a Fred Bongusto, ¿y qué? Sigue siendo el ciudadano más famoso de Campobasso. ¿Qué pasa?

—Con Fabrizio siempre cantábamos «Spaghetti a Detroit» e incluso lo bailábamos.

—¿Y qué?

—Nada, nada —y rozo el hombro de mi madre con la mano, esta vez adrede—. Oye, mamá, gracias. Por eso de venir aquí conmigo. Sé que si yo no hubiese armado aquel escándalo, el asunto habría sido más simple y corto. A lo mejor, si nos hubiéramos quedado en la playa, habrías mantenido cierta distancia y no te dolería tanto.

—Tenías razón tú. El manuscrito no es solo para ti. A mí también me está sirviendo de mucho. Tengo que zanjar el tema de una vez por todas. Ya hemos llegado: aquí estaba la tienda de Toni Riccio.


### ÚLTIMO MONÓLOGO DE MI MADRE

Nos vinimos aquí, Marilena y yo. Ella se quedó apoyada en la pared de esta casa. Yo di unos pasos más.

Toni estaba abriendo la tienda, con la calma de quien empieza el día. Se peleaba en cuclillas con la persiana. Los tics lo alteraban. Por un momento visualicé aquella hipótesis tan desconcertante: ¿qué follón habría armado si de verdad se hubiera llevado él a Giordano? Se le habría caído una y otra vez, y le habría estampado pedorretas en la cara. Solo de pensarlo me volvía loca; el cuerpo de Giordano era para mí lo más sagrado del mundo. Lo pulía como si fuera plata: pieza por pieza, durante mucho rato, como si de un momento a otro pudiera empezar a brillar.

Sigamos…

Me acerqué a él cuando aún estaba arrodillado, él giró la cabeza para mirarme, un poco asustado.

Buenos días, Toni

Buenos días, señora. ¿Todo bien?

Pues no. Mi marido ha desaparecido.

Ay, Virgen santa. Lo siento, señora. Y además está enfermo, ¿verdad?

Se está muriendo, querido Toni.

¿Os hace falta algo? ¿Qué tal un kilo de mozzarella ahumada bien fresca? Os la regalo yo, señora. Prrrr... lo hago de corazón.

Déjalo, y gracias por el detalle. Pero tengo que pedirte un favor: ¿me llevas a verle?

Señora, no la entiendo.

Toni, yo no sé si mi marido está vivo o muerto, pero ahora mismo vas a llevarme adondequiera que esté.

Señora, debe de ser por el disgusto, pero estáis desvariando, prrr.

En estos casos, lo importante es no soltar la presa. Acosar, acosar, acosar...

Toni, hijo de la gran puta, escúchame bien: si no me llevas a ver a mi marido, te denuncio.

Lo que siguió fue un instante que duró horas, meses, años.

El tiempo interminable de una respiración. De un suspiro. Y de otra pedorreta. Porque eso fue lo que hizo Toni: respirar, suspirar, soltar una pedorreta y darle vueltas a la llave de la persiana. Si antes la abría, ahora la estaba cerrando. Y mientras él doblaba las piernas y movía el cuello en círculos, y parpadeaba, y dejaba las llaves en la cerradura para aplaudirse, en aquel cuerpo devastado por los tics yo vi el raptor de Giordano.

Me pegué a él formando una piojosa fila india.

Y caminamos callados un buen trecho.

Vamos, hija, ahora sígueme tú a mí como yo le seguí a él. Ven, que te lo enseño.


Aquel de allá era el bar de Camillo, con los pensionistas sentados a las mesas, esperando que les echen un poco de anís en el café.

Aquí tienes la plaza del ayuntamiento, con el reloj que aquella mañana estaba a punto de dar las diez.

La fuente con los peces rojos. ¿Te acuerdas que de pequeña les dabas de comer las migajas de un pedazo de cucurucho después de devorar el helado?

Y ahora la calle de los panaderos, con el típico aroma de pizza y galletas recién salidas del horno, que cada vez te obligan a decidir rápido si te apetece más lo dulce o lo salado.

Yo caminaba detrás de Toni, y Marilena detrás de mí. Era una estrategia, imagino. Ir detrás y no al lado nos permitía no tener que hablar a toda costa. Entre otras cosas porque no había nada que decir. Toni Riccio nos estaba llevando a donde estaba Giordano, y a mí, a pesar del montón de preguntas que hubiera tenido que hacerle porque aquel hijo de puta me lo había robado, solo me preocupaba una cosa: encontrar algo maravilloso que decirle a mi marido en cuanto volviera a verle.

Lo único que me obsesionaba era recuperar a Giordano, llevármelo de vuelta a casa antes de que muriera.

Si no te importa, ahora también sería mejor caminar en silencio, como aquella mañana. El camino es largo.


Hemos llegado.

Este era el portal.

¿Qué pasa? Anda, Vera. Ánimo, sígueme.


Toni llamó por el interfono.

Dijo: «Soy Toni, abran».

Y el portal emitió aquel ruido eléctrico que me sabía de memoria; un zumbido, que quería decir «sube». Mi cuerpo estaba rígido y frío. Si alguien me hubiese dado un empujón, me habría caído al suelo hecha pedazos.


Miro a Lia, y su rostro es del color de la ceniza. Ahora sí que hemos llegado al final. Y comprendo el horror de cada detalle, querida mamá, y comprendo tu silencio. Pero aun así quiero oírlo de tus labios, Lia, todo lo que pasó.

Pero debemos estar solamente nosotras dos, ahora. Cuéntame solo a mí lo que tienes que contar.

Ya me ocuparé yo de escribir, mañana. U otro día. Con toda la calma que ahora papá, tú y yo nos merecemos.

# Algunos martes más tarde

Vera, como siempre del signo de piscis

Queridos piscis, aquí estáis otra vez. Uno intenta librarse de vosotros, pero tenéis el don de estar siempre enredando por el suelo, como las cacas de perro en los barrios de mucho postín. Porque en estos barrios la gente no se molesta en recoger las cacas. Los astros dicen que justo ahora está llegando a vuestros ojos una chispa de alegría. Si tuvierais que redactar al momento una lista de todo lo que tenéis, saldría algo así: zapatos cómodos, jerséis anchos, cama deshecha, cena en el sofá, un programa de televisión cualquiera, gato feo recogido en la calle, que se llama Tulli, buena música, tortitas con mermelada para desayunar, abuela que cocina y os pregunta a primera hora de la mañana qué querréis para cenar. Y vosotros no sabéis qué os apetece, pero sabéis que os gusta eso de no saberlo, y os ponéis en marcha, dando vueltas por ahí sin destino fijo. Y pensáis en lo que os falta, porque si tuvierais que hacer una lista también de eso, apuntaríais algo así: quizá el hombre que amáis, a quien un buen día querréis un poco menos y un poco mejor, pero no habría nada más que añadir. Y si no fuera porque los horóscopos no son más que un invento, queridos amigos del signo de piscis, este sería un horóscopo de los buenos.


La abuela Clelia pone el despertador a las cinco de la mañana.

Tanto mamá como yo le preguntamos por qué. Hace siglos que se lo preguntamos, y ella hace siglos que nos contesta que así puede hacer sus cosas con calma. Y nosotras, insistimos «Pero ¿con calma respecto a qué, si no tienes otra cosa que hacer?».

Y ella nos suelta: «Con calma respecto a mí misma, y dejad ya de tocarme las narices». Porque la abuela, tan dulce ella, tiene su temperamento.

Desde las cinco y media hasta las ocho de la mañana hace lo que tiene que hacer.

El resto del tiempo borda. Habla por teléfono. Mira la tele, pero solo la Rai, que canal cinco es de Berlusconi y ella no piensa hacerle ningún favor a ese canalla.


Cuando me levanto, Lia está tomándose el vaso de leche de cada mañana. Yo apoyo una mano en su hombro, y ella pone su mano encima de la mía.

Le digo que he tomado una decisión. Me pregunta de qué se trata, y le contesto que voy a dejar el trabajo.

Dice que me he vuelto loca de remate, y le suelto un «Puede», pero lo dejo igualmente.

Me siento para tomar el café.

Mientras lo tomo, envío desde Gmail el link de «Arrivederci», de Umberto Bindi. Ni siquiera me hace falta escucharla. Sé muy bien que «este será un adiós, pero no le demos más vueltas».


—¿Qué estás haciendo?

—Le envío una canción a Fabrizio. Lo hago casi todos los días, en realidad. Le habré enviado unas trescientas hasta hoy. A veces la misma durante días, o más de una el mismo día. Pues eso... nada más.

—¡Vera!

—¿Qué? No hago nada malo. Es músico. ¿De qué otra manera podría decirle que le quiero?

—No te digo que tendrías que dejar de quererle, hija, pero al menos podrías empezar a dejar de demostrarle que lo quieres. ¿Te parece?

—No se lo dije bastante estando juntos. En realidad, no se lo dije casi nunca. Y ahora no tengo nada que perder.

—¿Qué es eso de dejar el trabajo?

—Tengo un trabajo de mierda, mamá. Una auténtica, enorme y asquerosísima mierda. Y a los treinta años no voy a conformarme.

—Pero no deja de ser un trabajo, y te pagan muy bien.

—Mamá, me paso la vida pensando que soy una ladrona de mierda. Hago una cosa absurda por la que me pagan una barbaridad. Si espero salir de este embudo de depresión en que estoy metida, solo puedo empezar por el trabajo. Fabrizio hizo lo mismo conmigo, fíjate tú...

—¿O sea?

—Decía que era infeliz, insatisfecho y, puesto a cambiar algo, me cambió a mí. Siempre se empieza desde donde tienes el poder de actuar más rápido. Cambiar de trabajo o dejar Roma hubiera sido un gesto demasiado arriesgado para él. Pero dejarme a mí era la cosa más simple del mundo, y además le daría la sensación de un auténtico cambio. ¿Qué quieres que te diga, mamá? Yo lo veo así. Lo más probable es que Fabrizio no me quisiera lo suficiente, ok, vale. Porque cuando quieres de verdad, puedes imaginártelo todo menos la vida sin esa persona, aunque también creo que él nunca tuvo narices para ir hasta el fondo de las cosas. Después de todos aquellos años juntos, ya nos había llegado la hora de empezar a vivir como adultos, sin excusas; él en cambio lo arrasó todo y eligió volver a empezar porque los inicios siempre son la parte más fácil.

»Pero después de conocer la historia de papá y también gracias a esa decisión que Fabrizio tomó en nombre de los dos, yo me veo capaz de cambiar en serio, mamá. Y quiero empezar a cortar por donde más incómoda me siento conmigo misma. Esa mierda de trabajo, por ejemplo. Esta mañana, por primera vez en muchos meses, no he cagado sangre. ¿Entiendes?

—Vale, pero ¿cómo te apañarás? Tienes un montón de contratos y tendrás que pagar un dineral en multas por incumplimiento.

—Pues las voy a pagar, faltaría más. ¿De qué sirve haber tenido una carrera de mierda si no te gastas el dinero ganado para salir de la mierda? Así todo cuadra.

Y siento removerse dentro de mí un súbito, hondo y placentero sentido de la justicia. De repente me acuerdo de Ringo Starr, mi examigo imaginario, con quien me rocé un día en los pasillos de los estudios de televisión donde yo trabajaba y él estaba de paso como invitado especial de un programa de éxito, de los que se emiten en hora punta.

Iba con su mujer, el mánager, el asistente, el asistente del asistente y otras personas que lo rodeaban (tengo una teoría: a mucha gente del espectáculo se la reconoce solo porque los preceden y los siguen un montón de personas en caravana. Si Madonna se tomara un cappuccino sola y con la cara lavada en el bar, debajo de vuestra casa, nadie la reconocería).

De todas formas, yo a Ringo lo vi de lejos en aquella única ocasión en que estuvimos tan cerca, caminando en mi dirección. No es que ese viejo amigo de la infancia me reconociera gracias a alguna conexión afectiva sobrenatural, ni que se fijara en mí por casualidad e hiciera un amago de saludo con el que habría fantaseado el resto de mi vida. Nada de eso. Lo que pasó, y fue lo único que pasó, es que, para facilitar el paso de la voluminosa comitiva, uno de su grupo me apartó un poco con la mano. Fue entonces cuando el infierno y el paraíso se enfrentaron delante de mis ojos.

El infierno: Ringo es inaccesible para nosotros, míseros mortales.

El paraíso: Ringo ya no firma autógrafos. Lo anunció hace algunos años a través de un comunicado intergaláctico. Y cuando el director de mi cadena se le echó encima con su ejemplar de *White Album* y el rotulador negro, Ringo se paró, puso mala cara y le dijo a su asistente que le dijera al asistente de mi director que él no iba a firmar nada de nada (y menos aún la carátula del disco blanco, que hay que estar borracho para mancharla con una firma). Y el asistente del director de mi cadena le dijo al asistente de Ringo que el autógrafo era PARA EL DIRECTOR DE LA CADENA, por si no lo había entendido. Y Ringo tomó la palabra y dijo que él ya no firmaba autógrafos a nadie. Y nadie quería decir NADIE. Entonces comprendí por qué Ringo era mi favorito.

ÚNICO MONÓLOGO DE VERA LORENZINI, O SEA YO,
PARA RESUMIR BREVEMENTE
LA HISTORIA DE MI FAMILIA

La casa de mi abuela Clelia asoma a la carretera que lleva a la montaña, a la iglesia de San Giorgio y al castillo Monforte.

Escribo desde aquí, mirando por la ventana cada dos por tres. Apoyada en la mesa de nogal que, desde el día en que nací, la abuela usa para bordar un ajuar que nunca utilizaré. Al final, mi madre me lo contó todo.

Yo solo tendría que transcribir los hechos, pero resulta que este gesto tan natural —escribir— es el más doloroso. Porque se trata de dejar constancia, sellar, memorizar.

Por eso lo voy posponiendo. Y pienso en el nombre que podría darle a la librería de mi padre, que ahora es mi librería. Quizá finalmente me decida por «Fresas salvajes»: nada original, lo sé, pero todos van a pensar en la película de Bergman y en cambio yo sabré que eso se lo debo a la canción de Marco Parente, que consumía pegado a la cama, de tan hermosa que es. Porque el mundo está lleno de canciones desconocidas, secretas, que si fueran de todos ya no serían tan hermosas.

He vuelto a comprar la vieja librería y el permiso, y buscaré una tienda vintage donde encontrar dos sillones verdes de terciopelo parecidos a los que había, para sentarme en ellos a leer, con los pies que ahora son los de una adulta y pisan el suelo como al volver de una misión espacial.

Voy retrasando la faena. Divago.

Y pienso en Fabrizio, que me decía que no quería desperdiciar su vida, pero que quizá la esté desperdiciando ahora, tan lejos de mí.

No me queda otro remedio que dejarlo ir, a Fabrizio. Recomponerme diciéndole adiós. Desde aquí yo vuelvo a empezar, aunque antes tengo que contar cómo acabó lo de mi padre. Y recapitulo juntando piezas sueltas, por si alguien se ha perdido por el camino.

Mi abuelo Gesualdo es un viejecito de casi noventa años que, desde que recibió la carta de mi madre en contestación a la suya, nos llama al móvil de vez en cuando para saber qué tal estamos y si nos hace falta aceite del bueno, de aquel que hace él, que si queremos nos lo envía por mensajero. Lia y yo saldremos mañana hacia Frosinone. Vamos a darle una sorpresa, esperamos que su corazón aguante. Le llevaré el libro acabado.

Todos sabían dónde estaba mi abuelo, y más que nadie mi abuela Santa. Y sin embargo todos, excepto mi padre, se esforzaban por ignorar su existencia y guardaban silencio, porque volver a hacerle frente habría significado ahogarse cada cual en su propia y asquerosa charca.

Mi abuela Santa me quiso, creo. Pero su amor hacia mí siempre fue formal, sobrio. Pienso que durante toda la vida tuvo que luchar entre querer a la hija de mi padre y odiar a la hija de mi madre. Si hubiese podido hacerlo sin dañarme, seguro que me hubiera partido en dos con un serrucho, como en un juego de magia.

Mi padre sufrió la figura gruesa y petulante de mi abuela. La aguantó de mala manera y sin ganas. La describió sin misericordia alguna, con la distancia lúcida del escritor bregado. Y, sin embargo, mi madre y él, inexplicablemente crucificados en esta angosta ciudad, solo vivieron lejos de aquí unos pocos meses, para luego volver con la excusa de que no tenían calidad de vida, pero la verdad es que volvieron por ella, por mi abuela Santa: para no dejarla sola. A mi padre le molestaban maneras invasivas, sus celos atávicos, pero a la hora de la verdad la llamaba cada noche para preguntarle si necesitaba algo. Y se daba una vuelta rápida por su casa, solo para decirle un «Buenas noches, mamá». Porque todos los hijos son iguales, se rebelan contra los padres, pero esperan no librarse nunca de ellos. Y también las madres son todas iguales. Creen ser para sus hijos lo que sus hijos son para ellas: indispensables. Mi abuela Santa fue desbordante y protectora porque quizá sabía, gracias a ese sexto sentido propio de las madres, que a su hijo pequeño lo perdería demasiado pronto. Probablemente, aquel domingo en que mi padre llevó a Lia a casa por primera vez, y la invitó a caminar sobre unas gamuzas de fieltro, mi abuela tuvo miedo de mi madre y de su luz tan brillante. Porque le privaría del poco tiempo que le quedaba a su hijo, o cabe que confiara en ella con la esperanza de que su llegada diera otro significado a su siniestro presagio: iba a perder a mi padre, sí, pero solo por el amor de una mujer, igual que todas las madres, que un buen día pierden de esta manera a sus hijos. Quizá por eso la tomó con ella. Y yo, con mi torpe cinismo, a esa abuela que nunca llegué a conocer a fondo por culpa del muro que ella había levantado a su alrededor desde que mi abuelo Gesualdo la dejó, con los años he aprendido a quererla. Muy a mi manera: pensando en el único dolor incomprensible e inaccesible para un ser humano, el de una madre que llora el cuerpo de su hijo. Justo lo que le pasó a mi abuela.

La veía a veces, cuando ya de mayor volvía a Campobasso (mi madre siempre me pedía que pasara por su casa) y yo me había acostumbrado a pensar que la abuela Santa, Camillo y Rosalba eran una cosa, y Lia, la abuela Clelia y el tío Carlo otra. Cada cual en su lugar y yo sola en el medio, atando aquellas vidas separadas para siempre, separadas a la fuerza.

Nunca he preguntado el porqué de aquella grieta eterna entre mi abuela y mi madre; ni siquiera se lo he preguntado a Lia. Mi familia siempre ha sido así: disciplinadamente desmembrada. Y callada. Encerrada como en una madriguera en el mullido tabú de su pasado. Cada cual con su dolor a cuestas, digno y solitario. Quizá, de no haber llegado tan tarde, el libro de Giordano habría abierto una brecha. O quizá no. De todas formas, estoy convencida de que mi abuelo Gesualdo eligió el momento con extremo cuidado.

Por lo que a mí se refiere, a mi madre la dejé cuando tenía diecinueve años, y eso mi padre de alguna manera lo había presagiado. Estaba cursando el primer año de carrera, vivíamos en Roma, y un buen día ella me dijo que me echaba de casa. Con esa manera suya tan gilipollas de ir al grano, me comunicó: «Tienes que irte». Estábamos tomando un café de pie, en la cocina, yo apoyada en la encimera y ella en la pared. Fue a primera hora de una tarde de invierno, me dijo que quería estar sola, que era hora de que me buscara una habitación en algún lado. Posiblemente en la otra punta de Roma. Al principio me echaría un cable con los gastos de la universidad, pero luego tendría que buscarme un empleo, que el dinero no cae del cielo. Entonces lloré por primera vez delante de mi madre. La única vez, antes de estos días en Campobasso. Me puse a lloriquear como una niñata porque me paralizaba la idea de dejarla sola. Pero ella no cejó, firme y fría como nunca en su vida. Me dijo que reclamaba su libertad, y las madres saben muy bien qué decir para cabrearte, cuando quieren cabrearte, porque esa es la manera de que dejes de llorar y no se pongan a llorar ellas. Mi madre se separó de mí de un hachazo. Me alejó de ella, de su soledad oxidada, y lo hizo porque sabía que, de seguir viviendo allí, yo me hubiera hecho cargo de ella hasta el punto de no poder ya distinguir mi vida de la suya. Las madres, a veces, tienen corazonadas. La mía cometió el error imperdonable de criarme deprisa, pero reparó el fallo aquel día en la cocina, las dos de pie. Dejándome libre. Obligándome a marcharme.

Mi padre y mi madre se quisieron tal como está escrito. Tanto y tan torcido fue su amor. Mi madre me ha confirmado cada palabra de la parte que tiene que ver con ellos dos, sonriendo algo turbada o poniendo por un instante los ojos en blanco. Era únicamente el punto de vista lo que estaba invertido. Giordano solo cuenta una pequeña mentira cuando en el manuscrito habla de su primer encuentro. Porque mi padre no era escritor, no tenía ninguna cita en Roma para proponer un guion a un director. Mi padre era un joven librero de Campobasso, que en una feria del libro en Roma reconoció a Lia Greco, la diseñadora de vestuario que era de su misma ciudad y al parecer salía con un director de teatro importante y mucho mayor que ella. Se saludaron, se besaron, se casaron.


La historia de nuestra familia, novelada y algo apañada, Giordano Lorenzini la confió a una conmovedora primera persona; en los últimos meses de su corta vida, decidió convertirse en mí, en mi madre, en su madre. Y yo ahora lo he encontrado, aquí está, el último adiós que buscaba, el que me servía para recomponer un recuerdo roto: la desgarradora identificación que mi padre me ha regalado. La paz que el final de esta historia pondrá en mi vida y en la de mi madre.

Porque he entendido la razón por la cual mi madre me llevó lejos de esta ciudad donde ahora volveré a vivir.

Y he entendido por qué calló.


Un último apunte: Lia no oye bien de un oído. Cuando mi padre desapareció, la primera vez, a ella se le fue justo la mitad del sonido del mundo. Mi padre no se lo inventó.

# El final

Toni Riccio se movía a sus anchas, como Pedro por su casa.

Y Lia se sintió aplastada por el aire porque a ella le pasaba lo mismo. Había estado ya muchas veces en aquella casa.

El recibidor, cuadrado, estaba impoluto. Si hubierais pasado un dedo por el mármol del tocador o por la madera del escritorio, confinado ahí porque los chicos ya eran mayores, no habríais encontrado ni una mota de polvo.

Se oía un silbido que venía de la cocina. La melodía era tan ligera y alegre que era imposible que Giordano estuviera allí. Nadie silba delante de un muerto. O es que Giordano se había curado, eso fue lo que pensó Lia, pero mientras apretaba fuerte los ojos con la esperanza que así fuera, como cuando quieres mover un vaso solo con pensarlo, Toni le pedía con señas que lo siguiera por el largo pasillo, sofocante como un pasaje secreto. Lia no miró quién había en la cocina; prefirió no ponerle rostro a la voz que silbaba.

Sin embargo, reconoció la típica cancioncilla que se canta cuando se está removiendo la salsa, o se está poniendo la mesa con los cubiertos buenos.

Giordano odiaba poner la mesa, aunque esa era una de sus tareas en casa. Ella le pedía que por favor lo hiciera, y él siempre contestaba que sí, pero que tenía que ir al baño, o hacer una llamada o desembarcar en la luna y clavar la banderita antes de cenar.

Si efectivamente Toni la estaba llevando donde estaba Giordano, quizá habría que pensar en qué hacer. Cogerlo y sacarlo de ahí, por ejemplo. Porque morir es algo definitivo, y hay que hacerlo en el lugar adecuado. Y Toni la ayudaría: del mismo modo que se lo había llevado, lo devolvería. A todo esto, ahí estaba el mueble de los zapatos a la derecha, y al final, justo al final, el baño.

Pero antes torcieron a la izquierda, porque en los pisos antiguos un pasillo puede durar una eternidad. La puerta estaba abierta y Lia tuvo que agarrarse fuerte a Toni Riccio, bajo y corpulento, que iba un paso por delante.

Le estrujó el hombro, mientras él, hecho un manojo de nervios, aceleraba los espasmos de su cuerpo. Al encuadrar la escena, Lia tembló, tragó saliva, palideció, se quedó fría como un témpano de hielo.


La habitación olía a espliego. Un perfume empalagoso y denso, pensado para encubrir.

Giordano estaba echado en la cama. Cerca de él, a su lado, Santa. Se había tendido de costado, apoyándose un poco en el codo, sobre las sábanas de hilo, donde lucían las iniciales bordadas por su madre; llevaba un camisón blanco, dispuesta para la noche aunque fuera de día, y pasaba una mano por la frente de Giordano, como arreglándole el pelo antes de una fiesta de cumpleaños. Le cantaba flojito, al oído: «Querido Pinocho, amigo en los días más felices...».

Lia no tuvo el valor de llorar ni de chillar. Ella también era puro mármol, una figura fuera de lugar en aquel desgraciado belén, en el que la madre y el hijo eran una piedad desplegada en un marco horrible. Solo consiguió pensar en las llamadas de Santa, la última solo dos horas antes, y en la voz opaca de su suegra que le pedía noticias de ese hijo, al que estaba acunando desde hacía días, como a un recién nacido.

Luego se miraron.

Santa la vio y le soltó a Toni «¿Y esa qué quiere?», y Toni le lanzó una pedorreta. Luego, pensando que mejor le iba cuando a aquella casa solo subía para llevar la compra, se largó.

Lia entró en la pesadilla, derecha hacia Giordano. Avanzaba paso a paso mientras Santa convertía el estribillo de la nana en un «fuera, fuera, fuera». Lia se apoyó en aquella letanía para acompasar sus pasos, que eran lo opuesto a una marcha nupcial. Llegó junto a Giordano en cinco movimientos.

El día de su boda, habían elegido como marcha nupcial «Something», de George Harrison; los amigos habían aplaudido y el cura se había enfadado.

Giordano la vio aparecer enmarcada por el techo, con los cabellos que colgaban encima de él como dos cuerdas a las que agarrarse para ponerse a salvo. Creyó que era un sueño hermoso antes de que llegara la muerte, y ella le dijo «amor» muy flojito, y él repitió «amor» añadiendo «mío», como en los momentos en que se querían muchísimo. Luego finalmente soltó un suspiro, y dijo «Vera», que quizá quería decir «me encomiendo a», pero se murió así. Santa empezó a gritar, diciendo que aquella mujer había matado a su hijo, que lo había puesto enfermo y que, ahora que se estaba reponiendo, había vuelto para acabar con él.

Y a Lia le hubiera gustado estar allí, en el lugar de aquella pobre madre desesperada, para descansar un momento al lado de su marido. Le hubiera leído la última página de *Por quién doblan las campanas*. Luego lo habría preparado para el velatorio, poniéndole una de sus camisetas arrugadas, porque ella solo las planchaba con las manos mientras las doblaba, y los tejanos con la parte del muslo raída. Le hubiera puesto unas zapatillas deportivas y así él se sentiría cómodo, como cuando se vestía para ir al parvulario a recoger a Vera y ella le preguntaba por qué se cambiaba solo para eso, y él le contestaba que para ser un buen padre uno tiene que ir cómodo, así podría deslizarse por el tobogán con la niña entre las piernas.

Pero Lia se dio la vuelta y lo dejó en manos de la mujer que lo había parido, que lo vestiría con un traje azul, recién salido del tinte. Luego lo lloraría desde la primera fila de un funeral impecable, al que Giordano nunca habría asistido. Y le preguntaría a Dios por qué, por qué le había tocado a ella.

El pasillo olía a salsa.

En la cocina, Rosalba ponía orden en lo que era un orden enfermizo. Lia, al pasar, la vio doblada sobre del fregadero, empeñada en quitar alguna mancha. Y ni siquiera se quedó esperando a que aquella chica tan delgaducha que el día en que se conocieron le había estampado dos besazos en las mejillas se diera la vuelta. Rosalba, por su parte, había temido, reconocido, advertido el paso de Lia, y se había echado encima aquel silbido cantarín que servía para tapar: como un perfume tapa un mal olor y una mentira tapa la verdad.

Lia se fue enseguida a casa de sus padres para recoger a Vera.

La vio en lo alto de la escalera, acicalada como una buena noticia.

Vera escudriñó a su madre, que en las últimas semanas no había ido a recogerla.

Comprendió que había pasado algo, y le dio un abrazo de los buenos. Luego dijo: «Mamá, ¿vamos a comer a casa de Ringo?», y aquel día Lia dijo que sí.

# Otro final, porque Giordano Lorenzini lo hubiera vuelto a escribir así

El verano en que murió mi padre fue el mejor de mi vida.

Me pasé todos los días corriendo. Me empeñé en creer que lo que me había contado papá era cierto. Que para inventar historias hacía falta entrenarse. Y cuando mi abuelo se paraba en un área de servicio, yo me ponía a correr por el aparcamiento, arriba y abajo, a un lado y a otro, y al oírle decir: «Vera, ¡vámonos ya!», yo le pedía con un gesto de la mano que esperara. Daba saltitos torpes porque eso de correr también se aprende con la edad. El abuelo me dejaba hacer, pero no creo que me entendiera. Luego me pasaba por la cara y alrededor del cuello una toalla que llevaba la imagen de Iridella, y mientras yo jadeaba como una artista al acabar su espectáculo, él me preguntaba: «¿Hemos acabado?», yo le contestaba que sí, puntualizando que la que había acabado era yo, porque él no se había movido ni por equivocación.

Nada se me pasaba por alto, siempre ha sido así. De vez en cuando miraba aquel pedacito de papel que mi padre había encerrado en mi mano mientras me estrechaba fuerte y me llenaba de besos, como si yo estuviera a punto de irme a América. Me dijo que lo leyera en caso de que sintiera nostalgia, pero yo, que lo había abierto dos días después, más que nada por curiosidad, no acababa de entenderlo. Y el abuelo menos que yo: lo miraba, lo acercaba y alejaba de los ojos, y decía que no conseguía leerlo. Entonces yo le pasaba las gafas que estaban en la guantera, las de ver de cerca, y él decía que era peor el remedio que la enfermedad, y yo siempre confundía «remedio» con «promedio».

Cuando me preguntaba por qué corría tanto, yo le contestaba que era porque quería ser escritora, como papá.

Y él pensaba que confundía las cosas debido al momento especial que estaba viviendo, y cambiaba de tema.

Algunas tardes, el abuelo conducía y me dormía a su lado. Ponía la cabeza en su muslo derecho, los pies hacia la manija de la puerta, y me quedaba dormida, acunada por los baches y los cambios de marcha. Hoy en día el trabajo del abuelo ya no es lo que era. Ahora los camioneros se pasan el día pegados al teléfono. Echadles un vistazo cuando los adelantáis: están hablando por teléfono. Mi abuelo tenía que pararse en un área de servicio, poner una ficha y esperar que la línea no se cortara demasiado rápido. Cuando se cortaba la línea, hacía un ruido exagerado. Se oía un sonido desagradable que quería decir «pues te jodes».

Viajar con el abuelo era como estar de vacaciones.

Mi padre se estaba muriendo, si es que no había muerto ya, pero el abuelo seguía silbando cancioncillas y yo hacía el signo de los cuernos a todos los que nos adelantaban sin avisar. Y cuando pienso en eso, en su esfuerzo por aparentar tranquilidad y contento, aún le echo más en falta.

Teníamos el casete de Benito Faraone y también el de Paolo Conte en el que cantaba «Bartali». Aquella canción me encantaba, me volvía loca de alegría. Sería por los franceses que se cabreaban, las sandalias y las mujeres con ganas de hacer pis. O quizá sobre todo por aquel trocito que el abuelo cantaba dirigiéndose a mí. Me preguntaba si queríamos ir al cine. «¡Al cine vas tú!», le contestaba.

No sé cómo se las apañan los adultos para elegir la música adecuada, aún hoy no lo sé. Pero mi abuelo tenía aquel casete en el camión, y yo me sentía feliz.


No me di cuenta de la muerte de mi padre, ni por un momento. Solo dudo del puñetazo que una mañana el abuelo le dio a la puerta del camión, que le dejó la mano destrozada. Yo le miraba sin rechistar porque el ruido me había asustado, pero él ni caso, y cuando empezó a llorar a lágrima viva, con los mocos colgándole de la nariz, yo me puse a llorar a voz en grito porque cuando los adultos sueltan esas lágrimas gordas, es que de verdad hay algo que no funciona. Pero él me dijo que era por culpa de la mano, que le dolía, y que teníamos que pararnos en un hospital. Y como así lo hicimos —nos paramos en un hospital y le enyesaron la mano hasta la muñeca—, nunca sabré qué dolor hizo llorar al abuelo aquel primer día de septiembre.

Eso marcó el final brusco de nuestro viaje.

El tío Carlo vino a recogernos en el peaje de Orte, lo acompañaba un colega del abuelo que lo sustituiría al mando del camión.


El tío Carlo había sido corredor profesional.

Luego encontró un trabajo de los de verdad y lo dejó.

Era más joven que mi madre. Cuando me quedaba en casa de los abuelos, dormíamos en la misma habitación. Lo que más me gustaba del tío Carlo era su costumbre de acabar las comidas con pan con Nutella. En lugar de café, él tomaba pan con Nutella, incluso después de la cena de fin de año. Cuando estábamos solos él y yo, no me hacía falta llorar: enseguida me daba un poco e incluso brindábamos chocando las rebanadas. Pero cuando estaban papá, mamá, el abuelo y la abuela, o solo alguno de ellos, yo tenía que chillar, implorar, decir que si Jesús me había puesto unos kilos de más no era culpa mía, que aquello era una injusticia, y como nadie aflojaba, mi tío tenía que irse a otra habitación a cumplir con su rito para que yo, que engordaba con solo mirar el bote de la Nutella, no lo viera.


Cuando lo vi me fui corriendo hacia él, derecha a su cuello. Me enrosqué en su cuerpo como una cadena. No es que él me llenara de besos, eso no iba con él, pero me abrazó fuerte. Entonces no era muy hablador, y ahora aún menos, pero es la persona que mejor me comprende. Me preguntó si me había gustado el viaje y le dije que sí, entre otras cosas porque había podido entrenar. Entonces me propuso que concursáramos juntos el domingo siguiente. En la ciudad se corría la minimaratón de finales de verano, en la que participa todo el mundo, incluso los perros, con el número de concursante atado al collar.

Le dije que sí, ¡claro que sí! Luego le pregunté si eso de participar en una carrera me ayudaría a ser mejor escritora, y él contestó que no había dudas al respecto.

De papá no hablamos.


Cuando llegamos a la ciudad, nos fuimos enseguida a casa de los abuelos. Y yo no pregunté nada porque, cuando papá y mamá viajaban por trabajo, a veces me quedaba en su casa.

Lo raro fue que la abuela no estaba en casa, ella que apenas salía. El tío Carlo me dijo que había ido al santuario de Santa Rita de Cascia, y yo me lo creí. Para empezar: porque mi abuela iba de peregrinaje dos veces al año, a santuarios siempre distintos, y me traía santos que intentaba hacer pasar por cromos, pero yo sabía muy bien que eran una trampa pensada para convertirme; tenía la esperanza de que tarde o temprano yo decidiera bautizarme, ya que a mi madre ni se le ocurría. Para acabar: porque yo creía en lo que me decían, siempre.


En realidad, mi abuela estaba en nuestra casa con mi madre, pero yo me enteré más tarde.

Llamaban por separado, dos veces al día, y si lo pienso hoy, me asombra el esfuerzo que hay que hacer para regalar a los niños una infancia feliz.

Mi madre no se encontraba bien, eso lo entendía incluso una chiquilla de cinco años como yo. Así que le preguntaba qué le pasaba, y ella solo conseguía decir «cariño», y eso no aclaraba nada. Luego, al cabo de un par de horas, llamaba la abuela diciendo que había hablado con mamá, que resulta que había pillado una gripe de las malas en el trabajo y que ni siquiera podía hablar. Aunque yo solía tragarme todo lo que me decían, aquella vez no coló.

Pero los niños tienen un modo ejemplar de enfrentarse a los problemas: los distraen. Yo, por ejemplo, corría arriba y abajo por el pasillo, ida y vuelta, y me preparaba para competir. Y aprovechaba la siesta del abuelo justo después de comer para brindar con el tío Carlo con pan con Nutella.

La mañana de la carrera estaba aterrorizada. Tenía miedo de caerme. No tenía miedo de no poder seguir, de llegar la última, solo de caerme.

El tío Carlo me hizo hacer los estiramientos en el recibidor. Él los hacía conmigo, dando un tono muy serio a aquel momento, luego salimos. Me dijo que empezara a correr muy despacio hasta la plaza del ayuntamiento, donde darían el pistoletazo de salida. Yo le dije que no podía empezar a correr porque luego me cansaría y él me dijo que lo intentara. Lo hice, pero después de aguantar unos cien metros, pensé que ya era suficiente. Llegamos al punto de partida, cogidos de la mano, con nuestros números en la pechera. El tío iba saludando a todos los que se habían colocado en las primeras filas, porque en los años anteriores él también había corrido para ganar, luego se metió conmigo entre la multitud. Todos daban saltos sin moverse del sitio y hacían girar los brazos. Empecé a imitarlos. Al cabo de un rato, alguien a quien yo no conseguía ver cogió el micrófono para dar las gracias a todos por la increíble participación y, después de anunciar que habría un premio para todos los participantes, mentó a Giordano Lorenzini, a quien iba dedicada aquella carrera. Mi tío soltó un «Joder» fuerte y claro y yo en aquel momento no entendí nada, porque a fin de cuentas estaba orgullosa de que dedicaran una carrera a mi padre. Iba a preguntarle a mi tío por qué se la habían dedicado, pero justo entonces dispararon el pistoletazo al cielo y todos empezaron a correr. El tío me había soltado la mano, a condición de que me quedara siempre a su lado, pero después de los primeros cinco minutos, en que corrí muy rápido porque quería convertirme en una escritora mejor que la media, me sentí más cansada que nunca. Le dije al tío que me retiraba, que iba a ser camionera, pero entonces él hizo algo que aún hoy es lo más hermoso que me ha pasado en la vida. Me cogió en brazos, levantándome como un trofeo, y me aupó en sus hombros. Y empezó a correr, a adelantar a los demás niños, a los padres, a los perros, a las señoritas con mallas muy pegadas al cuerpo. Con las manos apoyadas en su cabeza, yo me reía a carcajadas, porque no me parecía posible correr de aquel modo tan estrafalario. De vez en cuando le pasaba la mano por la frente para secarle el sudor y él me preguntaba: «¿Todo bien ahí arriba?», y yo decía que sí con la cabeza porque me faltaban palabras. Hay adultos que siempre encuentran la mejor manera de suavizar la realidad, y yo me pregunto cómo lo consiguen.

Aquella mañana corrimos como alma que se lleva el diablo. Tío Carlo tenía la zancada precisa de quien domina la carrera, el cansancio, la respiración, cada vez más corta, pero tan perfecta y rítmica que podías ponerle música. Cuando llegamos a la meta, todos empezaron a aplaudir, y yo pensé que aplaudían porque habíamos quedado terceros. Entonces yo también solté algún que otro jadeo de mentira y levanté un par de veces las manos, el gesto típico de quien ha ganado. Nos entregaron una medalla en la que ponía «Terceros clasificados» y luego una copa, solo a mí, porque había sido la primera niña en llegar a la meta. Muchos años después comprendí que toda aquella gente aplaudía el gesto de mi tío, que aupándome en sus hombros me había regalado el último instante verdaderamente feliz y verdaderamente risueño de mi vida.


La hoja de papel es cuadriculada. Está arrugada. Mi padre adoraba escribir en hojas cuadriculadas. Le daban confianza, la sensación de que las palabras quedaban presas en aquellas pequeñas cajas.

Fue mi madre quien me dijo qué ponía, porque eso fue lo primero que le pregunté la noche en que finalmente vino a recogerme donde los abuelos para llevarme de vuelta a casa.

La letra se alarga mucho hacia arriba y las palabras quedan todas agrupadas en el centro de la hoja.

Pone:

*I'm only sleeping,*
papá

# Agradecimientos

Gracias a Ida Tenebrini, mi madre. Todo se lo debo a ella y a mi hermano Marco.

La abuela Rita empezó a ponerse pantalones cuando ya había cumplido los sesenta. Sin ella, no sería ni la mitad de lo que soy.

Gracias a mi tío Costantino, que desde siempre ha corrido alrededor de mi vida, sin perderla nunca de vista.

Doy las gracias a quienes leyeron esta historia cuando era solo un documento word con un título provisional de tres palabras: Agostina Trivisonno, Mara Desana, Valentina Battistella, Teodora Cosmidis, Simone Cosimi, Giovanna Nerone, Piergiorgio Pirro, Paolo Massari, Lucia D'Ambrosio.

Gracias a Giulia Ichino, a Marilena Rossi, a Alessandra Maffiolini.

Gracias a Brunella Santoli, a la Unione Lettori Italiani de Campobasso, al espléndido jurado del Premio Buldrini;

gracias al Colectivo Shorofsky, a los Caraserena, al Pranzo della Domenica, a Luciana y Luisa, a Francesco Prisco, a Giuseppe Saponari, a los cinco Briguglia, a Vincenzo Ariano, a Manu, a Gaia y al San Beluschi de via dei Luceri; gracias a la familia Santiago y a aquellos novecientos kilómetros a pie.

Gracias a Stefania Di Mella, que es un hermoso regalo que este libro me ha hecho.

Gracias a las Amigas, por serlo tanto, y a Maste, por haberme querido cerca aquel día.

Gracias a Dino Musci, por las cenas con sabor a Puglia en Roma; y a Nicole Rivellino, por la manera en que siempre sabe encuadrarme.

Gracias a Tiziano Russo, que sin saberlo ha contado esta historia: la imagen de cubierta de la edición italiana es suya y no es un fotomontaje.


Un gracias especial a Stefano Bollani, que me llamó aquella tarde, después de haberlo leído.

A Filippo Trentalance, que siempre encuentra las palabras.

A Piera Pietrunti, por haberse curado.

A Claudia Arletti, por cada uno de nuestros cafés.

A Erica Mou, que ha traído un viento nuevo.

A Lori Albanese, que se ha desvelado por estas páginas con un amor que nunca dejaré de corresponder.

Y finalmente, gracias a mi padre Mario, sea cual sea el sonido de su voz.

Esta novela cuenta una historia que es fruto de la imaginación, pero se escribió en un séptimo piso, en una habitación muy grande, donde de vez en cuando dos personas bien agarradas bailaban en pantuflas algo parecido a un vals. Allí todo sucedió de verdad.

# Descubre tu próxima lectura

Si quieres formar parte de nuestra comunidad,
regístrate en **libros.megustaleer.club**
y recibirás recomendaciones personalizadas

Penguin
Random House
Grupo Editorial

 megustaleer